EDUGORILLA
PUBLICATION

उत्तर प्रदेश

एक नजर में

UPPCS / V.D.O / R.O. / A.R.O. / LEKHPAL / Jr. ASSISTANT / SI / ASI / CONSTABLE

एवं उत्तर प्रदेश में होने वाली सभी प्रतियोगी परीक्षाओं के लिए उपयोगी

प्रकाशक EduGorilla Community Pvt. Ltd.

कॉपीराइट © EduGorilla Community Pvt. Ltd.
संस्करण – द्वितीय
संस्करण वर्ष – 2023 – 2024

प्रकाशक का पता :

12/651 प्रथम तल, अरविन्दो पार्क के सामने, निकट जामा मस्जिद, इंदिरा नगर, लखनऊ, उत्तर प्रदेश, 226016, भारत।

📞 **फोन:** +91 - 7307048680
✉ **ईमेल:** books@edugorilla.com
🟢 www.facebook.com/edugorilla.com
🟢 www.twitter.com/edugorilla
🟢 www.edugorilla.com

ISBN: 9789355566294

EduGorilla Community Pvt. Ltd. द्वारा निर्मित और मुद्रित

प्रस्तावना

प्रस्तुत पुस्तक विशेष रूप से उत्तर प्रदेश राज्य के सन्दर्भ में आयोजित परीक्षाओं के अभ्यर्थियों को ध्यान में रखकर तैयार की गई है, जिसमें राज्य परीक्षा के अद्यतन पाठ्यक्रम का समावेश किया गया है।

इस पुस्तक के माध्यम से हमें उत्तर प्रदेश राज्य से सम्बन्धित विविध पहलुओं को समझने में सहायता मिलेगी। इसमें उत्तर प्रदेश का इतिहास, भूगोल, राजव्यवस्था, अर्थव्यवस्था एवं बजट को सम्मिलित किया गया है। इन विषयों के समावेशन से यह पुस्तक उत्तर प्रदेश राज्य के सन्दर्भ में आयोजित परीक्षाओं की तैयारी करने वाले छात्रों के लिए अत्यंत उपयोगी सिद्ध होगी।

शिक्षा के प्रतिष्ठित प्रौद्योगिकी संगठन **EduGorilla Publications** ने, संगठन के सीईओ, रोहित मांगलिक के व्यक्तिगत मार्गदर्शन के साथ व्यापक पुस्तक **'उत्तर प्रदेश एक नज़र'** का सृजन किया है। यह परीक्षा की तैयारी के लिए एक संरचित और उत्कृष्ट दृष्टिकोण प्रदान करती है, एवं प्रमुख अवधारणाओं और विषयों में एक मजबूत नींव बनाने में आपकी सहायता करती है।

अध्याय – 1

उत्तर प्रदेश : एक नजर में
(Uttar Pradesh : Ek Nazar Me)

राज्य स्थापना, नाम एवं राजधानी	
राज्य की स्थापना	24 जनवरी, 1950
राज्य का पुनर्गठन	1 नवम्बर, 1956
राज्य का विभाजन	9 नवम्बर, 2000
स्थापना दिवस	24 जनवरी
नामकरण	जून 1836 - उत्तर पश्चिम प्रांत
	फरवरी, 1877 - उत्तर-पश्चिम प्रांत आगरा एवं अवध
	1902 - संयुक्त प्रांत, आगरा एवं अवध
	1937 - संयुक्त प्रांत
	24 जनवरी, 1950 - उत्तर प्रदेश
राजधानी	आगरा (1836-1858 ई.)
	इलाहाबाद (1858-1921 ई.) (वर्तमान प्रयागराज)
	लखनऊ (आंशिक)-1921-1935 ई.
	लखनऊ (पूर्णतः)-1935 से अब तक

राजकीय प्रतीक: एक नज़र में	
राजकीय पशु	बारहसिंगा
राजकीय पक्षी	सारस
राजकीय पुष्प	पलाश या टेंसू (ब्यूटिया मोनोस्पर्मा), 2011
राजकीय वृक्ष	अशोक (साराका असोका)
राजकीय खेल	हॉकी
राजकीय भाषा	1947 से हिन्दी तथा 1989 से उर्दू
राजकीय चिन्ह	एक वृत्त में दो मछली, एक तीरधनुष तथा बीच में बहती गंगा, यमुना (1938 से)

प्रदेश की भौगोलिक विशेषताएं	
क्षेत्रफल	2,40,928 वर्ग किमी (93,023) वर्ग मील)
भारत के कुल क्षेत्रफल का प्रतिशत	7.33 प्रतिशत
क्षेत्रफल की दृष्टि से भारत में स्थान	चतुर्थ (1. राजस्थान, 2. मध्य प्रदेश, 3. महाराष्ट्र)

भौगोलिक स्थिति	23°52' से 30°24' उत्तरी अक्षांश, 77°05' से 84° 39' पूर्वी देशान्तर
पूर्व से पश्चिम की लम्बाई	650 किमी
दक्षिण से उत्तर की चौड़ाई	240 किमी
नगरीय क्षेत्रफल	6,588 वर्ग किमी (2.70 प्रतिशत)

राज्य के सीमा सम्बंधित तथ्य	
प्रदेश का सबसे पूर्वी जिला	बलिया
प्रदेश का सबसे पश्चिमी जिला	शामली
प्रदेश का सबसे उत्तरी जिला	सहारनपुर
प्रदेश का सबसे दक्षिणी जिला	सोनभद्र
सर्वाधिक वर्षा वाला जिला	गोरखपुर (184.7 सेमी)
न्यूनतम वर्षा वाला जिला	मथुरा (54.4 सेमी)
प्रदेश से लगे राज्य एवं केन्द्रशासित प्रदेश	उत्तराखण्ड, हिमाचल प्रदेश, हरियाणा, राजस्थान, मध्य प्रदेश, छत्तीसगढ़, बिहार, झारखण्ड एवं केंद्रशासित प्रदेश दिल्ली (8 राज्य +1 केन्द्रशासित प्रदेश)
सर्वाधिक राज्यों से लगा जिला	सोनभद्र (बिहार, झारखण्ड, छत्तीसगढ़ एवं मध्य प्रदेश)
नेपाल सीमा पर लम्बाई	579 किमी
उत्तराखण्ड से लगे जिले	7 (मुजफ्फरनगर, सहारनपुर, बिजनौर, रामपुर, मुरादाबाद, पीलीभीत एवं बरेली)
बिहार से लगे जिले	7 (सोनभद्र, बलिया, देवरिया, गाजीपुर, कुशीनगर, चंदौली एवं महाराजगंज)
झारखण्ड से लगा जिला	1 (सोनभद्र)
मध्य प्रदेश से लगे जिले	11 (आगरा, ललितपुर, महोबा, झांसी, इटावा, जालौन, बांदा, चित्रकूट, प्रयागराज, मिर्जापुर एवं सोनभद्र)
छत्तीसगढ़ से लगा जिला	1 (सोनभद्र)
राजस्थान से लगे जिले	2 (आगरा एवं मथुरा)
हरियाणा से लगे जिले	6 (बागपत, शामली, सहारनपुर, गौतमबुद्ध नगर, मथुरा एवं अलीगढ़)
सर्वाधिक क्षेत्र वाले 5 जिले (घटते क्रम में)	लखीमपुर खीरी, सोनभद्र, हरदोई, सीतापुर, प्रयागराज
न्यूनतम क्षेत्र वाले 5 जिले (बढ़ते क्रम में)	हापुड़, गाजियाबाद, भदोही, शामली, गौतमबुद्ध नगर
प्रदेश से लगे सर्वाधिक सीमा रेखा वाला राज्य	मध्य प्रदेश

प्रदेश से लगे न्यूनतम सीमा वाला राज्य	हिमाचल प्रदेश
तीन तरफ से मध्य प्रदेश से घिरा उत्तर प्रदेश का जिला	ललितपुर
प्रदेश के सबसे दक्षिणी बिंदु (सोनभद्र) को स्पर्श करने वाला राज्य	छत्तीसगढ़
प्रदेश के सबसे उत्तर पश्चिमी बिंदु (सहारनपुर) को स्पर्श करने वाला राज्य	हिमाचल प्रदेश
प्रदेश के सबसे पूर्वी (बलिया) और सबसे पश्चिमी (शामली) बिंदु को स्पर्श करने वाले राज्य	बिहार और हरियाणा
प्रदेश की प्रमुख नदियां	गंगा, यमुना, सरजू (घाघरा), रामगंगा, गोमती, केन, बेतवा

जनगणना 2011 से संबंधित तथ्य

जनसंख्या	19,98,12,341
महिला	9,53,31,831(47.71%)
पुरुष	10,44,80,510 (52.29%)
जनसंख्या घनत्व	829 व्यक्ति प्रतिवर्ग किमी
औसत साक्षरता	67.7%
पुरुष साक्षरता दर	77.30%
महिला साक्षरता दर	57.2%
दशकीय वृद्धि	20.22%
औसत लिंगानुपात	912
नगरीय जनसंख्या	4,44,95,063 (22.27%)
ग्रामीण जनसंख्या	15,53,17,278 (77.73%)
सर्वाधिक जनसंख्या वाला जिला	इलाहाबाद (प्रयागराज)
न्यूनतम जनसंख्या वाला जिला	महोबा

सिंचाई के प्रमुख स्रोत

पक्के कुएं	156 हजार
भू-स्तरीय पम्प सेट	30 हजार
बोरिंग पर लगे पम्प सेट	4313
विद्युत नलकूप	506
डीजल नलकूप	3705
गहरे नलकूप	35863
आर्टिजन कूप, व्यक्तिगत	855

राज्य की प्रशासनिक संरचना

राज्य विधानमण्डल	द्विसदनात्मक
राज्य विधानसभा का प्रथम गठन	जुलाई, 1937
उत्तराखण्ड के गठन से पूर्व विधानसभा सीट	425
वर्तमान में विधानसभा सदस्यों की कुल संख्या	403 (104वें संशोधन अधिनियम द्वारा 27 जनवरी, 2020 से आंग्ल भारतीय सीट समाप्त)
पूर्वांचल, पश्चिमांचल, मध्यांचल व बुन्देलखण्ड में विधानसभा सीट	162,149,73 एवं 19
राज्य विधानसभा में आरक्षित सीटों की संख्या	अनु. जाति-84/अनु. जनजाति-2 (2017 में)
सर्वाधिक विधानसभा सीटों वाला जिला	इलाहाबाद (12 सीट)
न्यूनतम विधानसभा सीटों वाला जिला	श्रावस्ती, महोबा, चित्रकूट (2-2-2 सीटें)
उ.प्र. में विधान परिषद का प्रथम गठन	1937
उत्तराखण्ड के गठन से पूर्व विधान परिषद सीट	108
वर्तमान में विधान परिषद सीट की संख्या	100
प्रदेश में लोकसभा सीटों की संख्या	80
प्रदेश में आरक्षित सीटों की संख्या	अनु. जाति-17/अनु. जनजाति-0
प्रदेश में राज्यसभा सीटों की संख्या	31
प्रदेश में प्रथम बार राष्ट्रपति शासन	25 फरवरी, 1968 से 25 फरवरी, 1969 तक
मतदाओं की संख्या की दृष्टि से सबसे बड़ा एवं सबसे छोटा संसदीय क्षेत्र	गाजियाबाद एवं बागपत
अब तक कुल राष्ट्रपति शासन	10 बार (अंतिम-8 मार्च से 3 मई 2002 तक)
निर्वाचित महिला सदस्य 17वीं विधानसभा	42 (वर्तमान में 43)
आर्थिक संभाग क्षेत्र	4 (पश्चिमी, केंद्रीय, बुंदेलखण्ड एवं पूर्वी)
संभाग या मंडलों की संख्या	18 (18वाँ अलीगढ़, 2008 में)
जिलों की संख्या	75 (हापुड़, शामली, सम्भल-2011 में)

प्रदेश में प्रथम नियुक्ति एवं विशेष नियुक्ति	
राज्य के प्रथम मुख्यमंत्री	पं. गोविन्द वल्लभ पंत (1 अप्रैल, 1946 से 27 दिसंबर, 1954 तक)
राज्य के प्रथम उपमुख्यमंत्री	चौधरी चरण सिंह
राज्य एवं देश की प्रथम महिला राज्यपाल	श्रीमती सरोजिनी नायडू (15 अगस्त, 1947-2 मार्च, 1949 तक)
राज्य एवं देश की प्रथम महिला मुख्यमंत्री	सुचेता कृपलानी (2 अक्टूबर, 1963 से 13 मार्च, 1967)
राज्य में अब तक महिला मुख्यमंत्री	2 (सुचेता कृपलानी व सुश्री मायावती)
सर्वाधिक बार मुख्यमंत्री	सुश्री मायावती (4 बार)
उत्तर प्रदेश के मुख्यमंत्री जो देश के प्रधानमंत्री भी बनें	चौधरी चरण सिंह एवं विश्वनाथ प्रताप सिंह
सबसे कम उम्र के मुख्यमंत्री	अखिलेश यादव
3 बार प्रदेश में रहे मुख्यमंत्री	चंद्रभान गुप्त, नारायण दत्त तिवारी एवं मुलायम सिंह यादव
सर्वाधिक बार विधान परिषद सभापति	वीरेन्द्र स्वरूप (2 पूर्णकालिक+3 कार्यवाहक)
इलाहाबाद हाइकोर्ट के प्रथम मुख्य न्यायधीश	न्यायमूर्ति श्री वाल्टर मोरगन (1866 से 1871 तक)
स्वतंत्रता के बाद प्रथम मुख्य न्यायधीश	न्यायमूर्ति कमलाकांत वर्मा (1946-1947)
प्रथम लोकायुक्त	विश्वम्भर दयाल (14 सितंबर, 1977 से 13 सितंबर, 1982 तक)
स्वतंत्रता के बाद प्रथम विधानसभा अध्यक्ष	राजर्षि पुरुषोत्तम दास टंडन
सर्वाधिक बार विधानसभा अध्यक्ष	श्री आत्माराम गोविंद खेर एवं केशरी नाथ त्रिपाठी (3 बार)
विधानसभा अध्यक्ष, मुख्यमंत्री पद को सुशोभित किया	श्रीपति मिश्र एवं श्री बनारसी दास
स्वतंत्रता के बाद प्रथम विधान परिषद सभापति	चन्द्रभान

प्रदेश में वर्तमान नियुक्ति	
वर्तमान मुख्यमंत्री	योगी आदित्यनाथ (कार्यकाल में 33 वें, व्यक्ति रूप में 21वें)
वर्तमान राज्यपाल	श्रीमती आनंदीबेन पटेल (29 जुलाई, 2019 से)
वर्तमान विधानसभा अध्यक्ष	श्री सतीश महाना
विधानसभा के प्रोटेम स्पीकर	श्री रमापति शास्त्री (23 मार्च, 2022 से)

उत्तर प्रदेश के लोकायुक्त	न्यायमूर्ति संजय मिश्रा
इलाहाबाद हाईकोर्ट के मुख्य न्यायाधीश	प्रीतिंकर दिवाकर
उत्तर प्रदेश के शिक्षा मंत्री	संदीप सिंह (बेसिक शिक्षा) और श्रीमती गुलाब देवी (माध्यमिक शिक्षा)
उत्तर प्रदेश के वित्त मंत्री	सुरेश कुमार खन्ना
उत्तर प्रदेश के ऊर्जा मंत्री	अरविंद कुमार शर्मा
उत्तर प्रदेश के कृषि मंत्री	सूर्य प्रताप शाही
उत्तर प्रदेश के खेल मंत्री	दयाशंकर सिंह
उत्तर प्रदेश के स्वास्थ्य मंत्री	ब्रजेश पाठक
उत्तर प्रदेश महिला आयोग की अध्यक्ष (2023)	विमला बाथम
उत्तर प्रदेश बाल अधिकार संरक्षण आयोग के अध्यक्ष (2023)	विशेष गुप्ता

मंडल एवं जिले	
मंडलों की संख्या	18
सबसे बड़े मंडल	कानपुर, लखनऊ एवं मेरठ (प्रत्येक में 6 जिले)
सबसे छोटा मंडल	मिर्जापुर, आजमगढ़, बस्ती, झांसी एवं सहारनपुर (3 जिले)
जिलों की संख्या	75
प्रदेश का 75 वां जिला	संभल
तहसीलों की संख्या	350
सर्वाधिक तहसील वाला जिला	प्रयागराज (8)

मुख्यालय से भिन्न नाम वाले जिले	
जनपद	**मुख्यालय**
अमेठी	गौरीगंज
संत कबीर नगर	खलीलाबाद
गौतमबुद्ध नगर	नोएडा
कौशाम्बी	मंझनपुर
अम्बेडकर नगर	अकबरपुर
कुशीनगर	रवीन्द्रनगर धूस (पडरौना)
कानपुर देहात	अकबरपुर
सिद्धार्थनगर	नौगढ़

सोनभद्र	राबर्ट्सगंज
जालौन	उरई
फर्रूखाबाद	फतेहगढ़

नगर निगम एवं नगर निकाय

नगर एवं नगर समूह	915
नगर निकाय (निगम)	17 (नवीनतम-शाहजहांपुर)
नगर निकाय (पालिका परिषद)	200
नगर निकाय (नगर पंचायतें)	546
जिला पंचायतें	75
क्षेत्र पंचायतें	826
न्याय पंचायतें	8,135
ग्राम पंचायत	58189 (उत्तर प्रदेश 2020)
पंचायतों में महिला आरक्षण	1/3 (33 प्रतिशत)
राज्य में योजनाबद्ध नगर	3 (नोएडा, ग्रेटर नोएडा एवं न्यू कानपुर सिटी)
आवास एवं विकास परिषद्	54
विकास प्राधिकरण	28
विशेष क्षेत्र विकास प्राधिकरण	5

न्यायालय एवं न्यायिक प्रणालियाँ

उच्च न्यायालय	इलाहाबाद (खण्डपीठ-लखनऊ में)
उच्च न्यायालय की स्थापना	1866
उच्च न्यायालय में न्यायधीशों की स्वीकृत संख्या	160 (देश में सर्वाधिक)
प्रदेश में केन्द्रीय कारागार	5 (आगरा (प्रथम-1844 में), बरेली, वाराणसी, फतेहगढ़, नैनी)
राज्य में औद्योगिक न्यायाधिकरण	6 (प्रयागराज, लखनऊ, मेरठ, आगरा, कानपुर व गोरखपुर)
राज्य में सीबीआई न्यायालय	6 (4 लखनऊ, 2 गाजियाबाद)
प्रदेश में श्रम न्यायालय	20
प्रथम लोकायुक्त	विश्म्भर दयाल (14 सितंबर, 1977 से 13 सितंबर, 1982)
वर्तमान (7वें) लोकायुक्त	न्यायाधीश श्री संजय मिश्र (31.1.2016 से अब तक)
न्यायिक अनुसंधान एवं प्रशिक्षण केंद्र	लखनऊ

राज्य के प्रमुख आयोग/संगठन

उत्तर प्रदेश राज्य पिछड़ा वर्ग आयोग का गठन	1993
उत्तर प्रदेश अल्पसंख्यक आयोग का गठन	1994
राज्य मानवाधिकार आयोग का गठन	2002
राज्य सूचना आयोग का गठन	2005
राज्य महिला आयोग का गठन	2004
राज्य सुरक्षा आयोग का गठन	2013
उत्तर प्रदेश बाल अधिकार संरक्षण आयोग का गठन	2013
नागरिक सुरक्षा संगठन का गठन	1962
प्रदेश में नागरिक सुरक्षा केन्द्र स्थापित	17 जिलों में
राज्य आपदा प्रबंध प्राधिकरण की स्थापना	2005
एनआरआई विभाग का गठन	2014

भारतीय राष्ट्रीय कांग्रेस के 1947 तक उ.प्र. में हुए अधिवेशन

स्थान	क्रम	अध्यक्ष	वर्ष
इलाहाबाद	4वाँ	जार्ज यूले (प्रथम अंग्रेज अध्यक्ष)	1888
इलाहाबाद	8वाँ	व्योमेश चन्द्र बनर्जी	1892
लखनऊ	15वाँ	रमेशचन्द्र दत्त	1899
बनारस	21वाँ	गोपाल कृष्ण गोखले	1905
इलाहाबाद	25वाँ	विलियम वेडरबर्न	1910
लखनऊ	32वाँ	अम्बिका चरण मजूमदार (कांग्रेस-लीग समझौता)	1916
कानपुर	41वाँ	सरोजिनी नायडू (पहली भारतीय महिला अध्यक्ष)	1925
लखनऊ	50वाँ	जवाहर लाल नेहरू	1936
मेरठ	55वाँ	जे. बी. कृपलानी	1946

राज्य के प्रमुख कारागार

कुल कारागार संस्थाएं	73
केन्द्रीय कारागार	8 (आगरा, बरेली (2), फतेहगढ़, नैनी, वाराणसी, लखनऊ, इटावा)
जिला कारागार की संख्या	61
उप-कारागार	2 (देवबंद एवं महोबा)
आदर्श कारागार	1 (लखनऊ)
नारी बंदी निकेतन	1 (लखनऊ)
किशोर सदन	1 (बरेली)
सम्पूर्णानन्द कारागार प्रशिक्षण संस्थान	लखनऊ
प्रदेश का प्रथम केन्द्रीय कारागार	आगरा (1844)

राज्य के प्रमुख ऐतिहासिक एवं पर्यटन स्थल

महोबा	सूर्य मंदिर 24 जैन तीर्थकरों की प्रतिमाएं
बांदा	कालिंजर दुर्ग
कौशाम्बी	घोषिताराम विहार
जालौन	बीरबल जन्मस्थली/रंगमहल
श्रावस्ती	सहेत महेत/जेतवन महाविहार
बरेली	अहिच्छत्र/पार्श्वनाथ जैन मंदिर
फतेहपुर	बावन इमली शहीद स्थल
बलिया	भृगुमुनि आश्रम
सैदपुर (गाजीपुर)	स्कन्दगुप्त का भीतरी अभिलेख
ललितपुर	दशावतार मंदिर
कुशीनगर	बौद्ध महापरिनिर्वाण स्थल
गोरखपुर	गीता प्रेस/गीतावाटिका, गोरखनाथ मंदिर, चौरीचौरा शहीद स्थल
मथुरा	राधाकुण्ड/मानसी गंगा कुण्ड
अयोध्या	रामजन्म भूमि/हनुमानगढ़ी, बहूबेगम मकबरा, गुलाब बाड़ी
फतेहपुर सीकरी	सलीम चिश्ती मकबरा, जोधाबाई महल, मरियम महल, बुलन्द दरवाजा, बीरबल महल
जौनपुर	अटाला मस्जिद

वाराणसी (सारनाथ)	धर्मराजिका/धमेख स्तूप, चौखण्डी स्तूप
लखनऊ	शाहनजफ इमामबाड़ा, रूमी दरवाजा, मोतीमहल, बेगम हजरत महल पार्क, काकोरी शहीद स्थल
प्रयागराज	आनन्द भवन, अल्फ्रेड पार्क, स्वराज भवन, अकबर का किला, अक्षयवट/भारद्वाज आश्रम, श्रृंगवेरपुर, दुर्वासा आश्रम, लाक्षागृह/प्रतिष्ठानपुरी
मिर्जापुर	चुनार किला/विंध्यवासिनी मंदिर
बाराबंकी	परिजात वृक्ष
वाराणसी	भारतमाता मंदिर, विश्वनाथ मंदिर/संकटमोचन, ज्ञानवापी/आलमगीर मस्जिद, रामनगर किला
आगरा	अकबर का मकबरा (सिकंदरा), एत्माद-उद-दौला मकबरा, लाल किला, शिया संत नूरूल्ला काजी मजार
सारनाथ	अशोक स्तम्भ/धम्म चक्र विहार
मथुरा	राधाकुण्ड/मानसी गंगा कुण्ड

राज्य के प्रमुख राष्ट्रीय पार्क/ टाइगर रिजर्व

वन्य प्राणी (सुरक्षा) अधिनियम	1972
वन्य तथा वन्य प्राणी विषय	समवर्ती सूची (42वें संविधान संशोधन, 1976)
राष्ट्रीय उद्यान (1968 में स्थापित)	1 (दुधवा राष्ट्रीय उद्यान, लखीमपुर खीरी)
टाइगर रिजर्व (बाघ अभयारण्य)	3 (अमनगढ़, दुधवा, पीलीभीत)
काले हिरण के लिए	अलीगढ़ का गभाना क्षेत्र इलाहाबाद का मेजा-कोरांव क्षेत्र
कछुआ अभयारण्य (1989)	वाराणसी में गंगा के 7 किमी. क्षेत्र को
घड़ियाल पुनर्वास केंद्र (2016)	कुकरैल, लखनऊ
राज्य में इको-टूरिज्म पॉलिसी घोषित	2014
देश का सबसे बड़ा घड़ियाल अभयारण्य	चम्बल नदी क्षेत्र
बब्बर शेर प्रजनन केंद्र एवं सफारी पार्क	इटावा
सबसे पुराना वन्य जीव विहार	चन्द्रप्रभा (चंदौली)
वन्य जीव विहार	16
सबसे बड़ा वन्य जीव विहार	हस्तिनापुर (मेरठ)
सबसे छोटा वन्य जीव विहार	पटना वन्य जीव विहार (एटा)
पक्षी वन्य जीव विहार	11
सबसे बड़ा पक्षी विहार	लाख बहोशी (कन्नौज)
सबसे छोटा पक्षी विहार	शेखा पक्षी (अलीगढ़)
राष्ट्रीय उद्यान	1, दुधवा (जनपद-खीरी)

घड़ियाल अभयारण्य	चम्बल नदी क्षेत्र (इटावा, आगरा)	राज्य का पहला खेल गाँव	आगरा
एलिफैण्ट सफारी पार्क	राष्ट्रीय चम्बल अभयारण्य; इटावा	पहला महिला उद्यमी पार्क	ग्रेटर नोएडा
लॉयन सफारी पार्क	राष्ट्रीय चम्बल अभयारण्य; इटावा	पहला जैव प्रौद्योगिकी पार्क	लखनऊ
नाइट सफारी पार्क	ग्रेटर नोएडा	ई-डिस्ट्रिक्ट पायलट परियोजना लागू करने वाला पहला राज्य	उत्तर प्रदेश
वन्य जीव प्रशिक्षण केन्द्र	लखनऊ एवं इटावा	पर्यावरण हेल्पलाइन तथा वाहन ट्रैकिंग प्रणाली लागू करने वाला पहला राज्य	उत्तर प्रदेश
जटायु संरक्षण एवं प्रजनन केन्द्र	1, फरेन्दा, महराजगंज	ई-विलेज योजना शुरू करने वाला पहला जिला	कौशाम्बी
मयूर संरक्षण केन्द्र	वृंदावन	सैटेलाइट टाउन	पिलखुआ (हापुड़)
बाघों की संख्या	173 (2018)	सौर ऊर्जा चलित प्लांट	रामपुर (झाँसी)

राज्य का पहला		राज्य का प्रथम तैरता सौर ऊर्जा संयंत्र	रिहंद बाँध पर
राज्य का पहला ई-विलेज	बबुरा गांव (मंझनपुर-कौशाम्बी)	साम्प्रदायिक हिंसा शोध केन्द्र	जोकहरा (आजमगढ़)
राज्य का पहला साइबर लैब	आगरा	प्रथम चीनी मिल	प्रतापपुर (देवरिया)
राज्य का पहला सॉफ्टवेयर टेक्नोलॉजी पार्क	नोएडा	देश का सबसे बड़ा क्लसटर्स	बरेली क्लसटर्स
राज्य का पहला फिल्म सेन्टर	नोएडा	एग्रो पार्क	बाराबंकी, वाराणसी

अध्याय – 2

उत्तर प्रदेश का इतिहास
(History of Uttar Pradesh)

प्राचीन इतिहास

- भारत-गंगा के मैदानों के मध्य में स्थित, उत्तर प्रदेश भारत लगभग हर उत्तर भारतीय राज्य के इतिहास में हमेशा एक केंद्र बिंदु रहा है।
- उत्तर प्रदेश का इतिहास मध्य एशिया से आर्यों के आगमन के साथ प्रारम्भ होता है।
- प्रागैतिहासिक काल के जीवाश्म-अवशेष प्रतापगढ़ में पाए गए।
- रामायण और महाभारत सहित वैदिक साहित्य भी गंगा के मैदान के रूप में इस समय के अस्तित्व को प्रमाणित करते हैं।
- चंद्रगुप्त, अशोक, समुद्रगुप्त और चंद्रगुप्त द्वितीय जैसे विभिन्न शासकों ने उत्तर प्रदेश के क्षेत्रों पर शासन किया।
- छठी शताब्दी ईसा पूर्व में भारत में 16 महाजनपदों के पूर्व में भी उत्तर प्रदेश और बिहार एवं या सिंधु घाटी में कई गणराज्यों का अस्तित्त्व था।
- शाहजहाँ, जहाँगीर एवं अन्य मुगल शासकों ने प्रदेश के क्षेत्र को सर्वश्रेष्ठ वास्तुशिल्प के निर्माण में महत्वपूर्ण योगदान दिया।
- उसके बाद 18वीं सदी से ब्रिटिश शासन शुरू हुआ जो 19वीं सदी तक चला।

उत्तर प्रदेश के प्राचीन इतिहास को तीन भागों में बांटा गया है:-

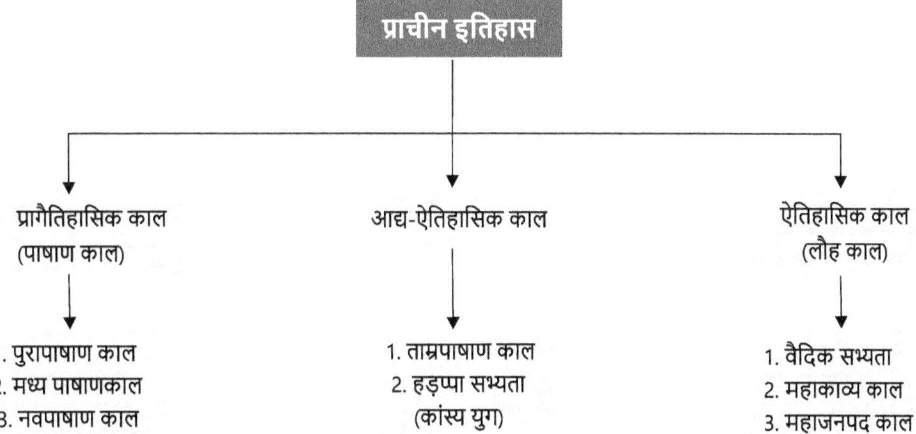

प्रागैतिहासिक काल

उत्तर प्रदेश का इतिहास अत्याधिक प्राचीन है। भारत में मानव सभ्यता के विकास के साथ ही गंगा घाटी में मानवीय गतिविधियों के प्रमाण के रूप में यहाँ पर अनेक पुरातात्विक स्थल प्राप्त हुए है।

1. **पुरापाषाण काल (लगभग 20 लाख वर्ष पूर्व से 10 हजार ई. पू. वर्ष पूर्व)**
   - **उत्तर प्रदेश का बेलन घाटी (प्रयागराज और मिर्जापुर)** नामक स्थान से सोहन संस्कृति के उपकरणों की प्राप्ति हुई है।
   - बेलन घाटी के पुरातात्विक स्थलों की खुदाई इलाहाबाद विश्वविद्यालय के **गोवर्धन राय शर्मा** के मार्गदर्शन में की गई थी।
   - **बेलन नदी टोंस की सहायक नदी** है, जो **मिर्जापुर** के मध्यवर्ती पठारी भू-भाग में बहती है।
   - इस घाटी के उत्खनन से निम्न-पुरापाषाण काल के उपकरण मिले हैं।
   - इस घाटी के उच्च-पुरापाषाण कालीन उपकरणों में ब्लेड, बेधक, ब्यूरिन स्क्रैपर आदि प्राप्त हुए हैं।
   - इस घाटी की उच्च-पुरापाषाणकालीन संस्कृति का समय ईसा पूर्व 30 हजार से 10 हजार के बीच निर्धारित किया गया है।
   - मध्य-पुरापाषाण काल की जानकारी **चकिया (वाराणसी), सिंगरौली बेसिन (मिर्जापुर)** और **बेलन घाटी (प्रयागराज)** से प्राप्त की गई है, जहां से उत्खनन में **कोर फ्लेक, ब्लेड, क्लीवर और हैण्ड एक्स** प्राप्त हुए हैं।

2. **मध्य पाषाणकाल (लगभग 10 हजार ई. पू. से 4 हजार ई. पू. वर्ष पूर्व)**
   - उत्तर प्रदेश के **विन्ध्य** और **उच्च मध्य गंगा घाटी क्षेत्र** में मध्यपाषाणकालीन उपकरणों की अत्यंत समृद्धता है।

चोपानीमाण्डोः- प्रयागराज जिले की मेजा तहसील में स्थित चोपानीमाण्डो नामक मध्य-पाषाणकालीन पुरातत्व स्थलों की खुदाई वर्ष 1962 से 1980 के बीच की गई। इन स्थानों से छोटे और **सूक्ष्म उपकरणों के साथ-साथ नर कंकाल** भी प्राप्त हुए हैं।

- प्रयागराज के चोपानीमाण्डो पुरातत्त्व स्थल का क्षेत्रफल 15,000 वर्ग मीटर से भी अधिक है। यहाँ से अधिकांशतः पाषाण उपकरण, पेबुल, और अन्य उपकरण मिले हैं। इनका निर्माण **चार्ट, जैस्पर, और ब्लडस्टोन** नामक पत्थरों से किया गया है।
- चोपानीमाण्डो स्थल से हाथों के बने मिट्टी के कुछ बर्तन भी प्राप्त हुए हैं। इसके अलावा, यहाँ की खुदाई से झोपड़ियों के होने के साक्ष्य भी मिले हैं।
- इसके अतिरिक्त, प्रयागराज जिले में जमुनीपुर (फूलपुर तहसील), बिच्छिया, भीखपुर और महरुडीह (सोरांव तहसील) जैसे अन्य पुरातत्त्व स्थल हैं।

सराय नहर रायः- यहां से स्तंभ गर्त के प्रमाण, मृतक संस्कार विधि के अंतर्गत समाधि स्थल में शवों का सिर पश्चिम और पैर पूरब की ओर होता था। युद्ध में हत्या द्वारा मृत के कंकाल के सिर में पत्थर घुसा हुआ मिला। यहां पर एक ही कब्र से तीन कंकाल प्राप्त हुए।

महदहाः- प्रतापगढ़ जिले में स्थित इस स्थल से हड्डी व सींग के उपकरण व आभूषण मिले।महादहा से ही एकल शवाधान,युगल शवाधान और सामूहिक शवाधान के साक्ष्य मिलते हैं।

3. **नवपाषाण काल (लगभग 4 हजार ई. पू.)**
   - उत्तर प्रदेश में विन्ध्य क्षेत्र में स्थित प्रयागराज जिले के बेलन नदी के

किनारे स्थित कोल्डिहवा, महगड़ा और पंचोह नामक स्थान नव-पाषाणकाल के प्रमुख पुरातत्व स्थल हैं।

- कोलडिहवा की खुदाई से धान की खेती किए जाने का भी प्रमाण मिला है, जिसकी अवधि का प्रमाण ईसा पूर्व 7000-6000 के बीच है।
- अनाज रखने वाले बर्तन (घड़े व मटके) भी कोलडिहवा व महगड़ा से प्राप्त हुए हैं।
- पंचोह से प्राप्त उपकरणों में गोलाकार कुल्हाड़ियों की संख्या भी अधिक है।

आद्य-ऐतिहासिक काल

- आद्य-ऐतिहासिक काल के साक्ष्य उत्तर प्रदेश के **मेरठ** और **सहारनपुर** से प्राप्त हुए हैं।
- उत्तर प्रदेश के **हुलास, सिनौली और आलमगीरपुर** से सिंधु घाटी सभ्यता के साक्ष्य प्राप्त हुए हैं।
- आलमगीरपुर के लोग कपास की खेती करते थे और इस क्षेत्र में लोग नगरों को छोड़कर गावों में निवास करते थे जिसका प्रमाण उत्खनन में प्राप्त होता है।

आद्य-ऐतिहासिक काल को दो भागों में विभक्त किया जा सकता है जो निम्नलिखित है-

1. **ताम्रपाषाण काल-** उत्तर प्रदेश के गंगा-यमुना दोआब में ताम्रपाषाणकालीन संस्कृति को '**गैरिक मृदभांड संस्कृति**' कहा जाता है।

   - पश्चिमी उत्तर प्रदेश के बड़ागांव व हुलास (सहारनपुर), मुजफ्फरनगर, आलमगीरपुर (मेरठ), लाल किला, भटपुरा व मानपुरा (बुलंदशहर) तथा अहिच्छत्र (बरेली) के साथ-साथ गैरिक मृदभांड लगभग संपूर्ण दोआब से मिले हैं।
   - पूर्वी उत्तर प्रदेश के नरहन व खैराडीह से भी ताम्रपाषाणकालीन स्थल के साक्ष्य मिले हैं।

2. **सिंधु सभ्यता/हड़प्पा सभ्यता (कांस्य युग)**

   - उत्तर प्रदेश में सिंधु सभ्यता के साक्ष्य पश्चिमी उत्तर प्रदेश के **आलमगीरपुर (हिंडन नदी, मेरठ), बड़ागांव एवं हुलास (सहारनपुर)** आदि स्थलों से प्राप्त हुए हैं।
   - पश्चिमी उत्तर प्रदेश के मेरठ जिले में यमुना की सहायक **हिन्डन नदी** के तट पर स्थित आलमगीरपुर (मेरठ) स्थल की खोज **1958** में **यज्ञ दत्त शर्मा** ने की। यह हड़प्पा सभ्यता के पूर्वी विस्तार को प्रकट करता है जो कि गंगा-यमुना दोआब में फैली हुई थी।

उत्तर प्रदेश से प्राप्त आद्य-ऐतिहासिक काल के प्रमुख साक्ष्य

स्थल	साक्ष्य
आलमगीरपुर	मृदभांड, मनके व कटोरे के टुकड़े, मिट्टी के बर्तन एवं कपास।
बड़ागांव (सहारनपुर) भटपुरा, एवं मानपुरा (बुलन्दशहर), मांडी गाँव (मुजफ्फरनगर) एवं कैराना (शामली)	सैंधव सभ्यता के अवशेष
सनौली (बागपत)	कब्रगाह (सिमेट्री)
सोहगौरा (गोरखपुर), हस्तिनापुर व जखेड़ा (मेरठ), अतरंजीखेड़ा (एटा), तथा अहिच्छत्र (बरेली)	चित्रित धूसर मृदभांड संस्कृति के साक्ष्य
हस्तिनापुर (मेरठ) एवं अतरंजीखेड़ा (एटा)	लौह धातुमल तथा भट्टियों के साक्ष्य

ऐतिहासिक काल (लौह काल)

- उत्तर प्रदेश में सिंधु घाटी सभ्यता के बाद ऐतिहासिक काल के रूप में वैदिक सभ्यता का भी साक्ष्य प्राप्त होता है।
- उत्तर प्रदेश में लौह संस्कृति के साक्ष्य **अहिच्छत्र, हस्तिनापुर,**

अतरंजीखेड़ा, मथुरा, श्रावस्ती, काम्पिल्य जैसे स्थलों से प्राप्त हुए हैं।

वैदिक सभ्यता (1500 से 750 ई.)

प्राचीन भारत में सिंधु घाटी सभ्यता के पश्चात जिस नवीन सभ्यता का विकास हुआ उसे ही वैदिक सभ्यता के नाम से जाना जाता है। इसे दो भाग में विभाजित किया जाता है:

ऋग्वैदिक काल

- उत्तर प्रदेश में ऋग्वैदिक काल के बारे में कोई जानकारी प्राप्त नहीं हो सकी है क्योंकि आर्य सभ्यता केवल पंजाब तथा सिंध क्षेत्र तक ही सीमित थे।

उत्तर वैदिक काल

- उत्तर वैदिक कालीन संस्कृति का मुख्य केन्द्र मध्य देश (**वर्तमान उत्तर प्रदेश**) था। मध्य देश का विस्तार **सरस्वती नदी से लेकर गंगा नदी** के दोआब क्षेत्र तक विस्तृत था।
- उत्तर वैदिक काल में **कौशांबी** नगर में प्रथम बार पक्की ईंटों का प्रयोग किया गया था।
- उत्तर वैदिक काल से हमें **मृदभांड** के साक्ष्य प्राप्त जिसमें- लाल, काला, काला-लाल तथा काली लेपयुक्त चित्रित धूसर मृदभांड आदि प्रमुख है।
- लाल मृदभाण्ड के अवशेष संपूर्ण उत्तर प्रदेश से प्राप्त हुए हैं।

उत्तर प्रदेश में चार प्रकार की मृदभांड संस्कृतियाँ प्राप्त हुई हैं, जो निम्न हैं-

गैरिक मृदभांड संस्कृति	इसका समय 2000 ई. पू. से 1500 ई. पू. तक है। यह संस्कृति **बदायूँ, राजपुर, परसू, मायापुर, साईपई, अतरंजीखेड़ा, हस्तिनापुर, अहिच्छत्र एवं बिठूर** आदि जगहों से पाई जाती है। इस काल में घरों का निर्माण सरकंडों से किया जाता था तथा इस पर मिट्टी का लेप कर दिया जाता था।
काले एवं लाल मृदभांड संस्कृति	काले एंव लाल मृदभांड अतरंजीखेड़ा, अहिच्छत्र, हस्तिनापुर, आलमगीरपुर आदि स्थानों से प्राप्त हुआ है।
चित्रित धूसर मृदभांड संस्कृति	यह वैदिककालीन संस्कृति (ऋग्वैदिक एवं उत्तर वैदिक) रही है। यह संस्कृति अहिच्छत्र, आलमगीरपुर, हस्तिनापुर, अतरंजीखेड़ा, जोखेड़ा एवं मथुरा आदि स्थानों पर पाई जाती है।
उत्तरी काले पॉलिश युक्त मृदभांड संस्कृति	इस संस्कृति का समय उत्तर वैदिक काल से मौर्यकाल (500 ई. पू. से 100 ई. पू.) तक रहा है। यह संस्कृति अहिच्छत्र, हस्तिनापुर, अतरंजीखेड़ा, कौशाम्बी, श्रावस्ती इत्यादि स्थानों पर पाई जाती है।

महाकाव्य काल

- महाकाव्य काल में उत्तर प्रदेश में दो महत्वपूर्ण काव्यों की रचना हुआ जिसे **रामायण एंव महाभारत** के नाम से जाना जाता है।
- महाकाव्य काल के द्वारा हमें **कुरु, पांचाल, कौशाम्य, कोशल, काशी, मगध, विदेह, अंग** आदि राज्यों के बारे में जानकारी प्राप्त होती है।

महाजनपद काल

- बौद्ध ग्रंथ '**अंगुत्तरनिकाय**' तथा जैन ग्रंथ **भगवतीसूत्र** के अनुसार छठी शताब्दी ई. पू. में भारत में **16 महाजनपद** थे। इनमें से 8 महाजनपद वर्तमान के उत्तर प्रदेश में ही स्थित थे जिनका विवरण निम्नलिखित है-

महाजनपद	विवरण
1. काशी (वाराणसी)	वाराणसी वरुणा और अस्सी नदी के बीच स्थित एक महत्वपूर्ण नगर था। इसका सर्वप्रथम उल्लेख **अथर्ववेद** में मिलता है।

2. **कोसल (श्रावस्ती)**	वर्तमान अवध क्षेत्र इस प्राचीन नगर का हिस्सा था। यहाँ की राजधानी श्रावस्ती नगर थी, जो अचिरावती/राप्ती नदी के किनारे स्थित थी। इस नगर का दक्षिणी कोशल की राजधानी **कुशावती** थी।
3. **पांचाल (अहिच्छत्र व काम्पिल्य)**	रोहिलखंड क्षेत्र आधुनिक काल के **बरेली, बदायूं, फर्रुखाबाद** में स्थित था। पांचाल नामक राज्य दो भागों में विभाजित था। उत्तरी पांचाल की राजधानी **अहिच्छत्र** और दक्षिणी पांचाल की राजधानी **काम्पिल्य** थी।
4. **शूरसेन (मथुरा)**	अवन्तिपुत्र शूरसेन का राजा था और बुद्ध का एक मुख्य शिष्य था। उनके माध्यम से मथुरा में बौद्ध धर्म का प्रचार और प्रसार भी हुआ। शूरसेन महाजनपद उत्तरी-भारत का प्रसिद्ध जनपद था जिसकी राजधानी मथुरा में स्थित थी।
5. **वत्स (कौशाम्बी)**	भगवान बुद्ध के समय इस क्षेत्र का शासक **उदयन** था, जो पौरवंशी वंशज थे। वे हस्तिनापुर को छोड़कर यहाँ आए थे। **कौशाम्बी बौद्ध और जैन धर्म दोनों का प्रमुख केंद्र** था। यहाँ पर्वतीय प्रभासगिरि पर्वत पर भगवान बुद्ध ने तपस्या की थी।
6. **कुरु (इंद्रप्रस्थ)**	यह क्षेत्र वर्तमान **दिल्ली, मेरठ और थानेश्वर** के क्षेत्रों में फैला हुआ था। महात्मा बुद्ध के समय इस क्षेत्र का शासक **कोरव्य** था। **हस्तिनापुर** नगर भी इसी क्षेत्र में स्थित होता था।
7. **चेदी**	यह शुक्तिमती नदी के पास का देश था, जिसमें बुंदेलखंड का दक्षिणी भाग और जबलपुर का उत्तरी भाग सम्मिलित था।
8. **मल्ल (कुशीनगर, पावा)**	यह स्थान वर्तमान में **उत्तर प्रदेश के देवरिया** जिले में स्थित है।यह क्षेत्र दो भागों में विभाजित था, इसके उत्तरी भाग की राजधानी **कुशीनगर** थी और दक्षिणी भाग की राजधानी **पावा** थी।

जैन धर्म, बौद्ध धर्म एवं अन्य धर्म

- छठी शताब्दी ई. पू. में, भारत में अनेक धर्मों का उदय हुआ जिनमें जैन एवं बौद्ध धर्म प्रमुख थे।
- जैन धर्म के प्रसिद्ध तीर्थंकर पार्श्वनाथ (वाराणसी), सम्भरनाथ, चन्द्रप्रभा आदि का जन्म उत्तर प्रदेश में हुआ था।
- उत्तरी भारत में जैन धर्म के दो महत्वपूर्ण तीर्थ स्थल **मथुरा और उज्जैन** थे।

- मथुरा से अनेक जैन साक्ष्य प्राप्त हुए हैं, जो कुषाणकाल में जैन धर्म के समृद्ध केंद्र के रूप में थे।
- धर्म प्रचार के बाद बुद्ध ने सारनाथ (ऋषिपत्तन या मृगदाव) में अपना प्रथम उपदेश दिया जिसे **धर्मचक्रप्रवर्तन** कहा जाता है।
- उत्तर प्रदेश के श्रावस्ती (कोसल की राजधानी) में महात्मा बुद्ध ने अपने जीवन के अधिकांश उपदेश दिए।
- उत्तर प्रदेश के कुशीनारा (वर्तमान कुशीनगर) में 483 ई. पू. में 80 वर्ष की आयु में महात्मा बुद्ध को **महापरिनिर्वाण** प्राप्त हुआ था।
- उत्तर प्रदेश को **बौद्ध धर्म** का प्रमुख केंद्र माना जाता है, क्योंकि महात्मा बुद्ध के संन्यासी जीवन का बहुमूल्य समय यहीं ब्यतीत हुआ था।
- उत्तर प्रदेश में, जैन और बौद्ध धर्म के अलावा, ब्राह्मण धर्म के देवी-देवताओं की प्राचीन मूर्तियाँ भी पाई जाती हैं। इनमें **विष्णु, वासुदेव, सूर्य, कार्तिकेय, वाराह, दुर्गा, लक्ष्मी** आदि की मूर्तियाँ शामिल हैं। ये मूर्तियाँ मथुरा से प्राप्त हुई हैं, इसलिए **मथुरा को भारतीय मूर्तिकला के जन्मस्थान** के रूप में माना जाता है।
- विभिन्न कालों में ब्राह्मण धर्म से संबंधित अन्य मन्दिरों का निर्माण प्रयागराज, वाराणसी, बलिया, गाजीपुर, झाँसी और कानपुर में हुआ।
- उत्तर प्रदेश में सोंख नामक स्थान की खुदाई से कुषाणकालीन मन्दिर मिले हैं, जिन्हें ब्राह्मण धर्म के प्रतीक माना जाता है।
- काशी और मथुरा शैव धर्म के प्रमुख केंद्र थे।

मगध साम्राज्य का उदय

- 16 महाजनपद में मगध सर्वश्रेष्ठ महाजनपद था जिसने अपनी साम्राज्यवादी शक्तियों को बढ़ाया तथा अन्य महाजनपदों पर अपना प्रभुत्व स्थापित किया।
- मगध में क्रमशः हर्यक, शिशुनाग और नन्द वंश का राज्य रहा।
- नन्द वंश का साम्राज्य पंजाब और सम्भवतः बंगाल को छोड़ कर पूरे उत्तर भारत में फैला हुआ था।
- उत्तर प्रदेश का सम्पूर्ण हिस्सा नन्द वंश के साम्राज्य में था।

मौर्य काल

- मौर्य वंश की संस्थापना चन्द्रगुप्त मौर्य ने विष्णुगुप्त/चाणक्य की सहायता से की थी।
- चन्द्रगुप्त मौर्य का जन्मस्थान पिप्पलिवन के रूप में जाना जाता है, जो वर्तमान में उत्तर प्रदेश के **बस्ती** जिले में स्थित है।
- उत्तर प्रदेश के **सारनाथ, प्रयागराज, मेरठ, कौशाम्बी, संकिशा, कालसी, बस्ती और मिर्जापुर** में मौर्य वंश के शासक अशोक द्वारा निर्मित सिंहों के रूप में बनाई गई स्तूप और शिलालेख प्राप्त हुए है। इन स्तूपों और शिलालेखों को स्वतंत्र भारत की सरकार ने राष्ट्रीय चिन्ह के रूप में अपनाया है।

उत्तर प्रदेश से प्राप्त अशोक के प्रमुख शिलालेख		
क्र.सं.	**शहर**	**स्तम्भ**
1.	सारनाथ (वाराणसी)	लघु स्तम्भ लेख
2.	मेरठ	स्तम्भ लेख
3.	कौशाम्बी	लघु स्तम्भ लेख
4.	अहरौरा (मिर्जापुर)	लघु शिलालेख
5.	प्रयाग (इलाहाबाद)	वृहत स्तम्भ लेख

प्राचीनकालीन प्रमुख वंश
शुंग वंश तथा इंडो-ग्रीक आक्रमण

- शुंग वंश के संस्थापक पुष्यमित्र शुंग को माना जाता है।
- 'पतंजलि के महाभाष्य' में एक उल्लेख है कि साकेत (अयोध्या) को यवनों (यूनानियों) ने घेर लिया था। आक्रामक सेनाओं ने दक्षिण-पश्चिमी क्षेत्र में

काठियावाड़, स्यालकोट, पंजाब और मथुरा को अपने अधीन कर लिया। उसके बाद, आक्रामकों ने साकेत (अयोध्या) को घेर लिया और गंगा की घाटी में बहुत दूर तक अग्रसर हुए।

- मथुरा बहुत समय तक मिनाण्डर के साम्राज्य का प्रमुख नगर रहा। मिनाण्डर ने 145 ई. पू. तक शासन किया।
- शुंग वंश का साम्राज्य कहाँ तक फैला था यह कहना कठिन है, किन्तु ऐसे सिक्के जिन पर 'मित्र' शब्द से समाप्त होने वाले राजाओं के नाम खुदे हैं, खुदाई में पूरे उत्तर प्रदेश में मिले हैं।
- शुंग-वंश के अन्तिम शासक देवभूमि था।

कण्व वंश

- शुंग राजवंश के समाप्त होने के बाद, वासुदेव कण्व ने 75 ई. में कण्व वंश की आधारशिला रखी थी जिसका साशन उत्तर भारत तक सीमित था।

शक एवं पार्थियन वंश
मिथ्रीडेट्स (96-92 ई. पू.)

- यह प्रथम पर्शियन सम्राट था। 60 ई. पू. तक शक और पार्थियन वंश के लोगों ने मथुरा में अपना क्षत्रप स्थापित किया था।

कुषाण वंश

- कुषाण वंश के शासक कुजुल कडफिसेस था।
- कुजुल कडफिसेस के उत्तराधिकारी कनिष्क हुआ जिसने शक संवत का प्रचलन किया।
- शक संवत भारत सरकार का राष्ट्रीय कैलेण्डर है।
- सम्राट कनिष्क भारत में आकर यहां की बौद्ध संस्कृति का हिस्सा बन गए भारत में सर्वप्रथम भगवान बुद्ध की मूर्तियों का निर्माण कुषाण काल में ही हुआ इसमें गंधार व मथुरा शिल्पकला का उदय कुषाण काल में ही हुआ।
- मथुरा से कनिष्क की सिरविहीन आदमकद प्रतिमा मिली है।

गुप्त काल

- गुप्त शासकों का आधिपत्य मुख्यतः मध्य गंगा मैदान (प्रयाग, साकेत) पर था।
- प्रदेश से प्राप्त इलाहाबाद अभिलेख (प्रयाग प्रशस्ति) में समुद्रगुप्त के पराक्रम एवं विजय-अभियान का वर्णन मिलता है।
- गुप्तकाल में सारनाथ एवं मथुरा में उत्कृष्ट बौद्ध प्रतिमाओं का निर्माण हुआ।
- गुप्तकाल में मन्दिर कला का विकास हुआ, जैसे कि कानपुर के भीतरगांव, गाजीपुर के भीतरी और झांसी के देवगढ़ में निर्मित ईंट के मंदिर जो गुप्तकालीन वास्तुकला के सुंदर उदाहरण हैं।

- प्रसिद्ध गुप्तकालीन दशावतार मंदिर कौशाम्बी में स्थित हैं। गुप्तकाल में सारनाथ और मथुरा में उत्कृष्ट बौद्ध प्रतिमाएं निर्मित हुईं।

मौखरि राजवंश

- कन्नौज के मौखरि राजवंश का संस्थापक हरिवर्मा था जिसने 510 ई. में शासन किया था।
- कुमारगुप्त-I के समय मौखरि वंश शक्तिशाली हुआ।
- मौखरि वंश का राज्य आधुनिक उत्तर प्रदेश में स्थापित हुआ।
- हर्ष के राज्याभिषेक से थानेश्वर और कन्नौज के राजवंश आपस में मिल गए।
- कन्नौज उत्तर भारत का प्रमुख नगर बन गया। कई शताब्दियों तक उसका वही मान रहा जो उससे पहले पाटलिपुत्र का था।
- कन्नौज की शान-शौकत तथा समृद्धि के फलस्वरूप उसे महोदय श्री नाम मिला तथा हर्ष के बाद (647 ई.) के हिन्दू राजाओं का उसे अपने अधिकार में लेने का लक्ष्य रहा करता था।

हर्षवर्धन के उपरान्त उत्तर प्रदेश

- हर्षवर्धन की मृत्यु के बाद, प्रतिहार, पाल और राष्ट्रकूट राजवंशों के राजा कन्नौज पर नियंत्रण पाने के लिए आपस में लड़े जिस कारण उत्तरी भारत पर नियंत्रण के लिए त्रिपक्षीय संघर्ष 9वीं शताब्दी में हुआ।
- प्रतिहारों के अधीनता के उत्तराधिकार में, उत्तर प्रदेश में दो नए राजवंश उदय हुए, जिनमें **महोबा क्षेत्र में चन्देल वंश और गहड़वाल क्षेत्र में गहड़वाल वंश** था।
- कन्नौज का प्राप्ति करने के लिए, लगभग दो सौ वर्षों तक प्रतिहार और राष्ट्रकूट राजवंश के बीच त्रिकोणीय संघर्ष चलता रहा। अंततः, गुर्जर प्रतिहार वंश को सफलता मिली।

गुर्जर-प्रतिहार वंश

- गुर्जर-प्रतिहार राजवंश के शासकों ने 8वीं सदी से 11वीं सदी के बीच शासन किया। इस राजवंश का संस्थापक **नागभट्ट प्रथम** था, जिनके वंशजों ने पहले उज्जैन और बाद में **कन्नौज** को राजधानी बनाया था।

महोबा का चन्देल वंश व गहड़वाल वंश

- गहड़वाल वंश की स्थापना कन्नौज में चन्द्रदेव ने की थी। इस वंश के प्रमुख राजा गोविन्द चन्द्र और जयचन्द्र थे।
- 1194 ईस्वी में हुए चन्दावर (फिरोजाबाद) के युद्ध में मोहम्मद गोरी ने गहड़वाल वंश के अंतिम शासक जयचंद को परास्त कर उसकी हत्या कर दी थी।

<hr>

मध्यकालीन इतिहास

- हर्षवर्धन के शासन के पतन के बाद, विभिन्न क्षेत्रीय शक्तियों का उदय हुआ, प्रत्येक शासकों ने अपना-अपना शासन स्थापित करने का प्रयास किया। लेकिन अन्ततः यह दिल्ली सल्तनत के विभिन्न सुल्तानों द्वारा शासित हुआ।
- महमूद गजनवी और मोहम्मद गोरी के दिल्ली में आक्रमण करने से सम्पूर्ण उत्तर प्रदेश में मुस्लिम शासन के एक युग का सूत्रपात हुआ था।
- मुगल सामाज्य के शासकों ने उत्तर प्रदेश और दिल्ली पर शासन किया।
- मध्य काल में **1194 ई. से 1857 ई.** तक उत्तर प्रदेश के अनेक क्षेत्रों पर मुस्लिम शासन व्यवस्था एवं संस्कृति स्थापित रही।
- मुगल साम्राज्य का सूबेदार अवध का नवाब बना।

महमूद गजनवी का आक्रमण और उत्तर प्रदेश

- महमूद गजनवी ने भारत के विभिन्न भागों पर 1000 ई. से 1026 ई. तक 17 बार आक्रमण किये थे।
- अपने बारहवें अभियान में उसने 1018 ई. में मथुरा पर, आक्रमण किया और शासकों के गठबंधन को हरा दिया, जिसमें चन्द्र पाल नाम का शासक भी था। मथुरा के बाद महमूद ने वृन्दावन को लूटा।
- मथुरा को लूटने के बाद महमूद गजनवी 1019 ई. में कन्नौज की ओर बढ़ा। वहाँ के शासक राजपाल ने बिना युद्ध किए ही आत्मसमर्पण कर दिया। चंदेल शासक विद्याधर ने राजपाल को मार डाला।

- महमूद गजनवी ने अपने तेरहवें आक्रमण 1020 ई. में बुंदेलखण्ड, किरात तथा लोहकोट आदि को जीत लिया।

मोहम्मद गोरी का आक्रमण और उत्तर प्रदेश

- राजा **पृथ्वीराज चौहान व मोहम्मद गोरी** के मध्य **तराइन का द्वितीय युद्ध 1192 ई.** में हुआ था, जिसमें पृथ्वीराज की पराजय हुई।
- 1194 ई. में इटावा जिले में यमुना के तट पर चंदावर नामक स्थान पर मोहम्मद गोरी ने कन्नौज के शासक जयचन्द पर चढ़ाई की और जयचन्द को हरा दिया था।
- 1195-96 ई. में मोहम्मद गोरी ने चुनार के पास जाटों और राजपूतों को पराजित किया।
- जयचन्द की पराजय के बाद मोहम्मद गोरी ने भारत में विजित प्रदेशों को कुतुबुद्दीन ऐबक को सौंप दिया।
- 1202-03 ई. में ऐबक ने बुन्देलखंड में कालिंजर के किले को जीता।

सल्तनत काल और उत्तर प्रदेश

- उत्तर प्रदेश का वर्तमान क्षेत्र प्रारंभिक दौर से ही गुलाम वंश के साम्राज्य का एक महत्वपूर्ण भाग बना हुआ था।
- 1210 ई. में उत्तर प्रदेश में कुतुबदीन ऐबक की मृत्यु के बाद, **इल्तुतमिश** शासक बने। वे दिल्ली सल्तनत के शासक बनने से पहले **बदायूं के**

इक्तादार थे।

- 14वीं शताब्दी में दिल्ली के तुगलकों के साम्राज्य की पतन की घटना शुरू हो गई थी और 1394 ई. में इस क्षेत्र के **जौनपुर (पूर्वांचल)** में एक स्वतंत्र राज्य की स्थापना हुई। यह स्थापना जौनपुर में नासिरुद्दीन तुगलक के विद्रोही सूबेदार मलिक **सरवर ख्वाजा जहां** द्वारा की गई थी। शर्की शासकों ने 84 वर्षों तक दिल्ली की बादशाही का प्रतिरोध किया और कन्नौज और अन्य सीमांत जिलों पर दिल्ली के प्रभुत्व को नहीं माना।
- जौनपुर के पृथक होने के चार वर्षों बाद, अर्थात् 1398 ई. में भारत पर समरकन्द के एक तुर्क योद्धा ने आक्रमण किया, जिसका नाम तैमूर था।
- लोदी राजवंश के संस्थापक बहलोल लोदी ने 1478 ई. में जौनपुर को अपने अधीन कर लिया, लेकिन अनेक हिन्दू और मुस्लिम सरदारों के नेतृत्व में दोआब क्षेत्र आगे आता रहा।
- **1504 ई. में सिकंदर लोदी ने आगरा शहर** की स्थापना की और 1506 ई. में आगरा शहर को अपनी राजधानी बनाया।

जौनपुर सल्तनत के शर्की सुल्तान (1394 - 1479)	
1394-1399	मलिक सरवर
1399-1402	मुबारक शाह
1402-1440	शम्सुद्दीन इब्राहिम
1440-1457	महमूद शाह
1457-1458	मुहम्मद शाह
1458-1479	हुसैन शाह

सल्तनतकालीन प्रमुख शहर	
प्रमुख शहर/स्थापत्य निर्माण	**निर्माता**
जौनपुर नगर	फिरोजशाह तुगलक
आगरा शहर	सिकन्दर लोदी
जामा मस्जिद (जौनपुर)	हुसैन शाह शर्की
लाल दरवाजा (जौनपुर)	हुसैन शाह शर्की
अटाला मस्जिद (जौनपुर)	इब्राहिम शाह शर्की
झझरी मस्जिद (जौनपुर)	इब्राहिम शाह शर्की
जामा मस्जिद (बारां)	इल्तुतमिश

उत्तर प्रदेश में भक्ति आन्दोलन

- उत्तरी और पूर्वी भारत, और महाराष्ट्र में सल्तनत काल के दौरान भक्ति आंदोलन हुए थे।
- भक्ति आंदोलन दक्षिण भारत में **अलवारों और नयनारों** के माध्यम से फैला, जिसने कालांतर में उत्तर भारत और सम्पूर्ण दक्षिण एशिया में प्रभाव डाला।

भक्ति आन्दोलन के प्रमुख सन्त

भक्ति आन्दोलन के प्रमुख संतों का वर्णन इस प्रकार है-

1. रामानन्द

- दक्षिण से उत्तर तक भक्ति आन्दोलन को लाने का कार्य रामानंद ने किया। वे रामानुज के शिष्य थे और उनका जन्म प्रयागराज में 14वीं शताब्दी में हुआ था। उन्होंने सभी जातियों को अपना शिष्य बनाया और हिन्दी में उपदेश दिए।

- एकेश्वरवाद के पक्ष में रामानंद ने 'राम' की भक्ति को प्रचारित किया, जबकि कबीर, रैदास, सेना आदि उनके प्रमुख शिष्य बने।

2. रैदास

- रविदास (रैदास) का जन्म काशी में माघ पूर्णिमा दिन रविवार को संवत 1377 को हुआ था।
- रैदास ने बाहरी आडम्बरों, जातिवाद, कर्मकांड, अवतारवाद आदि का विरोध करते हुए आत्मज्ञान का मार्ग दिखाया।
- इन्होंने रविदासी, रैदासी पंथ की स्थापना की थी।

3. कबीरदास

- कबीरदास या कबीर 15वीं सदी के भारतीय रहस्यवादी कवि एवं संत थे।
- कबीर ने महान संत और गुरु रामानंद जी से दीक्षा हासिल की थी। कबीर के प्रिय शिष्य धर्मदास थे।
- कबीरदास जी की तीन रचनाएं मानी जाती है। जिनमें पहली रचना 'साखी' है। दूसरी रचना 'सबद' और तीसरी रचना 'रमैनी' है। पद शैली में सिद्धांतों का विवेचन 'रमैनी' कहलाता है।
- इनकी मृत्यु 1518 ई. में उत्तर प्रदेश के मगहर नामक स्थान पर हुई थी।

4. सूरदास

- सूरदास का जन्म 1478 ई. में आगरा-मथुरा मार्ग पर स्थित रुनकता ग्राम में हुआ था।
- वह वल्लभाचार्य के शिष्य थे और मुगल बादशाह अकबर एवं जहांगीर के समकालीन थे।

5. वल्लभाचार्य

- इनका जन्म 1479 ई. में काशी (वाराणसी) में हुआ और वे शुद्धाद्वैत को मानते थे। यह भगवान कृष्ण के अवतार थे।
- इन्होंने शुद्ध अद्वैत (शुद्ध गैर-द्वैतवाद) का वेदांत दर्शन संप्रदाय की स्थापना की थी।

6. तुलसीदास

- 1532 ई. में उत्तर प्रदेश के बांदा जिले के राजापुर ग्राम में जन्मे तुलसीदास सगुण भक्ति शाखा के प्रमुख कवि थे।
- वह मुगल बादशाह अकबर और मेवाड़ राजा राणा प्रताप के समकालीन थे।

उत्तर प्रदेश और मुगल काल- मध्यकाल में उत्तर प्रदेश मुस्लिम शासकों के अधीन हो गया जिससे हिंदू और इस्लाम धर्मों के संपर्क से नई मिली-जुली संस्कृति का जन्म हुआ। मुगल काल के शासकों का विवरण निम्न है-

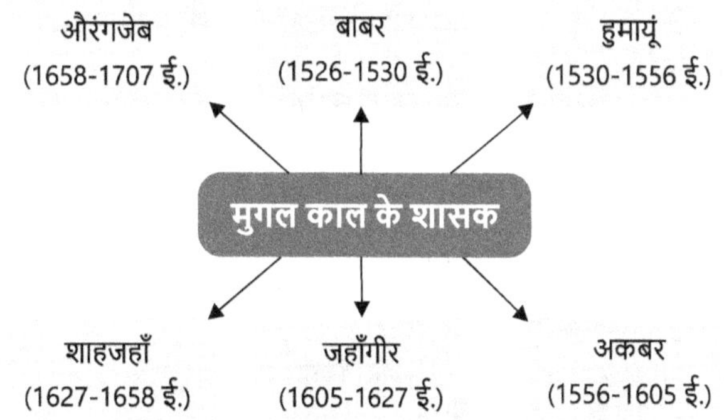

बाबर (1526-1530 ई.)

- 1526 ई. में बाबर ने दिल्ली के सुल्तान इब्राहीम लोदी को हराया और मुगल वंश की नींव रखी।
- 16 मार्च, 1527 ई. में बाबर व राणा सांगा की सेनाओं के बीच सीकरी खानवा का युद्ध हुआ। राणा सांगा की पराजय हुई।
- बाबर बागों का बड़ा शौकीन था, उसने आगरा में ज्यामितीय विधि से एक बाग लगवाया, जिसे 'नूर-ए- अफगान' कहा जाता था, परन्तु अब इसे 'आरामबाग' कहा जाता है।

- बाबर की मृत्यु 26 दिसम्बर, 1530 ई. को हुई। बाबर का मृत शरीर पहले यमुना के किनारे आगरा के आरामबाग में दफनाया गया, लेकिन बाद में उसकी इच्छा के अनुसार काबुल में दफनाया गया।

हुमायूँ (1530-40 ई. एवं 1555-56 ई.)

- बाबर की मृत्यु के बाद नसीरुद्दीन हुमायूँ 29 दिसंबर, 1530 ई. को राजधानी आगरा में 23 वर्ष की अवस्था में मुगल सिंहासन पर बैठा।
- **कालिंजर का युद्ध. (1531 ई.):** 1531 ई. में हुमायूँ ने बुंदेलखण्ड में कालिंजर के किले को घेर लिया। यह विश्वास किया जाता है कि यहां का राजा प्रताप रुद्रदेव संभवतः अफगानों के पक्ष में था। मुगलों ने किले को घेर लिया, किन्तु हुमायूं को सूचना मिली कि अफगान सरदार महमूद लोदी बिहार से जौनपुर की ओर बढ़ रहा है तो वह कालिंजर के राजा से अपने पक्ष में संधि करके जौनपुर की ओर बढ़ गया।
- 1532 ई. में हुमायूँ ने अफगान सेनाओं को पराजित किया और जौनपुर को अपने अधिकार में ले लिया।
- हुमायूँ ने चुनार पर घेरा डाला, जो उस समय शेर खां नामक एक अफगान के अधीन था। चार महीने के बाद हुमायूँ ने किले पर अधिकार कर लिया।
- शेर खां ने मुगल साम्राज्य की अधीनता स्वीकार कर अपने पुत्र को बन्धक के रूप में सौंप दिया।
- 1540 ई. में पुनः अफगानों और हुमायूं के बीच एक भयंकर युद्ध हुआ, जिसे 'बिलग्राम का युद्ध' अथवा कन्नौज का युद्ध भी कहा जाता है। इस युद्ध में हुमायूं बुरी तरह पराजित हुआ। इसके बाद उसने पन्द्रह वर्षों तक निर्वासित जीवन बिताया, किन्तु 1555 ई. में पुनः अफगानों को हराकर हुमायूँ ने दिल्ली पर अधिकार कर लिया।

सरहिंद युद्ध (1555 ई.)

- 1555 ई. में अफगान सेना और मुगल सेना के बीच 'सरहिंद का युद्ध' हुआ। अफगान सेना का नेतृत्व सुल्तान सिकंदर शाह सूर एवं मुगल सेना का नेतृत्व बैरम खां ने किया। इस युद्ध में अफगानों की पराजय हुई और पुन: दिल्ली के तख्त पर हुमायूं को बैठने का सौभाग्य मिला।

अकबर (1556-1605 ई.)

- पंजाब के गुरुदास पुर जिले के कलानौर में हुमायूं की मृत्यु की सूचना मिलने पर बैरम खां ने फरवरी 1556 ई. में अकबर का राज्याभिषेक कराया।
- मुगल शासन खासकर बादशाह अकबर के शासनकाल में उत्तर प्रदेश ने समृद्धि के शिखर को प्राप्त किया था।
- पानीपत का दूसरा युद्ध 5 नवम्बर 1556 को उत्तर भारत के हिंदू शासक सम्राट हेमचंद्र विक्रमादित्य (हेमू) और अकबर की सेना के बीच पानीपत के मैदान में लड़ा गया था।
- 1558 ई. तथा 1560 ई. के बीच ग्वालियर, अजमेर एवं जौनपुर इसमें मिला लिये गये। 1570-1585 तक फतेहपुर सीकरी मुगल साम्राज्य की राजधानी भी रहा।
- अकबर ने अपनी गुजरात विजय की स्मृति में राजधानी फतेहपुर सीकरी में एक 'बुलंद दरवाजा' बनवाया।
- 1600 ई. में अकबर ने अपनी राजधानी को पुनः आगरा में स्थानान्तरित कर दिया था।
- दक्षिण बिहार के शासक सुलेमान करानी के पुत्र दाउद ने उत्तर प्रदेश के जिले में स्थित गाजीपुर जमनिया पर आक्रमण करके भी बादशाह के साथ शत्रुता कर ली थी।
- मुगल सम्राट अकबर ने अपने शासन काल में जौनपुर में भारत के सबसे बड़े पुल का निर्माण कराया था।
- अकबर के नवरत्नों में शामिल दो प्रसिद्ध मंत्री टोडरमल (सीतापुर) और बीरबल (कल्पी) उत्तर प्रदेश के थे।
- बीरबल का जन्म 'कल्पी' में 1528 ई. में हुआ था।
- बीरबल को 1586 ई. में न्याय विभाग का उच्चाधिकारी नियुक्त किया गया तथा उसे 'राजा' की पदवी भी प्राप्त थी।
- बीरबल 'दीन-ए-इलाही' को मानने वाला एकमात्र हिन्दू था। 1586 ई. में यूसुफजइयों के विरुद्ध लड़ते हुए बीरबल की मृत्यु हुई।
- प्रयाग शहर का वर्तमान नाम इलाहाबाद अकबर द्वारा रखा गया।

- टोडरमल अकबर के नवरत्नों में से एक थे। राजा टोडरमल का जन्म स्थान अवध प्रान्त के सीतापुर जिले के अन्तर्गत तारापुर नामक ग्राम है।
- अकबर के इस रत्न टोडरमल को भूमि संबधी सुधारों के लिये याद किया जाता है।
- अकबर का **राजकवि 'फैजी'** (अबुल फजल का भाई) था, इसी के अधीन अकबर ने **'अनुवाद विभाग'** की स्थापना कराई।
- अकबर ने भारत में दरबारी **इतिहास लेखन की परम्परा** की शुरूआत की।
- अकबर की मृत्यु 16 अक्टूबर 1605 को आगरा के निकट सिकन्दरा में हुई।

जहाँगीर (1605-1627 ई.)

- जहाँगीर का जन्म 1569 ई. में में **शेख सलीम चिश्ती** के आशीर्वाद से हुआ था, इसलिए इसका नाम **सलीम** रखा गया।
- 1605 ई. में अकबर की मृत्यु के एक सप्ताह के पश्चात् छत्तीस वर्ष की आयु में सलीम आगरा में राजसिंहासन पर बैठा तथा 'नूरुद्दीन मुहम्मद जहाँगीर बादशाह ग़ाज़ी' की उपाधि धारण की।
- जहाँगीर ने आगरा के किले की शाह बुर्ज के मध्य एक न्याय की जंजीर लगवाई।
- मुगल बादशाह **जहांगीर ने गुरु अर्जुन देव, सिखों के पांचवें गुरू** की हत्या लाहौर में 1606 ई. करवा दी थी।
- जहाँगीर के आदेश पर **खुर्रम** के साथ दक्षिण अभियान के समय खुसरो की हत्या कर दी गई। बाद में उसका शव इलाहाबाद में लाकर दफना दिया गया।
- जहाँगीर का नूरजहाँ (मेहरून्निसा) से विवाह 1611 ई. में हुआ।
- जहाँगीर ने नूरजहाँ के पिता मिर्जा गियास बेग को **एत्मादुद्दौला** की उपाधि प्रदान की।

राजनैतिक अभियान

- मेवाड़ अभियान (1605-1615 ई.)
- कांगड़ा विजय (1620 ई.)
- कांधार की पराजय (1622 ई.)

विदेशी यात्री

- कैप्टन हॉकिंस (1608 ई.)- जहाँगीर ने इंग्लिश खान की उपाधि दी।
- सर टॉमस रो (1615 ई.)
- एडवर्ड टेरी (1616 ई.)

- जहाँगीर के शासनकाल में मुगल चित्रकला अपने चरमोत्कर्ष पर थी। इसी कारण इसके शासनकाल को **'चित्रकला का स्वर्णकाल'** कहा जाता है। इसने आगरा में एक चित्रणशाला की स्थापना की।
- जहाँगीर की मृत्यु नवंबर, 1627 ई. में भीमवार नामक स्थान पर हुई थी।

शाहजहाँ (1627-1658 ई.)

- शाहजहाँ (शाहज़ादा ख़ुर्रम) का जन्म 5 जनवरी, 1592 ई. में लाहौर में हुआ था। उसका बचपन का नाम ख़ुर्रम था।
- 1612 ई. में ख़ुर्रम का विवाह आसफ़ ख़ाँ की पुत्री आरजुमन्द बानों बेगम (मुमताज़ महल) से हुआ था।
- फ़रवरी 1628 ई. मे आगरा में शाहजहाँ का राज्यारोहण हुआ।
- शाहजहाँ ने 1631-1632 में पुर्तगालियों को हराया। आगरा से दिल्ली तक, उसने अपनी राजधानी को स्थानांतरित कर दिया।
- शाहजहाँ ने भारतीय कला, संस्कृति और वास्तुकला के स्वर्ण युग के दौरान शासन किया।
- 1632 ई. शाहजहाँ ने अपने पिता के शासनकाल में बनवाए गए मंदिरों को तोड़ने का आदेश दिया तथा मुस्लिम कन्याओं का हिंदुओं से विवाह निषिद्ध कर दिया।
- 14 फरवरी, 1658 ई. को बनारस से 5 कि.मी. दूर बहादुरपुर में शाहशुजा एवं शाही सेना के बीच उत्तराधिकार का युद्ध हुआ, जिसमें शुजा की हार हुई। शाही सेना का नेतृत्व सुलेमान शिकोह एवं जय सिंह ने किया था।
- शाहजहाँ के शासन काल में कई विद्रोह हुए। इनमें सबसे पहला विद्रोह

- खानेजहां लोदी का था।
- ताजमहल का निर्माण मुगल सम्राट शाहजहाँ ने, अपनी पत्नी मुमताज महल की याद में करवाया था।
- 1666 ई. में उसकी मृत्यु के बाद उसे ताजमहल में उसकी पत्नी की कब्र के साथ ही दफना दिया गया।

दारा शिकोह (1615-1659 ई.)

- शाहजहाँ का सबसे बड़ा और सबसे प्रिय पुत्र, जिसे वह 'बहादुर' नाम से पुकारता था।
- शाहजहाँ ने उसे **'शाह-ए-बुलंद-इकबाल'** की उपाधि प्रदान की।
- लेनपूल ने दारा शिकोह को 'लघु अकबर' की संज्ञा दी।
- **'मज्म-उल-बहरीन'** दारा की मूल रचना है।
- **'सिर्र-ए-अकबर'** के नाम से उपनिषदों का फारसी अनुवाद संग्रह किया।

उत्तराधिकार युद्ध

- **बहादुरपुर का युद्ध (14 फरवरी, 1658 ई.)**- शुजा व सुलेमान शिकोह (दारा शिकोह का पुत्र) के बीच हुआ। जिसमें शुजा की हार हुई।
- **धरमत का युद्ध (15 अप्रैल, 1658 ई.)** - मुराद व औरंगजेब की संयुक्त सेना का संघर्ष दारा शिकोह व शाही सेना से हुआ। जिसमें दारा पराजित हुआ।
- **सामूगढ़ का युद्ध (मई, 1658 ई.)**- मुराद व औरंगजेब की संयुक्त सेना का संघर्ष दारा शिकोह से हुआ जिसमें दारा पुनः पराजित हुआ।
- **खजवा युद्ध (5 जनवरी, 1659)**- औरंगजेब एवं शुजा के बीच हुआ। जिसमें शुजा अंतिम रूप से परास्त हुआ।
- **देवराई का युद्ध (12-14, अप्रैल 1659 ई.)**- औरंगजेब एवं दारा के बीच हुआ, जिसमें दारा पराजित हुआ।

औरंगजेब (1658-1707 ई.)

- औरंगजेब जन्म 1618 ई. में उज्जैन के निकट 'दोहद' नामक स्थान पर हुआ।
- औरंगजेब ने 31 जुलाई, 1658 को आगरा पर अधिकार करने के पश्चात् जल्दबाजी में अपना राज्याभिषेक करवाया। देवराई के युद्ध में सफलता के पश्चात् पुनः औरंगजेब ने दिल्ली में 5 जून, 1659 को अपना दूसरी बार राज्याभिषेक करवाया।
- 5 जनवरी, 1659 ई. को इलाहाबाद के पास खेजवा नाम स्थान पर औरंगजेब व शुजा के बीच हुए युद्ध में शुजा पराजित होकर अराकान भाग गया जहां उसकी मृत्यु हो गई।
- इसने 1665 ई. में हिन्दू मंदिरों को तोड़ने का आदेश दिया। जिसके अन्तर्गत बनारस का विश्वनाथ मंदिर तथा मथुरा के केशव मंदिर को तोड़ दिया गया। इसकी मृत्यु के पश्चात् 50 वर्षों में कुल 08 मुगल शासक हुए।
- शिवाजी 1666 ई. में आगरा के औरंगजेब दरबार में कैद करके लाये गये, परंतु कैद कर लिये जाने पर गुप्त रूप से भाग कर पुनः महाराष्ट्र पहुंच गये।
- औरंगजेब की मृत्यु **3 मार्च 1707 ई.** को हुई थी तथा इनका मकबरा महाराष्ट्र के औरंगाबाद जिले के खुल्दाबाद नामक शहर में स्थित है।

राजनैतिक अभियान

- 1686-बीजापुर को मुगल साम्राज्य में मिलाया।
- 1687-गोलकुंडा को मुगल साम्राज्य में मिलाया।

उत्तर प्रदेश में मुगलकालीन इमारतें	
प्रमुख स्थापत्य निर्माण	**निर्माता**
जामा मस्जिद (सम्भल), बाबरी मस्जिद (अयोध्या)	बाबर
फतेहपुर सीकरी शहर	अकबर
आगरा का किला, इलाहाबाद का किला	अकबर
जहाँगीरी महल (आगरा)	अकबर
शेख सलीम चिश्ती का मकबरा (फतेहपुर सीकरी)	अकबर
बुलन्द दरवाजा (फतेहपुर सीकरी)	अकबर
फतेहपुर सीकरी का पंचमहल, खास महल, जोधाबाई महल, बीरबल महल तथा जामा मस्जिद	अकबर
एत्मादुद्दौला का मकबरा (आगरा)	नूरजहाँ
अकबर का मकबरा (सिकन्दरा)	जहाँगीर
मरियम उज्जमानी का मकबरा (सिकन्दरा)	जहाँगीर
ताजमहल (आगरा)	शाहजहाँ
आगरा के किले में दीवाने आम, दीवाने खास तथा मोती मस्जिद	शाहजहाँ

उत्तर मुगलकाल और उत्तर प्रदेश

अवध के नवाब

- मुगल साम्राज्य के अधिन अवध एक सूबा था जिसके शासक को नवाब के नाम से जाना जाता था।
- 1722 में, सआदत अली खान-बुरहान-उल-मुल्क ने अवध को स्वायत्त राज्य बनाया और स्वयं को अवध के राज्यपाल के रूप में नियुक्त करवाया गया। उन्होंने अवध में किसानों को जमींदारों के शोषण से बचाने के लिए एक नई भू-राजस्व और भूमि पट्टा प्रणाली की स्थापना की।
- 1739 में, सफदर जंग को अवध के नवाब का ताज पहना और वह 1748 में मुगल साम्राज्य का वजीर बन गया था, जिसके बाद उन्हें इलाहाबाद प्रांत भी सौंप दिया गया। अक्टूबर 1754 में, शुजाउद्दौला अवध के नवाब बने।
- 1764 में, उन्होंने मीर कासिम के साथ बक्सर की लड़ाई में ब्रिटिश ईस्ट इंडिया कंपनी के खिलाफ लड़ाई लड़ी।
- 1773 में, शुजा-उद-दौला ने वारेन हेस्टिंग्स के साथ बनारस की संधि पर हस्ताक्षर किए, और 1774 में, रुहेलखंड को अवध में समाहित कर लिया गया।
- 1775 में, फैजाबाद में उनका निधन हो गया और उन्हें गुलाब बाड़ी में दफनाया गया।
- शुजा-उद-दौला की मृत्यु के बाद, आसफ-उद-दौला अवध का नवाब बन गए, और 1773 से 1777 तक शाह आलम द्वितीय के साथ सफलतापूर्वक नेतृत्व किया।
- आसफ-उद-दौला ने अपनी राजधानी को फैजाबाद से लखनऊ स्थानांतरित कर दिया।
- 1775 में, उन्होंने ब्रिटिश ईस्ट इंडिया कंपनी के साथ एक संधि पर हस्ताक्षर किए। जिसे "फैजाबाद की संधि" के नाम से जाना जाता है।
- आसफ-उद-दौला ने लखनऊ में बड़ा इमामबाड़ा और रूमी दरवाजा (तुर्की द्वार के रूप में भी जाना जाता है) का निर्माण किया।
- 1797 में उनकी मृत्यु हो गई और उन्हें लखनऊ के बड़े इमामबाड़े में दफनाया गया।
- 1847 से 1856 तक, वाजिद अली शाह अवध के दसवें और अंतिम नवाब थे।
- 1856 में, लॉर्ड डलहौजी ने अवध को ब्रिटिश राज्य का एक हिस्सा बना लिया, और वाजिद अली शाह को कलकत्ता भेज दिया गया।

आधुनिक इतिहास

उत्तर प्रदेश में स्वतंत्र राज्यों का उदय

1757 ई. तक वर्तमान उत्तर प्रदेश में क्रमशः 5 स्वतंत्र राज्य थे, मेरठ और बरेली के उत्तर में नजीब खान पठान सरकार, मेरठ तथा दोआब के क्षेत्र में रुहेलों के अन्तर्गत रुहेलखंड और फर्रुखाबाद के नवाब के अधीन मध्य दोआब क्षेत्र, वर्तमान अवध और पूर्वी अवध के अंतर्गत जनपदों में नवाब और बुन्देलखण्ड पर मराठों का शासन स्थापित हो गया।

अवध के नवाब

- 18वीं और 19वीं शताब्दी में भारत में अवध के शासकों को अवध का नवाब कहा जाता है। अवध एक समृद्ध क्षेत्र था जो पश्चिम में कन्नौज से लेकर पूर्व में कर्मनाशा नदी तक फैला हुआ था।
- मुगल बादशाह मुहम्मद शाह ने एक ईरानी शिया सआदत खान उर्फ 'बुरहान-उल-मुल्क' को अवध का राज्यपाल नियुक्त किया, जिसने बाद में 1722 ई. में अवध को एक स्वतंत्र राज्य घोषित कर दिया।
- 1748 ई. में मुगल बादशाह ने सफदरजंग को अपना 'वजीर' बनाया और उसे इलाहाबाद का सूबा भी दे दिया। सफदरजंग के दरबार में सबसे बड़े पद पर एक हिन्दू 'महाराजा नवाब राय' बैठे थे। अवध दरबार में एक विशिष्ट लखनवी संस्कृति का विकास हुआ।

फर्रुखाबाद

- एक अफगान योद्धा मुहम्मद खान बंगश ने मुगल सम्राट फर्रुखसियर और मुहम्मदशाह (1713 ई. से 1748 ई.) के शासनकाल के दौरान अलीगढ़ और कानपुर के बीच स्थित फर्रुखाबाद की जागीर को एक स्वतंत्र राज्य में बदल दिया।
- बाद में मुहम्मद खान ने बुन्देलखण्ड और इलाहाबाद के क्षेत्रों पर भी अपना प्रभुत्व स्थापित कर लिया।

रूहेलखंड

- 18वीं शताब्दी के पूर्वार्द्ध में उत्तर भारत में अफगानों का प्रभाव बढ़ने लगा। इन अफगानों के मजबूत गढ़ मुख्यतः पश्चिम में दिल्ली और आगरा तथा पूर्व में अवध और इलाहाबाद के बीच के क्षेत्रों में स्थापित थे।
- इस क्षेत्र में मुख्यतः रुहेल रहते थे। इन रुहेलों को एक अफगान नायक दाउद का प्रभावी नेतृत्व मिला।
- 1737 ई. में उन्हें मुगल बादशाह से नवाब की उपाधि प्राप्त हुई। नादिरशाह के आक्रमणों के दौरान मुग़ल बादशाह की कमज़ोर स्थिति का फ़ायदा उठाकर अली मोहम्मद ख़ान ने अपनी शक्ति पूरे बरेली और मुरादाबाद तथा हरदोई और बदायूँ के कुछ क्षेत्रों तक बढ़ा दी। बाद में पीलीभीत, बिजनौर और कुमाऊँ पर भी उसका कब्जा हो गया।

जाट

- औरंगजेब (1668-1689 ई.) के शासनकाल के दौरान पहले संगठित विद्रोह में गोकुल के नेतृत्व में मथुरा के जाटों ने स्थानीय अधिकारी अब्दुल नबी की हत्या कर दी।
- तिलपत के युद्ध (1669 ई.) में जाटों की हार हुई और गोकुल को बंदी बनाकर मार डाला गया।
- 1686 ई. में राजाराम के नेतृत्व में जाटों ने एक बार फिर विद्रोह कर दिया। 1688 ई. में उसने सिकंदरा स्थित अकबर के मकबरे को लूटा और कब्र से अकबर की हड्डियाँ जला दीं।
- 1688 ई. में राजाराम के भतीजे चूड़ामन ने मथुरा के निकट भरतपुर नामक नये स्वतंत्र राज्य की स्थापना की।

बुंदेलखंड

- मधुकर शाह के अधीन बुंदेलों ने काफ़ी शक्ति अर्जित कर ली। उन्होंने ओरछा में अपनी राजधानी स्थापित की।
- वीर सिंह के नेतृत्व में बुंदेलों की शक्ति अपने चरम पर पहुंच गई। वीर सिंह ने 33 लाख रुपये की लागत से मथुरा में एक मंदिर बनवाया।
- 1710 ई. में पुनः छत्रसाल ने सिक्ख नेता बंदा बहादुर के विरुद्ध मुगलों के अभियान में अपना सक्रिय सहयोग दिया, किन्तु 1720 ई. में बुंदेलों ने पुनः मुगलों के विरुद्ध बगावत कर दी और काफी शक्ति का अर्जन कर लिया।

- 1723 ई. छत्रसाल के नेतृत्व में मुगल बादशाहों ने मोहम्मद खाँ को बुन्देलखण्ड की शक्ति को कुचलने का आदेश दिया।
- छत्रसाल ने मराठों की सहायता से मोहम्मद खाँ के साहस का सामना किया, किन्तु मराठा कैम्प में महामारी फैलने के कारण मराठा सेना दक्षिण की ओर वापस लौट गयी।
- 1731 ई. में छत्रसाल का निधन हो गया और उसकी रियासत को उसके पुत्रों ने आपस में बांट लिया।

उत्तर प्रदेश और ब्रिटिश शासन

1857 ई. का विद्रोह

- 1857 का विद्रोह, जिसे भारतीय विद्रोह या भारतीय स्वतंत्रता के प्रथम युद्ध के रूप में भी जाना जाता है, भारत के इतिहास में एक महत्वपूर्ण घटना थी।
- 10 मई, 1857 की क्रांति की शुरुआत मेरठ छावनी से हुई, उस समय लॉर्ड कैनिंग ब्रिटिश गवर्नर-जनरल थे।
- इस आन्दोलन का वर्तमान कारण कारतूसों में सुअर तथा गाय की चर्बी का प्रयोग था।
- मेरठ की तीसरी घुड़सवार सेना ने चर्बी वाले कारतूसों का प्रयोग करने से इंकार कर दिया, जिसके कारण अंग्रेजों ने सैनिकों पर अत्याचार करना शुरू कर दिया, जिससे मेरठ में भारतीय सैनिकों की भावना भड़क गई और उन्होंने 10 मई, 1857 को विद्रोह कर दिया।
- 11 मई, 1857 को उन्होंने दिल्ली पर कब्ज़ा कर लिया और 12 मई को अंतिम मुग़ल सम्राट बहादुर शाह द्वितीय को भारत का सम्राट घोषित कर दिया।
- मेरठ और दिल्ली के बाद राज्य के अधिकांश भागों में विद्रोह संगठित किये गये।
- 5 जून 1857 को नाना साहब को कानपुर का पेशवा घोषित किया गया।
- बेगम हजरत महल ने अपने बेटे बिरजिस कादर को अवध का नवाब घोषित किया।
- जून, 1857 में दिल्ली में जनरल बख्त खान नेतृत्व में भारतीय सैनिकों और जॉन निकोलस के नेतृत्व में ब्रिटिश सेना के बीच लड़ाई हुई, जिसमें अंग्रेजों ने दिल्ली पर कब्जा कर लिया और बहादुर शाह द्वितीय को कैद कर रंगून भेज दिया गया।
- तात्या टोपे के नेतृत्व में विद्रोही ग्वालियर रेजिमेंट ने 6 नवंबर 1857 को कानपुर पर कब्ज़ा कर लिया, लेकिन दिसंबर 1857 में सर कॉलिन कैंपबेल ने कानपुर पर दोबारा कब्ज़ा कर लिया।
- मार्च, 1858 में लखनऊ में विद्रोही सैनिकों का नेतृत्व अवध की रानी बेगम हजरत महल ने किया और ब्रिटिश रेजीडेंसी पर कब्जा कर लिया।
- सर ह्यूरोज ने 4 अप्रैल, 1858 को झाँसी पर कब्जा कर लिया।
- झाँसी की रानी लक्ष्मीबाई ब्रिटिश हिरासत से बच निकलीं और तात्या टोपे के साथ मिलकर ग्वालियर पर कब्ज़ा कर लिया।
- 17 जून 1858 को ब्रिटिश जनरल सर ह्यूरोज से लड़ते हुए रानी लक्ष्मीबाई वीरगति को प्राप्त हुईं।

उत्तर प्रदेश के विद्रोह के प्रमुख केन्द्र और नेतृत्वकर्ता

प्रमुख विद्रोह केन्द्र	विद्रोह के नेतृत्वकर्ता
कानपुर/बिठूर	नाना साहेब एवं तात्या टोपे
झाँसी	रानी लक्ष्मीबाई
बरेली	खान बहादुर खाँ
इलाहाबाद	मौलवी लियाकत अली

लखनऊ	बेगम हजरत महल
फैजाबाद	मौलवी अहमदुल्ला
फतेहपुर	अजीमुल्लाह
फर्रुखाबाद	तफ्जुल हुसैन खान
मवाना (मेरठ)	कदम सिंह
मथुरा	देवी सिंह

1857 के बाद संरचनात्मक परिवर्तन

- 1857 के विद्रोह के बाद भारत पर ब्रिटिश ताज के सीधे शासन की प्रक्रिया शुरू हुई।
- 1 नवंबर, 1858 को प्रयागराज में आयोजित दरबार में रानी की उद्घोषणा तत्कालीन गवर्नर जनरल (वायसराय) लॉर्ड कैनिंग ने पढ़ी।
- 1858 में, दिल्ली डिवीजन को उत्तर-पश्चिम प्रांत से अलग कर दिया गया और उत्तर-पश्चिम प्रांत की राजधानी आगरा से प्रयागराज स्थानांतरित कर दी गई।
- उत्तर प्रदेश का क्षेत्र उपराज्यपाल एवं मुख्य आयुक्त के अधीन कर दिया गया। इन्हें आगरा और अवध के नाम से जाना जाता था।

राष्ट्रवाद का विकास

- 1857 की क्रांति के बाद समाचार पत्रों और पत्रिकाओं ने राष्ट्रवाद के विकास में महत्वपूर्ण भूमिका निभाई।
- भारतेंदु हरिश्चंद्र ने वाराणसी से 'कविवचन सुधा' (1867) और हरिश्चंद्र मैगजीन (1872) का प्रकाशन किया।
- बालकृष्ण भट्ट ने 'हिन्दी प्रदीप' (1877) का संपादन किया।
- मुहम्मद कासिम नानौतवी और रशीद अहमद गंगोही ने वर्ष 1867 में देवबंद (उत्तर प्रदेश) में एक इस्लामी मदरसा स्थापित किया और देवबंद आंदोलन शुरू किया।
- सैय्यद अहमद ने अलीगढ़ आन्दोलन प्रारम्भ किया। 1864 ई. में उन्होंने 'साइंटिफिक सोसायटी' की स्थापना की और 1875 ई. में 'अलीगढ़ मुस्लिम-एंग्लो ओरिएंटल कॉलेज' की नींव रखी।
- ऐनी बेसेंट ने 1898 ई. में बनारस में सेंट्रल हिंदू कॉलेज की स्थापना की।
- स्वामी श्रद्धानंद ने गुरुकुल कांगड़ी की स्थापना की। 1861 ई. में शिवदयाल साहब ने 'राधास्वामी सत्संग' की स्थापना की।

भारतीय राष्ट्रीय कांग्रेस

- भारतीय राष्ट्रीय कांग्रेस की स्थापना वर्ष 1885 में ब्रिटिश सिविल सेवक ए.ओ. ह्यूम के प्रयासों से हुई थी।
- 28 दिसंबर, 1885 को भारतीय राष्ट्रीय कांग्रेस का पहला अधिवेशन व्योमेश चंद्र बनर्जी की अध्यक्षता में मुंबई के गोकुलदास तेजपाल संस्कृत विद्यालय में आयोजित किया गया था।
- कांग्रेस की स्थापना से लेकर स्वतंत्रता प्राप्ति तक कांग्रेस के कुल 9 अधिवेशन उत्तर प्रदेश में हुए।

भारतीय राष्ट्रीय काँग्रेस के राज्य में आयोजित अधिवेशन (1947 तक)			
वर्ष	अध्यक्ष	स्थान	विशेषता
1888	जॉर्ज यूले	इलाहाबाद (प्रयागराज)	प्रथम अंग्रेज अध्यक्ष, कांग्रेस के संविधान का निर्माण हुआ
1892	व्योमेश चन्द्र बनर्जी	इलाहाबाद (प्रयागराज)	मुद्रा नीति में सुधार की मांग
1899	रमेशचन्द्र दत्त	लखनऊ	कांग्रेस के संविधान को स्वीकार किया गया
1905	गोपाल कृष्ण गोखले	वाराणसी	कांग्रेस अध्यक्ष तथा प्रिंस ऑफ वेल्स के स्वागत प्रस्ताव पर कांग्रेस से विवाद
1910	विलियम वेडरबर्न	हलाहाबाद (प्रयागराज)	भारतीय प्रेस एक्ट व देशद्रोही सभा अधिनियम
1916	अम्बिका चरण मजूमदार	लखनऊ	कांग्रेस एवं मुस्लिम लीग के मध्य समझौता
1925	सरोजिनी नायडू	कानपुर	प्रथम भारतीय महिला अध्यक्ष
1936	जवाहरलाल नेहरू	लखनऊ	पार्लियामेण्ट बोर्ड की स्थापना
1946	जे. बी. कृपलानी	मेरठ	स्वतंत्रता से पूर्व अन्तिम अधिवेशन

खिलाफत आंदोलन

- 20 जून, 1920 को महात्मा गांधी की अध्यक्षता में इलाहाबाद (प्रयागराज) में खिलाफत समिति की बैठक हुई, जिसमें खिलाफत आंदोलन का प्रस्ताव पारित किया गया।

असहयोग आन्दोलन

- उत्तर प्रदेश में असहयोग आन्दोलन के दौरान अनेक स्थानों पर राष्ट्रीय विद्यालयों की स्थापना की गयी।
- 5 फरवरी, 1922 को चौरी-चौरा (गोरखपुर) में भीड़ ने थाने को घेर लिया और 22 सिपाहियों को जिंदा जला दिया। इस घटना के बाद गांधीजी ने असहयोग आंदोलन को स्थगित करने की घोषणा कर दी।

काकोरी षड्यंत्र केस

- काकोरी कांड भारतीय स्वतंत्रता संग्राम के दौरान एक ऐतिहासिक घटना थी, जिसमें ब्रिटिश राज से लड़ने के लिए हथियार खरीदने के उद्देश्य से 9 अगस्त 1925 को आठ डाउन सहारनपुर-लखनऊ पैसेंजर ट्रेन को काकोरी स्टेशन के पास रोका गया और सरकारी खजाना लूट लिया गया।
- काकोरी वर्तमान में लखनऊ जिले में स्थित है। राम प्रसाद बिस्मिल के नेतृत्व में 6 क्रांतिकारियों के एक समूह ने इस घटना को अंजाम दिया। बाद में ब्रिटिश सरकार द्वारा 'हिन्दुस्तान रिपब्लिकन एसोसिएशन' के 40

क्रांतिकारियों पर मुकदमा चलाया गया।

- इस मामले में चार क्रांतिकारियों को मौत की सजा दी गई थी। जिन क्रांतिकारियों को फांसी दी गई वे थे-राजेंद्र नाथ लाहिड़ी (गोंडा), राम प्रसाद बिस्मिल (गोरखपुर), अशफाक उल्ला खान (फैजाबाद) और ठाकुर रोशन सिंह (नैनी)।
- मदन मोहन मालवीय के नेतृत्व में एक प्रतिनिधिमंडल ने शिमला जाकर वायसराय से 'मौत की सजा' माफ करने की अपील की लेकिन वायसराय पर इसका कोई प्रभाव नहीं पड़ा।

स्वराज पार्टी

- 1923 में असहयोग आंदोलन की असामयिक वापसी से दुखी होकर चितरंजन दास और मोतीलाल नेहरू ने इलाहाबाद (प्रयागराज) में 'स्वराज पार्टी' की स्थापना की।
- इस पार्टी ने 1923 ई. में विधान परिषद के चुनाव में भाग लिया।

सविनय अवज्ञा आंदोलन

- जवाहरलाल नेहरू ने जयप्रकाश नारायण और लाल बहादुर शास्त्री की मदद से इलाहाबाद (प्रयागराज) में करबंदी आंदोलन शुरू किया।
- 5 मार्च, 1931 को गांधी-इरविन समझौते के बाद यह आंदोलन स्थगित कर दिया गया।

क्रांतिकारी आंदोलन

- हिन्दुस्तान रिपब्लिक एसोसिएशन की स्थापना 1924 में कानपुर में हुई। इसमें उत्तर प्रदेश के रामप्रसाद बिस्मिल, चन्द्रशेखर आजाद, शचीन्द्र सान्याल आदि क्रांतिकारी शामिल थे।
- 8 अप्रैल, 1929 को भगत सिंह और बटुकेश्वर दत्त ने केन्द्रीय विधानमंडल में बम फेंका। यह बम सहारनपुर में बनाया गया था।
- क्रांतिकारियों ने सहारनपुर में बम फैक्ट्री स्थापित की थी।
- 27 फरवरी, 1931 को चन्द्रशेखर आजाद की प्रयागराज के अलफ्रेड पार्क में पुलिस से मुठभेड़ हुई, जिसमें वे शहीद हो गये।

किसान आंदोलन

- 1918 ई. में गौरीशंकर मिश्र, इन्द्रनारायण द्विवेदी तथा मदन मोहन मालवीय ने 'उत्तर प्रदेश किसान सभा' का गठन किया।
- बाबा रामचन्द्र ने 17 अक्टूबर 1920 को प्रतापगढ़ में अवध किसान सभा का गठन किया।
- 24 दिसम्बर 1920 को अवध किसान सभा ने अयोध्या में एक विशाल रैली की।
- मदारी पासी के नेतृत्व में एक आंदोलन चलाया गया। यह आन्दोलन राजस्व वृद्धि के विरुद्ध था। एनजी रंगा, स्वामी सहजानंद और इंदुलाल याज्ञिक के प्रयासों से वर्ष 1936 में लखनऊ में अखिल भारतीय किसान सम्मेलन का आयोजन किया गया।

1937 की प्रांतीय मंत्रिपरिषद

- भारत सरकार अधिनियम 1935 के आधार पर वर्ष 1937 में उत्तर प्रदेश में प्रांतीय विधानसभा के चुनाव हुए।
- उत्तर प्रदेश में कांग्रेस को पूर्ण बहुमत मिला। 228 विधानसभा सीटों में से कांग्रेस को 134 सीटें मिलीं। मंत्रिपरिषद का गठन गोविंद बल्लभ पंत के नेतृत्व में किया गया।

भारत छोड़ो आन्दोलन-

- भारत छोड़ो आंदोलन 8 अगस्त 1942 को मुंबई में आयोजित अखिल भारतीय कांग्रेस सम्मेलन में भारत छोड़ो प्रस्ताव पारित किया गया। जवाहरलाल नेहरू को प्रयागराज की नैनी जेल में कैद कर दिया गया।
- 16 अगस्त 1942 को आंदोलनकारियों ने बलिया जेल पर हमला कर कैदियों को मुक्त करा लिया।
- बलिया में स्थानीय कांग्रेस नेता चित्तू पांडे के नेतृत्व में एक अस्थायी समनान्तर सरकार का गठन किया गया।

उत्तर प्रदेश में हुए प्रसिद्ध ऐतिहासिक एवं क्रान्तिकारी युद्ध

युद्ध	विवरण
मिनाण्डर युद्ध	182 ई. पू. में हुआ यह युद्ध यूनानी योद्धा मिनाण्डर ने जीता था। इस युद्ध में उसने मथुरा पर कब्जा किया था।
हूण-गुप्त युद्ध	484 ई. में तोरमाण व मिहिरकुल के नेतृत्व में चीनियों ने मथुरा, कन्नौज और कौशाम्बी पर हमला करके उन्हें जीता था।
जौनपुर युद्ध	1478 ई. में हुए इस युद्ध में बहलोल लोदी ने जौनपुर पर कब्जा किया।
कन्नौज का युद्ध	1526-27 ई. में बाबर ने लोदियों को हराकर अवध पर कब्जा किया और मुगल साम्राज्य की स्थापना की। लखनक को उसके पुत्र हुमायूँ ने जीता था।
जाजमऊ जंग	1765 ई. में हुई इसी जंग में अवध के नवाब शुजाउद्दौला अंग्रेजों से हारे थे।
बनारस युद्ध	1780 ई. में हुए इस युद्ध में ब्रिटिश गवर्नर-जनरल हेस्टिंग्स ने राजा चेतसिंह को हराया।
मथुरा का युद्ध	1804 ई. में जनरल लेक के साथ हुए युद्ध में मराठों ने अंग्रेजों को हराकर मथुरा व आसपास के क्षेत्र पर कबजा कर लिया था।
मेरठ-बगावत	10 मई, 1857 को ब्रिटिश साम्राज्य के खिलाफ हुआ प्रथम विद्रोह, जिसे सैन्य विद्रोह घोषित किया गया। यह ब्रिटिश हुकूमत के विरुद्ध महाविद्रोह की शुरुआत थी।
झाँसी युद्ध	यह युद्ध 1857-58 ई. में रानी लक्ष्मीबाई और जनरल ह्यूरोज की फौजों के मध्य हुआ, जिसमें झाँसी के किले पर अंग्रेजों ने कबजा कर लिया तथा झाँसी की रानी लक्ष्मीबाई अंग्रेजों से लड़ते हुए वीरगति को प्राप्त हुई।
चिनहट का युद्ध	1857 ई. में अवध की बेगम हजरत महल के नेतृत्व में हुए इस युद्ध में अंग्रेजी सेना भाग खड़ी हुई और अवध स्वतन्त्र हो गया। 6 दिसम्बर को अवध पर अंग्रेजों का पुन: अधिकार हो गया।
कानपुर मोर्चा	1857 ई. में 4 से 25 मई तक चले इस युद्ध में अंग्रेजों को हराकर नाना साहेब ने बिठूर के पेशवा का खिताब पाया था।

अध्याय – 3

उत्तर प्रदेश का भूगोल
(Geography of Uttar Pradesh)

भौगोलिक स्थिति

- उत्तर प्रदेश भारत के उत्तर मध्य में स्थित एक सीमांत राज्य है।
- यह जनसंख्या की दृष्टि से भारत का सबसे बड़ा और क्षेत्रफल की दृष्टि से चौथा सबसे बड़ा राज्य है।
- उत्तर प्रदेश की राजधानी लखनऊ है।
- राज्य का विस्तार उत्तरी अक्षांश में 23°52' से 30°24' तक और पूर्वी देशांतर में 77°05' से 84°39' तक है।
- राज्य का कुल क्षेत्रफल 2,40,928 वर्ग किलोमीटर है।
- उत्तर प्रदेश का क्षेत्रफल देश के कुल क्षेत्रफल का 7.33% है।
- भारतीय समय मानक की गणना उत्तर प्रदेश के मिर्जापुर (प्रयागराज) से गुजरने वाली 82.5' पूर्वी देशांतर के आधार पर की जाती है।

राज्यों से सटे उत्तर प्रदेश के जिले		
राज्य	संख्या	जिले
हरियाणा	6	सहारनपुर, शामली, बागपत, गौतमबुद्ध नगर, अलीगढ़, मथुरा
राजस्थान	2	मथुरा, आगरा
मध्य प्रदेश	11	सोनभद्र, मिर्जापुर, प्रयागराज, चित्रकूट, बाँदा, महोबा, झाँसी, ललितपुर, आगरा, इटावा, जालौन
उत्तराखंड	7	सहारनपुर, मुजफ्फरनगर, बिजनौर, मुरादाबाद, रामपुर, बरेली, पीलीभीत
बिहार	7	महराजगंज, कुशीनगर, देवरिया, बलिया, (सबसे पूर्वी शहर) गाजीपुर, चन्दौली, सोनभद्र
छत्तीसगढ़	1	सोनभद्र
झारखण्ड	1	सोनभद्र
हिमाचल प्रदेश	1	सहारनपुर
दिल्ली	2	गाजियाबाद व गौतमबुद्ध नगर

सबसे पूर्वी जिला	बलिया
सबसे पश्चिमी जिला	शामली
सबसे उत्तरी जिला	सहारनपुर
सबसे दक्षिणी जिला	सोनभद्र
सबसे बड़ा जिला	लखीमपुर खीरी
सबसे छोटा जिला	हापुड़

सवाधिक क्षेत्रफल वाले 04 जिले	न्यूनतम क्षेत्रफल वाले 04 जिले
लखीमपुर खीरी (7680 वर्ग किमी)	हापुड़ (660 वर्ग किमी)
सोनभद्र (6788 वर्ग किमी)	भदोही (1015 वर्ग किमी)
हरदोई (5986 वर्ग किमी)	गाजियाबाद (1015 वर्ग किमी)
सीतापुर (5743 वर्ग किमी)	शामली (1212 वर्ग किमी)

भौतिक विभाजन

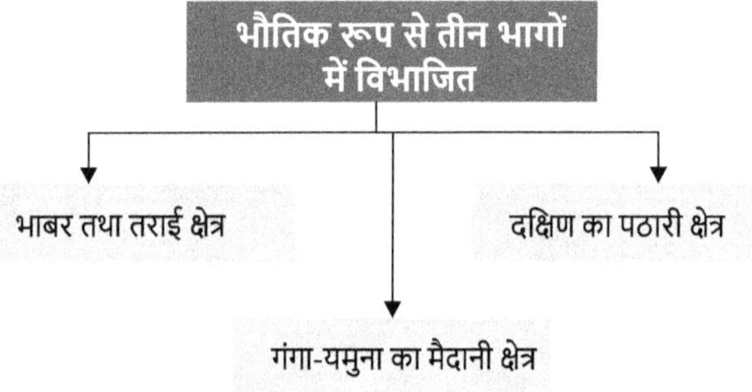

1. भाबर तथा तराई क्षेत्र

- भाबर क्षेत्र उत्तर प्रदेश का सबसे उत्तरी क्षेत्र है, जिसका विस्तार सहारनपुर से कुशीनगर तक है।
- तराई क्षेत्र महीन अवसादों वाली मिट्टी से निर्मित होता है तथा इस क्षेत्र में सहारनपुर, बिजनौर, बरेली, पीलीभीत, लखीमपुरखीरी, बहराइच, गोण्डा, बस्ती, गोरखपुर, देवरिया और कुशीनगर जिलों के उत्तरी भाग शामिल हैं।

- तराई पट्टी की चौड़ाई पूर्वी उत्तर प्रदेश में 80-90 किलोमीटर होती है और पश्चिम में इसकी चौड़ाई में निरंतर कमी होती जाती है।

2. गंगा-यमुना का मैदानी क्षेत्र

- यह क्षेत्र दक्षिणी पठारी क्षेत्र और उत्तरी भाबर-तराई क्षेत्र के बीच स्थित है, और इसे मैदानी क्षेत्र भी कहा जाता है।
- इस क्षेत्र का निर्माण गंगा और उसकी सहायक नदियों यमुना, रामगंगा, गोमती, घाघरा, शारदा, ताप्ती, गण्डक आदि द्वारा निक्षेपित काँप मिट्टी, कीचड़ और बालू से हुआ है।
- अत्यंत उपजाऊ इन मैदानों में मुख्यतः रबी और खरीफ की फसलें बोई जाती हैं।
- इसका बाँगर क्षेत्र उच्च क्षेत्र होता है, जहाँ नदियों की बाढ़ का पानी नहीं पहुँचता है और पुरानी काँप मिट्टी जमी रहती है। इस क्षेत्र में उर्वरा शक्ति खादर क्षेत्र की तुलना में कम होती है।
- इसके खादर क्षेत्र का निर्माण नई जलोढ़ मृदा से होता है। यह क्षेत्र प्रतिवर्ष बाढ़ के प्रभाव में आता है।
- खादर क्षेत्र, बाँगर क्षेत्र की तुलना में अधिक उपजाऊ होता है और इसे कछारी क्षेत्र भी कहा जाता है। खादर क्षेत्र की नदियाँ बीहड़ निर्माण के लिए प्रसिद्ध हैं, जैसे- यमुना और चम्बल।

3. दक्षिण का पठारी क्षेत्र

- इसका कुल क्षेत्रफल 45200 वर्ग किमी है। इसके अंतर्गत बुंदेलखंड एवं बघेलखंड के भू-भाग सम्मिलित हैं। इस क्षेत्र को बुन्देलखण्ड का पठार भी कहा जाता है।
- इस क्षेत्र के अंतर्गत झांसी, जालौन, हमीरपुर और बांदा जिले, प्रयागराज एवं करछाना तहसील, मिर्जापुर जिले की गंगा का दक्षिणी भाग और चंदौली जिले की चकिया तहसील शामिल हैं।

जलवायु एवं मृदा

- उत्तर प्रदेश में भौगोलिक विषमताओं के कारण विभिन्न क्षेत्रों में जलवायु सम्बन्धी भिन्नताएं पाई जाती हैं। हालांकि, सामान्य रूप से प्रदेश की जलवायु उष्ण कटिबंधीय और मानसूनी (समशीतोष्ण उष्ण कटिबंधीय या उपोष्ण मानसूनी) होती है। यहां वर्ष में तीन ऋतुएं होती हैं-

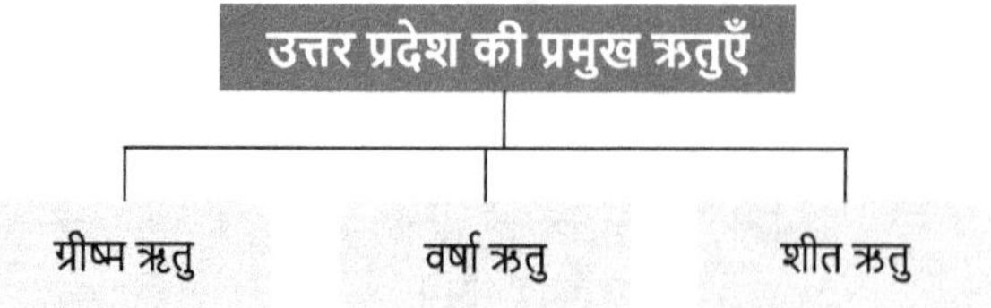

- उत्तर प्रदेश में ग्रीष्म ऋतु में औसत अधिकतम तापमान 36°C से 39°C तक होता है और औसत-न्यूनतम तापमान 21°C से 23°C तक होता है। औसत तापान्तर 14°C रहता है।
- दक्षिण-पश्चिम मानसून (पूर्वा) जून के तृतीय- चतुर्थ सप्ताह में प्रदेश के पूर्वी तथा दक्षिण-पूर्वी सिरे से प्रवेश करता है और आगे बढ़ता है। इस मानसून का कुछ भाग उत्तर की ओर बढ़ता है और हिमालय से टकराकर पुनः वापस होता है। इस वापस होते मानसून से प्रदेश के तराई इलाकों में वर्षा होती है। प्रदेश में लगभग 75 से 85 प्रतिशत वर्षा इसी मानसून से होती है।
- वर्षा ऋतु में प्रदेश के विभिन्न भागों में वर्षा की औसत मात्रा में भिन्नता होती है। गोरखपुर में सबसे अधिक वर्षा होती है (184.7 सेमी), जबकि मथुरा में सबसे कम वर्षा होती है (54.4 सेमी)। पूर्वी मैदानी क्षेत्र में औसत वर्षा 112 सेमी, मध्यवर्ती मैदानी क्षेत्र में 94 सेमी, पश्चिमी मैदानी क्षेत्र में 84 सेमी और दक्षिणी पहाड़ी-पठारी क्षेत्र में औसत वर्षा 91 सेमी होती है।
- प्रदेश में शीत ऋतु नवम्बर से फरवरी तक रहता है। जनवरी प्रदेश का सर्वाधिक ठण्डा महीना है। शीत ऋतु में प्रदेश के विभिन्न भागों के तापमान में काफी अन्तर रहता है। दक्षिणी पहाड़ी तथा पठारी क्षेत्रों में औसत अधिकतम तापमान 28.3 °C और औसत न्यूनतम तापमान 13.3°C रहता है, तथा मैदानी क्षेत्रों में 27.2°C से 11.7°C तक रहता है।

प्रादेशिक जलवायु को प्रभावित करने वाले प्रमुख कारक

जलवायु संबंधित अति महत्वपूर्ण तथ्य	
उत्तर प्रदेश जलवायु की दृष्टि से आता है	उपोष्ण कटिबंध में
प्रदेश की जलवायु का प्रकार है	उष्ण कटिबंधीय मानसून
प्रदेश की जलवायु में विषमता का कारण है	समुद्रतल से विभिन्न स्थानों की भिन्न-भिन्न ऊंचाइयाँ
प्रदेश में बंगाल की खाड़ी से उठने वाले मानसून को जाना जाता	पूर्वा
पूर्वा मानसून द्वारा सर्वाधिक वर्षा होती है	पूर्वी तराई क्षेत्र में
प्रदेश के मध्यवर्ती मैदानी क्षेत्र वार्षिक वर्षा का औसत है	94 सेमी.
प्रदेश के पश्चिमी मैदानी क्षेत्र में वार्षिक वर्षा का औसत है	84 सेमी.
प्रदेश के दक्षिणी पहाड़ी पठारी क्षेत्र में वार्षिक वर्षा का औसत है	91 सेमी.
प्रदेश में सर्वाधिक औसत तापमान	बुन्देलखण्ड क्षेत्र में
बुन्देलखण्ड क्षेत्र में सर्वाधिक तापमान का कारण	कर्क रेखा से अधिक निकट अवस्थिति

मृदा

- उत्तर प्रदेश के क्षेत्रफल का लगभग दो-तिहाई भाग गंगा नदी तंत्र की धीमी गति से बहने वाली नदियों द्वारा लाई गई जलोढ़ मिट्टी की गहरी परत से ढँका है।
- राज्य के दक्षिणी भाग की मृदा सामान्यतः मिश्रित लाल और काली या लाल अथवा पीली है।
- राज्य के पश्चिमोत्तर क्षेत्र में मृदा कंकरीली तथा उर्वर दोमट तक है, जो

महीन रेत और ह्यूमस मिश्रित है, जिसके कारण कुछ क्षेत्रों में घने जंगल उत्पन्न हो गए हैं।

उत्तर प्रदेश की मृदाएं निम्नलिखित तीन भागों में विभाजित की जा सकती हैं-

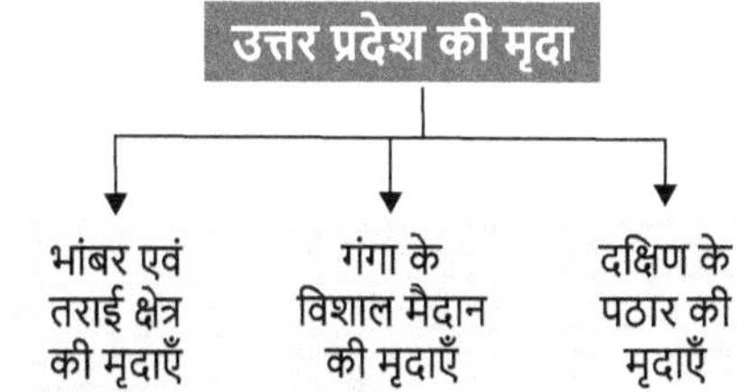

1. भांबर एवं तराई क्षेत्र की मृदाएँ

- उत्तर प्रदेश के उत्तरी भाग में भांबर क्षेत्र स्थित है। यह क्षेत्र हिमालयी नदियों के निक्षेपों से बना हुआ है।
- भांबर क्षेत्र में उत्तर प्रदेश की मिट्टी में कंकड़-पत्थर और मोटी बालुओं की उपस्थिति होती है।
- यहाँ की मिट्टी बहुत छिछली होती है। इस मृदा में, जिन फसलों के लिए जल पर्याप्त मात्रा में चाहिए होता है उन फसलों जैसे गन्ने एवं धान की पैदावार अच्छी होती है।
- भांबर क्षेत्र में विशेष कृषि कार्यान्वयन असंभव है। तराई क्षेत्र की मृदा समतल, दलदली, नमीयुक्त और उपजाऊ होती है।

2. गंगा के विशाल मैदान की मृदाएँ

- उत्तर प्रदेश के मध्य में गंगा-यमुना का विशाल मैदान स्थित है।
- इस मैदान में पाई जाने वाली मिट्टी को जलोढ़ कछारी या भात मृदा कहा जाता है।
- यह मृदा काँप, कीचड़ और बालू से बनी होती है।
- जलोढ़ मृदा की नवीनता और प्राचीनता के आधार पर उसे दो भागों में विभाजित किया जा सकता है-
- (i) बाँगर मृदा (प्राचीन जलोढ़ मृदा)
- (ii) खादर या कछारी मृदा (नवीन जलोढ़ मृदा)

बाँगर मृदा

- गंगा-यमुना मैदानी क्षेत्र का वह भाग जहां नदियों के बाढ़ का जल नहीं पहुँचता है, उस मृदा को बाँगर या पुरातन जलोढ़ मिट्टी कहा जाता है।
- यह मिट्टी ऊँचे मैदानी भागों में पाई जाती है। इसे दोमट, मटियार, बलुई दोमट, मटियार दोमट और भूर (भूड़) नाम से भी जाना जाता है।
- बाँगर मिट्टी (परिपक्व) में फास्फोरस और चूना की मात्रा अधिक होती है, जबकि नाइट्रोजन, पोटाश, जीवांश आदि पदार्थों की कमी पाई जाती है।
- इसे राज्य के पूर्वी भाग में उपरहार मृदा भी कहा जाता है।
- बाँगर मृदा गंगा के उच्च मैदानी क्षेत्रों में पाई जाने वाली अपेक्षाकृत पुरानी जलोढ़ मिट्टी होती है।
- बाँगर मृदा खादर मृदा की तुलना में परिपक्व, गहरी और कम उपजाऊ होती है।
- खादर मिट्टी अथवा नूतन काँप मिट्टी
- खादर बाढ़ के समय नदियों द्वारा लाई गई मिट्टी होती है। प्रत्येक बाढ़ में यह अपना स्वरूप बदलती है।
- इस मृदा में चूना, पोटाश, मैग्नीशियम और जीवांशों की मात्रा अधिक होती है।
- इसे बालू, सिल्ट बालू, नूतन काँप, मटियारा दोमट आदि नामों से जाना जाता है। खादर क्षेत्र में 'भूड़' मिट्टी के ढेर मिलते हैं।
- मिर्जापुर और सोनभद्र जिलों में बघेलखण्ड क्षेत्र में लाल मिट्टी पाई जाती है।

3. दक्षिण के पठार की मृदाएँ

- इस क्षेत्र में प्री-कैम्ब्रियन युग की चट्टानों की प्रायः अधिकता होती है।
- यह क्षेत्र जालौन, हमीरपुर, झाँसी, ललितपुर, महोबा, बाँदा, चित्रकूट, जमुना पार इलाहाबादी क्षेत्र, गंगा पार मिर्जापुर, सोनभद्र और चन्दौली क्षेत्र को सम्मिलित करता है, जो दक्षिणी पठारी क्षेत्र की मृदा के अन्तर्गत आता है।
- यहाँ की मिट्टी को बुंदेलखण्डीय मिट्टी कहा जाता है।

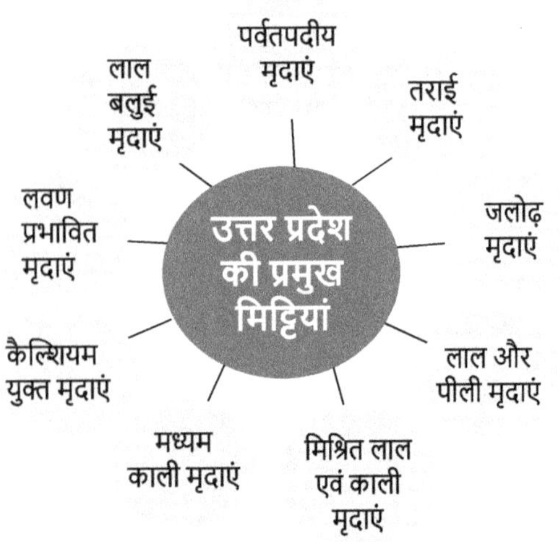

उत्तर प्रदेश की मृदाएँ और उनके स्थानीय नाम	
मृदाएँ	**स्थानीय नाम**
जलोढ़	काँप
खादर	कछारी, मटियार, दोमट, सिल्ट, बलुआ
बाँगर	दोमट, मटियार, उपहार, बलुई
लवणीय और क्षारीय मृदा	रेह, ऊसर, कल्लर, बंजर, थुर
बुन्देलखण्डीय लाल मृदाएँ	पडुआ, राकर
बुन्देलखण्डीय काली मृदाएँ	मार, काबर, रेगूर कपास मृदा

नदियाँ, झीलें एवं आर्द्रभूमियाँ

- उत्तर प्रदेश मे हिमालयी और प्रायद्वीपीय दोनों प्रकार की नदियाँ प्रवाहित होती है। मुख्य नदी अपनी सहायक नदियों के साथ मिलकर अपवाह तंत्र एवं बेसिन का निर्माण करती है।
- गंगा नदी बेसिन उत्तर प्रदेश की मुख्य बेसिन है।
- उत्तर प्रदेश में हिमालयी नदियाँ सामान्य तौर पर उत्तर-पश्चिम से दक्षिण-पूर्व की दिशा में प्रवाहित होती हैं। दक्षिण के पठारी भाग में बहने वाली उत्तर प्रायद्वीपीय नदियां दक्षिण से उत्तर की ढाल का अनुसरण करती हैं। उत्तर प्रदेश की नदियों को तीन श्रेणियों में रखा जाता है:

हिमालय की नदियाँ	गंगा, यमुना, गंडक, शारदा, घाघरा, सरयू, राप्ती, बूढ़ी राप्ती, रोहिणी, रामगंगा, हिंण्डन, अरिजकोशी, बाणगंगा आदि।
मैदान की नदियाँ	मैदान की नदियाँगोमती, वरुणा, पाण्डो, ईशन, सई, तमसा, कर्मनाशा आदि।
प्रायद्वीपीय पठार की नादियाँ	सोन, बेतवा, केन, टोंस, चम्बल, कन्हार, बेलन, रिहन्द, चन्द्रप्रभा, सजनम, बिरमा आदि।

नदियों के किनारे स्थित उत्तर प्रदेश के प्रमुख नगर	
नदी	**नगर**
सरयू	अयोध्या, गोला, बड़हलगंज, बहराइच

राप्ती	गोरखपुर, बहराइच, बस्ती, गोण्डा
केन	बांदा
बेतवा	हमीरपुर
सई नदी	प्रतापगढ़
सोन नदी	सोनभद्र
हिण्डन	गाज़ियाबाद, नोएडा, ग्रेटर नोएडा
गंगा	शेरपुर (बलिया), गाजीपुर, वाराणसी, मिर्जापुर, प्रयागराज, श्रृंगवेरपुर (प्रयागराज) कालाकांकर (प्रतापगढ़), डालमऊ (रायबरेली), बक्सर(उन्नाव), काम्पिल्य (फ़र्रूख़ाबाद), कानपुर, बिठूर, फतेहगढ़ (फ़र्रूख़ाबाद), बदायूँ कन्नौज, अनूपशहर (बुलन्दशहर), गढ़मुक्तेश्वर (हापुड़)
रामगंगा	मुरादाबाद, बदायूँ बिजनौर, बरेली
यमुना	प्रयागराज, कौशाम्बी, हमीरपुर, इटावा, काल्पी(कालपी), बटेश्वर, आगरा, मथुरा, वृंदावन, बागपत
गोमती	जौनपुर, सुल्तानपुर, लखनऊ, पीलीभीत, शाहजहांपुर, सीतापुर, लखीमपुर खीरी

नदियाँ			
नदियाँ	**उद्गम स्थल**	**लंबाई व उत्तर प्रदेश में लंबाई (किमी.)**	**सहायक नदियाँ**
गंगा	गंगोत्री (उत्तराखण्ड)	2525/1450	रामगंगा, गोमती, घाघरा गंडक, बूढ़ी गंडक, कोसी, महानंदा, सोन नदी आदि
यमुना	यमुनोत्री (उत्तराखण्ड)	1384/1376	दायीं ओर -चंबल, सिंध, बेतवा, केन बायीं ओर -टोंस, हिंडन, सेंगर, रिंद
रामगंगा	लघु हिमालय (नेपाल)	696	खोह, गंगन, अरिल आदि
गोमती	पीलीभीत (उत्तर प्रदेश)	910	सई
घाघरा	मापचाचुंगी (नेपाल- तिब्बत)	1080	करनाली, शिखा, राप्ती, छोटी गंगा, चौकिया, शारदा या सरयू
केन	कैमूर पहाड़ी	427	श्यामरी

राप्ती	लघु हिमालय (नेपाल)	640	रोहिणी
टोंस	मध्य प्रदेश	264	बेलन
शारदा	उत्तराखण्ड	350	काली एवं महाकाली
हिंडन	शिवालिक की तलहटी से	346	-
गंडक	मानगोट एवं कुतांग (नेपाल-तिब्बत)	690	काली व त्रिशूल गंगा
बूढ़ी गंडक	सोमेश्वर पहाड़ी के निकट चौतरवा चौर	320	बागमती
चंबल	जानापाव पहाड़ी (म.प्र.)	965	काली सिंध, सिप्ता, पार्वती व बनास
बेतवा	विंध्य पर्वत (म.प्र.)	590	-
सोन	अमरकंटक (मध्य प्रदेश)	780	बनास, रिहंद, उत्तरी कोयल, जोहिला, गोपद, कनहर इत्यादि

गंगा की सहायक नदियाँ	
बाएं तट पर उत्तरी	**दाहिने तट पर दक्षिणी**
कोसी	यमुना
गंडक	रामसा
सरयू	सोन
गोमती	पुनपुन
रामगंगा	दामोदर
महानंदा	–

यमुना की सहायक नदियाँ	
बायें तट पर (गैर-प्रायद्वीपीय)	**दाहिने तट पर (प्रायद्वीपीय)**
हिंडन	चम्बल
टोंस (हिमाचल प्रदेश)	बेतवा
गिरि	केन
ऋषि गंगा	सिंध
हनुमान गंगा	भगाईन
ससुर खदेरी	

उत्तर प्रदेश में नदी एवं उनके अन्य नाम	
नदियाँ	**अन्य नाम**
गंडक	शालीग्राम एवं नारायणी
शारदा	काली एवं महाकाली
घाघरा	करनाली
गोमती	गोमल
गंगा	जान्हवी एवं भागीरथी
यमुना	कालिन्दी एवं सूर्यपुत्री

उत्तर प्रदेश की झीलें	
झील	**स्थान**
कीठम (सुरसरोवर)	आगरा
कीर्ति सागर	महोबा
विजय सागर	महोबा
रहेला सागर	महोबा
बल्हापारा	कानपुर
चिलुवाताल	गोरखपुर
कुसुम कुण्ड	मथुरा
कोकिला कुण्ड	मथुरा

कृष्णा कुण्ड	मथुरा	शेखा झील	अलीगढ़
मानसी गंगा कुण्ड	मथुरा	नवाबगंज झील	उन्नाव
राजा ताल	सुल्तानपुर	दाहर एवं भिजवान झील	हरदोई
भोजपुर और लौंदी ताल	सुल्तानपुर	सरसई नावर एवं भाखा झील	इटावा
चित्तौरा झील	बहराइच	सीताकुंड एवं चक्रकुंड	सीतापुर
भरत कुण्ड झील	अयोध्या	अलवारा झील	कौशाम्बी

उत्तर प्रदेश में प्रमुख झीलें/ताल

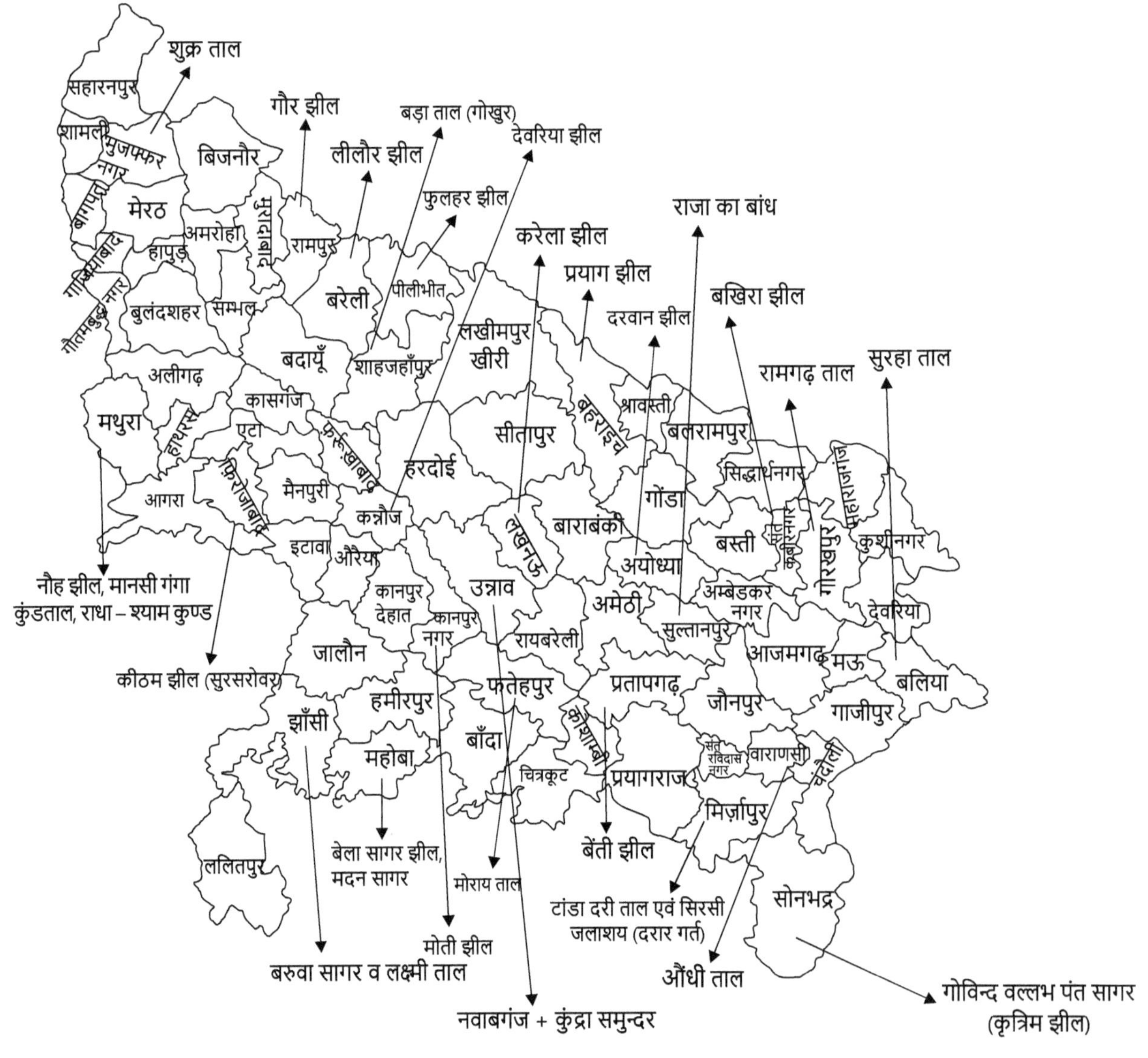

आर्द्रभूमियाँ

- वर्तमान में भारत में कुल 75 रामसर आर्द्रभूमियाँ अधिसूचित हैं।
- उत्तर प्रदेश में एक बड़ी संख्या में मीठे पानी की ऑक्सबो झीलों (यू-आकार की झील) और दलदलों के रूप में आर्द्रभूमियाँ मौजूद हैं जो बड़ी संख्या में पक्षियों को आकर्षित करते हैं।
- इन आर्द्रभूमियों में से 10 को रामसर स्थल के रूप में मान्यता दी गई है।
- हर साल 2 फरवरी को पूरे विश्व में 'विश्व आर्द्रभूमि दिवस' मनाया जाता है।

उत्तर प्रदेश में स्थित रामसर स्थल

स्थलों के नाम	घोषणा की तिथि	क्षेत्र (वर्ग किमी)
बखिरा वन्य जीव अभ्यारण्य, संत कबीर नगर	29.06.2021	28.94
हैदरपुर वेटलैण्ड, मुजफ्फरनगर एवं बिजनौर	8.12.2021	69.08
नवाबगंज पक्षी अभ्यारण्य, उन्नाव	19.9.2019	2.25
पार्वती अरगा पक्षी अभ्यारण्य, गोण्डा	2.12.2019	7.22
समन पक्षी अभयारण्य, मैनपुरी	2.12.2019	5.26
समसपुर पक्षी अभयारण्य, रायबरेली	3.10.2019	7.99
साण्डी पक्षी अभयारण्य, हरदोई	26.9.2019	3.09
सरसई नावर झील, इटावा	19.9.2019	1.61
सुरसरोवर वन्य जीव अभयारण्य, आगरा	21.8.2020	4.31
ऊपरी गंगा नदी, ब्रजघाट से नरौरा खिंचाव	8.11.2005	265.90

उत्तर प्रदेश के जल प्रपात

- उत्तर प्रदेश के दक्षिणी पठार क्षेत्र में नदियाँ अपने प्रवाह के दौरान जल प्रपात का निर्माण करती हैं। मानसून के दौरान इन प्रपातों का प्राकृतिक सौंदर्य अपने शीर्ष पर होता है। उत्तर प्रदेश के कुछ प्रमुख जल प्रपात हैं-
- राजदरी एवं देवदरी - राजदरी और देवदरी प्रपात चंदौली जिले के चकिया क्षेत्र के अंतर्गत चंद्रप्रभा वन्यजीव अभ्यारण्य में स्थित हैं। देवदरी प्रपात चंद्रप्रभा नदी पर स्थित है। यह एक लोकप्रिय पिकनिक स्थल है। इन प्रपातों का प्राकृतिक सौंदर्य पर्यटकों को आकर्षित करता है।
- सिद्धनाथ दरी - यह मिर्जापुर से 14 किमी दूर स्थित है। इसका नाम बाबा सिद्धनाथ से संबंधित है।
- लखनिया प्रपात - यह चुनार से 30 किमी दूर स्थित है।
- विंध्य प्रपात - यह सुंदर जल प्रपात मिर्जापुर से लगभग 15 किमी दूर स्थित है।
- चूनादरी प्रपात - यह प्रपात रॉबर्ट्सगंज से लगभग 37 किमी दूर स्थित है। यह लखनिया दरी प्रपात के भी समीप है।
- कुशियरा प्रपात - कुशियरा प्रपात मिर्जापुर से 38 किमी दूर लालगंज में स्थित है। यह बेलन नदी पर स्थित है।
- सिरसी प्रपात - सिरसी प्रपात मिर्जापुर से लगभग 50 किमी दूर स्थित है। इस प्रपात के पास में ही सिरसी बांध स्थित है।
- मुखा प्रपात - यह सोनभद्र जिले में बेलन नदी पर स्थित है।
- टांडा प्रपात - यह मिर्जापुर शहर के 14 किमी दक्षिण में स्थित है। इस प्रपात के पास टांडा बांध स्थित है।

प्राकृतिक वनस्पतियाँ एवं वन

- प्राकृतिक वनस्पति से तात्पर्य ऐसी वनस्पति से है जो किसी क्षेत्र में बिना मानवीय हस्तक्षेप के उगती है और एक लम्बे समय तक बगैर किसी हस्तक्षेप के फलती-फूलती रहती है।

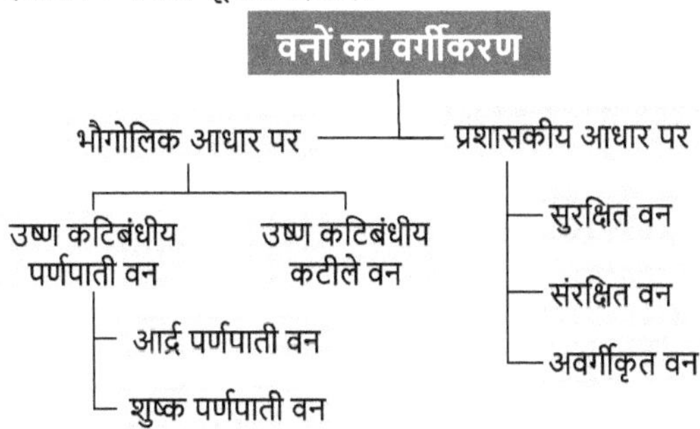

भौगोलिक आधार पर वर्गीकरण

उष्णकटिबंधीय पर्णपाती वन

- इन्हें मानसूनी वन भी कहा जाता है। ये 70-200 सेमी तक वार्षिक वर्षा वाले क्षेत्रों में पाये जाते हैं।
- पर्णपाती वनों के वृक्ष शुष्क मौसम के दौरान, जब मानसूनी वर्षा का अभाव रहता है, अपनी पत्तियां गिरा देते हैं।

उष्णकटिबंधीय पर्णपाती वनों को इस प्रकार वर्गीकृत किया जाता है-

उष्णकटिबंधीय आर्द्र पर्णपाती वन

- ये वन 100-200 सेमी वर्षा वाले क्षेत्रों में पाये जाते हैं। सागौन, साल, बेर, हुर्रा, आंवला, महुआ, सेमल आदि इनकी प्रमुख वृक्ष प्रजातियाँ हैं।
- यह वन भाबर तराई क्षेत्र में उत्तर प्रदेश के सहारनपुर, बिजनौर, मुरादाबाद, रामपुर, बरेली, बहराइच, बलरामपुर, महराजगंज आदि जिलों के विस्तृत

क्षेत्र में पाये जाते हैं।

उष्णकटिबंधीय शुष्क पर्णपाती वन

- ये वन उत्तर प्रदेश में सर्वाधिक विस्तृत हैं और समस्त गंगा मैदान क्षेत्र में पाये जाते हैं।
- प्रदेश के कुल वन भूमि में लगभग 32 प्रतिशत भाग पर यह मिलते हैं। यह 70-100 सेमी वार्षिक वर्षा वाले क्षेत्रों में विस्तृत हैं। तेंदु, शीशम, महुआ, आम, जामुन, पीपल, नीम, पलास, खैर, बेल आदि इन वनों की प्रमुख वृक्ष प्रजातियां हैं।

उष्णकटिबंधीय कंटीले वन

- ये वन 50 सेमी से कम वर्षा वाले अर्द्धशुष्क क्षेत्रों में पाये जाते हैं। कम वर्षा के कारण वृक्ष वर्षभर बिना पत्तियों के रहते हैं।
- इन वनों में घासों और झाड़ियों की प्रमुखता रहती है। यह वन प्रदेश के दक्षिणी पठारी भागों एवं निकटवर्ती जिलों आगरा, मथुरा, इटावा, झांसी, जालौन, बांदा, महोबा, ललितपुर आदि में पाये जाते हैं।

प्रशासकीय आधार पर वर्गीकरण

1. सुरक्षित वन

- इन वनों में मानवीय क्रियाकलाप जैसे - लकड़ी इकट्ठा करना, पशुओं को चराना आदि प्रतिबंधित होता हैं।
- जलवायु अथवा उपयोगिता की दृष्टि से इन वनों का अत्यधिक महत्व होता है। यह भूमि कटाव को रोकते हैं।

2. संरक्षित वन

- इन वनों में स्थानीय आबादी को नियंत्रित रूप में मानवीय क्रियाकलापों यथा - लकड़ी इकट्ठा करना, पशुओं को चराने आदि की अनुमति होती है।

3. अवर्गीकृत वन

- शासन-प्रशासन द्वारा इन वनों का कोई वर्गीकरण नहीं किया गया होता है।
- यहाँ वृक्षों की कटाई, पशुओं को चराने आदि पर कोई प्रतिबंध नहीं होता है।

उत्तर प्रदेश के प्रमुख धार्मिक उपवन	
बेरिया समय	बहराइच
झाली धाम	गोण्डा
देवी पाटन	बलरामपुर
परमहंस कुटी	बहराइच
पृथ्वीनाथ	गोण्डा
शिवाला बाग	बहराइच

राज्य की वन स्थिति रिपोर्ट - 2021 (17वीं ISFR रिपोर्ट - 2021)	
उत्तर प्रदेश में पाए जाने वाले वन	**उष्णकटिबंधीय वन**
13 जनवरी, 2022 को जारी वन रिपोर्ट (इंडियन स्टेट ऑफ फॉरेस्ट रिपोर्ट)	17 वीं रिपोर्ट
उत्तर प्रदेश राज्य में वनाच्छादन	6.15 % (14,817.89 वर्ग किलोमीटर)
उत्तर प्रदेश राज्य में वृच्छादन	3.08 % (7421 वर्ग किलोमीटर)
उत्तर प्रदेश राज्य में वन एवं वृच्छादन	9.23 % (22,238.89 वर्ग किलोमीटर)
उत्तर प्रदेश राज्य में झाड़िया	0.23 % (563.38 वर्ग किलोमीटर)

16 वीं से 17 वीं वन रिपोर्ट के बीच वनावरण में वृद्धि	12.24 वर्ग किलोमीटर
16 वीं से 17 वीं वन रिपोर्ट के बीच वृक्षावरण में वृद्धि	79 वर्ग किलोमीटर
उत्तर प्रदेश में अति सघन वन (प्रतिशत में)	1.09 %
उत्तर प्रदेश में मध्यम सघन वन (प्रतिशत में)	1.67 %
उत्तर प्रदेश में खुला वन (प्रतिशत में)	3.39 %
उत्तर प्रदेश राज्य का पहला वन ग्राम	बेलहत्थी ग्राम (सोनभद्र)
उत्तर प्रदेश राज्य के कुल क्षेत्रफल में रिकार्डेड (अभिलिखित) वन क्षेत्र	6.88 % (16582 वर्ग किलोमीटर)
उत्तर प्रदेश राज्य में कुल रिकार्डेड वन क्षेत्र में आरक्षित वन	72.79 % (12,071 वर्ग किलोमीटर)
उत्तर प्रदेश राज्य में कुल रिकार्डेड वन क्षेत्र में संरक्षित वन	6.98 % (1,157 वर्ग किलोमीटर)
उत्तर प्रदेश राज्य में कुल रिकार्डेड वन क्षेत्र में अवर्गीकृत वन	20.23 % (3,354 वर्ग किलोमीटर)
सर्वाधिक अति सघन वन क्षेत्रफल वाला जिला	लखीमपुर खीरी
सर्वाधिक खुले वन क्षेत्रफल वाला जिला	सोनभद्र
सर्वाधिक वन क्षेत्रफल वाला जिला	सोनभद्र (2436.75 वर्ग किलोमीटर)
सर्वाधिक वन क्षेत्रफल वाले 4 जिले	सोनभद्र, खीरी, मिर्जापुर एवं पीलीभीत
सबसे कम वन क्षेत्रफल वाला जिला	भदोही (3.71 वर्ग किलोमीटर)
सबसे कम वन क्षेत्रफल वाले 4 जिले	भदोही, मऊ, मैनपुरी व संत कबीर नगर
सर्वाधिक वन प्रतिशत वाला जिला	सोनभद्र (35.29 %)
सर्वाधिक वन प्रतिशत वाले 4 जिले	सोनभद्र, चन्दौली, चित्रकूट एवं पीलीभीत
सबसे कम वन प्रतिशत वाला जिला	भदोही (0.37 %)
सबसे कम वन प्रतिशत वाले 4 जिले	भदोही, मैनपुरी, देवरिया एवं बदायूं

उत्तर प्रदेश में वन विकास योजनाएं/परियोजनाएं	
उत्तर प्रदेश में निजी वन अधिनियम लागू हुआ	वर्ष 1948 में
सामाजिक वानिकी शब्द का सर्वप्रथम प्रयोग किया गया	वर्ष 1976 में
प्रदेश में सामाजिक वानिकी योजना शुरू की गई	वर्ष 1979 - 80 में

उत्तर प्रदेश में चलाए गए सामाजिक वानिकी योजना में वह वृक्ष जो भूमि के लिए घातक हैं	यूकेलिप्टस	उत्तर प्रदेश के 48 जिलो में वृक्षारोपण विस्तार योजना संचालित है	वर्ष 2007-08 से
उत्तर प्रदेश वानिकी परियोजना चल रही है	मार्च 1998 से	उत्तर प्रदेश राज्य के कुछ चयनित जिलों में टोटल फररेस्ट कवर योजना संचालित है	वर्ष 2014-15 से
उत्तर प्रदेश में 2010 से सहभागी वन प्रबंधन योजना चल रही है	जापान के सहयोग मे	उत्तर प्रदेश राज्य में गंगा नर्सरी योजना संचालित है	गंगा के तट वाले 27 जिलों में
उत्तर प्रदेश में हरित पट्टी विकास योजना संचालित है	वर्ष 2012-13 से		

वन्यजीव एवं पक्षी अभयारण्य

उत्तर प्रदेश के वन्यजीव अभयारण्य

वन्यजीव अभयारण्य पार्क	स्थिति	सर्वाधिक	निकटवर्ती रेल/सड़क स्थान	स्थापना वर्ष
कछुआ वन्य जीव अभयारण्य	वाराणसी	कछुओं की प्रजातियाँ, गंगा डॉल्फ़िन, जलीय प्राणी	वाराणसी	1989
कतर्नियाघाट अभयारण्य	नेपाली तराई, जनपद बहराइच	बाघ, तेंदुआ, स्वैम्प हिरण, चीतल, नीलगाय, सांभर	बिछिया (4 किमी)	1987
किशनपुर अभयारण्य	नेपाली तराई, जनपद लखीमपुर खीरी	बाघ, तेंदुआ, स्वैम्प हिरण	मैलानी (20 किमी)	1972
कैरमूर अभयारण्य	मिर्जापुर व सोनभद्र	तेंदुआ, काला हिरण, चीतल, रेटल, मोर	चुर्क (20 किमी)	1982
चंद्रप्रभा अभयारण्य	चंदौली	तेंदुआ, चिंकारा, सांभर,चीतल, मोर	वाराणसी, मुगल सराय (65 किमी)/चकिया (20 किमी)	1957
पटना अभयारण्य	एटा	फिशिंग कैट, गीदड़, मोंगूज़, खरगोश, नीलगाय, बंदर, लोमड़ी, स्थानीय/प्रवासी पक्षी	जलेसर (10 किमी)	1990
पार्वती अरगा अभयारण्य	गोंडा	गीदड़, मोंगूज़, खरगोश, नीलगाय, जंगली बिल्ली, स्थानीय/प्रवासी पक्षी	गोंडा (40 किमी)	1990
बखीरा अभयारण्य	संत कबीर नगर	गीदड़, मोंगूज़, नीलगाय, स्थानीय/प्रवासी पक्षी	संत कबीर नगर (20 किमी)	1990
महावीर स्वामी अभयारण्य	ललितपुर	तेंदुआ, नीलगाय, जंगली भालू, सांभर	ललितपुर (30 किमी)	1977
रानीपुर अभयारण्य	बांदा, चित्रकूट	स्लोथ भालू, काला हिरण, स्पर फ़ोल, चित्रित तीतर, चिंकारा	कर्वी (25 किमी)	1977
राष्ट्रीय चंबल अभयारण्य	आगरा, इटावा	मगर, घड़ियाल, चिंकारा, सांभर, नीलगाय, भेड़िया	आगरा (70 किमी), इटावा (15 किमी)	1979
लाख बहोसी अभयारण्य	कन्नौज	–	कन्नौज (40किमी)	1988
विजय सागर अभयारण्य	महोबा	गीदड़, मोंगूज़, जंगली बिल्ली, स्थानीय/प्रवासी पक्षी	महोबा (4 किमी)	1990
सांडी अभयारण्य	हरदोई	गीदड़, मोंगूज़, नीलगाय, स्थानीय/प्रवासी पक्षी	हरदोई (19 किमी)	1990

समसपुर अभयारण्य	रायबरेली	गीदड़, मोंगूज़, खरगोश, स्थानीय/प्रवासी पक्षी	ऊंचाहार (19किमी)/ सलोन (10किमी)	1987
समान अभयारण्य	मैनपुरी	गीदड़, मोंगूज़, खरगोश, स्थानीय/प्रवासी पक्षी	मैनपुरी (38 किमी)	1990
सुर सरोवर अभयारण्य	आगरा	गीदड़, मोंगूज़, खरगोश, स्थानीय/प्रवासी पक्षी	आगरा (20 किमी)	1991
सुरहा ताल अभयारण्य	बलिया	गीदड़, मोंगूज़, नीलगाय, बंदर स्थानीय/प्रवासी पक्षी	बलिया (30 किमी)	1991
सुहेलवा वन्यजीव अभयारण्य	बलरामपुर, गोंडा, श्रावस्ती	बाघ, चीतल, तेंदुआ, भालू, सूअर, जंगली बिल्ली, चिड़ियाँ	बलरामपुर (60 किमी)	1988
सोहागी बरवा अभयारण्य	महाराजगंज	बाघ, तेंदुआ, चीतल, भालू, जंगली बिल्ली, जंगली भालू, अजगर	गोरखपुर (56 किमी)/महाराजगंज (50 किमी)	1997
हस्तिनापुर अभयारण्य	मेरठ, मुज़फ्फरनगर, गाज़ियाबाद, बिजनौर, ज्योतिबा फुले नगर	चीतल, सांभर, नीलगाय, तेंदुआ, लकड़बग्घा	मेरठ (35 किमी)	1986

उत्तर प्रदेश के पक्षी अभयारण्य

पक्षी विहार	स्थापना वर्ष	स्थिति	क्षेत्रफल	पक्षी विहार	स्थापना वर्ष	स्थिति	क्षेत्रफल
नवाबगंज पक्षी विहार	1984	उन्नाव	2.25	पार्वती अरंगा पक्षी विहार	1990	गोंडा	10.85
समसपुर पक्षी विहार	1987	रायबरेली	8.00	विजय सागर पक्षी विहार	1990	महोबा	2.62
लाख बहोशी पक्षी विहार	1988	कन्नौज	80.23	पटना पक्षी विहार	1990	एटा	1.11
सांडी पक्षी विहार	1990	हरदोई	3.09	सूर सरोवर पक्षी विहार	1991	आगरा और इटावा	4.10
बखीरा पक्षी विहार	1990	संतकबीर नगर	28.94	जय प्रकाश नारायण पक्षी विहार (सुरहा ताल)	1991	बलिया	34.13
ओखला पक्षी विहार	1990	गौतमबुद्ध नगर	4.00	डॉ. भीमराव अम्बेडकर पक्षी विहार	2003	प्रतापगढ़	4.27
समान पक्षी विहार	1990	मैनपुरी	5.26	शेखा झील	2016	अलीगढ़	-

कृषि एवं पशुपालन

कृषि

- उत्तर प्रदेश की अर्थव्यवस्था में कृषि का अग्रणी स्थान है।
- राज्य की कुल आय में कृषि तथा पशुपालन द्वारा सर्वाधिक 41.5% योगदान प्राप्त होता है।
- इस प्रकार कहा जा सकता है कि कृषि प्रदेश की अर्थव्यवस्था का मेरुदण्ड है। राज्य के कुल कर्मकारों में कृषि कर्मकारों का योगदान 65.9% है।
- उत्तर प्रदेश की कुल कृषि योग्य भूमि 25,304 हजार हेक्टेयर है, जो देश की कुल कृषि योग्य भूमि का 12% है।
- उत्तर प्रदेश का देश की कृषि उपज में उल्लेखनीय योगदान रहा है। देश के खाद्यान्न उत्पादन में उत्तर प्रदेश का प्रथम स्थान है।
- उत्तर प्रदेश में औसत भूमि का आकार 0.9 हेक्टेयर है जो कृषि की प्रगति में एक प्रमुख अवरोधक है।
- राज्य के पूर्वी हिस्से में कुल बोए क्षेत्र का सिंचित हिस्सा केवल 60.4 प्रतिशत है, जबकि पश्चिमी हिस्से में यह 80.8 प्रतिशत और मध्यांचल में 65.8 प्रतिशत है।

उत्तर प्रदेश में फसलों के प्रकार

रबी	रबी की फसल अक्टूबर-नवम्बर माह में बोई तथा अप्रैल-मई माह में काट ली जाती है। गेहूं, जौ, चना, मटर, सरसों, राई, आलू, मसूर आदि प्रमुख रबी फसल हैं।
खरीफ	खरीफ फसलों को जून-जुलाई में बोया जाता है और सितम्बर-अक्टूबर माह में काट लिया जाता है। यह वर्षा काल की फसलें होती हैं। इसके अंतर्गत धान, ज्वार, बाजरा, रागी, मक्का, जूट, मूँगफली, कपास, तम्बाकू, मूँग, उड़द, लोबिया आदि फसलें आती हैं।
जायद	जायद की फसल रबी एवं खरीफ के मध्यवर्ती काल, अर्थात् मार्च में बोई तथा जून तक काट ली जाती है। इसमें तरबूज, खरबूज, ककड़ी, खीरा, करेला आदि की कृषि की जाती है।

प्रमुख खाद्यान्न कृषि उपजों में उत्तर प्रदेश का योगदान	
वस्तु	उत्पादन वस्तु (प्रतिशत में)
गेहूं	35
चावल	15
गन्ना	48
आलू	44
दालें	15
बाजरा, ज्वार	12
फल	21
आम	34.3
अमरुद	37.6
आंवला	66
सब्जी	22
दूध	18
तोरिया और सरसों	19

कृषि उत्पादन में उत्तर प्रदेश का स्थान	
उत्पाद	देश में स्थान
खाद्यान्न	प्रथम
पशुधन	प्रथम
गन्ना	प्रथम
सब्जियाँ	प्रथम
गेहूं	प्रथम
दुग्ध	प्रथम
दालें	प्रथम
आलू	प्रथम
मक्का	द्वितीय
धान	द्वितीय

फसल चक्र - किसी निश्चित क्षेत्र में एक निश्चित अवधि के अंतर्गत फसलों को ऐसे क्रम में उगाया जाना, जिससे भूमि की उर्वरा शक्ति का न्यूनतम ह्रास हो, फसल चक्र कहलाता है।

उद्यान कृषि

- राज्य में केन्द्र द्वारा संचालित राष्ट्रीय औद्योगिक मिशन को एकीकृत बागवानी विकास मिशन के नाम से संचालित किया जा रहा है : 2014-15 से
- इस मिशन के तहत फल, शाकभाजी, पुष्प, मसाला व औषधीय फसलों के क्षेत्र व उत्पादन में विस्तार हेतु कार्यक्रम चलाए जा रहे हैं : प्रदेश के 45 जिलों में
- आम, अमरूद व आंवला के उत्पादन व क्षेत्र में वृद्धि हेतु सहारनपुर, मेरठ, बागपत, प्रतापगढ़, लखनऊ, प्रयागराज, वाराणसी, अयोध्या, कौशाम्बी आदि 15 जिलों के कुल 39 विकास खण्डों में चलाई जा रही हैं : फलपट्टी विकास योजना
- कौशाम्बी तथा बदायूं के 6 ब्लाकों में अमरूद, प्रतापगढ़ के 2 ब्लाकों में आंवला तथा 13 जिलों के 31 ब्लाकों में आम हेतु फलपट्टी विकास योजना संचालित है।
- प्रदेश की विभिन्न कृषि जलवायु परिस्थितियों को देखते हुए इस विभाग द्वारा बस्ती, सहारनपुर, लखनऊ, प्रयागराज तथा झांसी में स्थापित किये गये हैं : औद्योगिक प्रयोग एवं प्रशिक्षण केन्द्र
- आम के लिए केंद्र है : लखनऊ
- अमरूद के लिए केंद्र है : प्रयागराज
- प्रदेश में कृषि/औद्यानिक उत्पादों के प्रसंस्करण को बढ़ावा देने के लिए राज्य स्तरीय : राजकीय फल संरक्षण एवं डिब्बा बंदी संस्थान, लखनऊ है।
- मुख्यतः आम की खेती की जाती है : लखनऊ, सीतापुर, उन्नाव, बाराबंकी, अयोध्या, बरेली, मेरठ, गाजियाबाद, कानपुर, बुलन्दशहर, मुरादाबाद, सहारनपुर, हरदोई, वाराणसी आदि जिलों में ।
- प्रदेश में उत्पादित आम को देश के विभिन्न शहरों में प्रचारित किया जाता है : 'नबाब ब्राण्ड' नाम से
- प्रदेश में मुख्यतः अमरूद उत्पादन होता है : प्रयागराज, कौशाम्बी, बदायूं, कानपुर, बरेली और अयोध्या जिलों में
- प्रदेश में विशेष रूप से आवले की खेती : प्रतापगढ़ में
- प्रदेश में केला उत्पादन किया जाता है : वाराणसी, कौशाम्बी, प्रयागराज और गोरखपुर में
- उत्पादित केले के प्रकार : माल-भोग, चीनी-चम्पा, अलफान, अधेश्वर, दूधसागर
- प्रदेश में लीची का उत्पादन होता है : सहारनपुर, शामली, मुजफ्फरनगर व मेरठ
- प्रदेश में माल्टा का उत्पादन होता है : सहारनपुर, मेरठ व वाराणसी
- नींबू उत्पादन होता है : विशेष रूप से प्रदेश के बुन्देलखण्ड क्षेत्र में
- संतरे की खेती सहारनपुर के आसपास तथा बुन्देलखण्ड के कुछ क्षेत्रों में की जाती है।
- आलू के मुख्य उत्पादन क्षेत्रों में आते हैं : कन्नौज, हाथरस, आगरा, मेरठ, बदायूँ, बागपत, फिरोजाबाद, रामपुर, अलीगढ़, गाजियाबाद, इटावा आदि।
- आलू एवं अन्य शाक भाजियों के अनुसंधान के लिए 'आलू अनुसंधान केन्द्र' बाबूगढ़ स्थापित किया गया है : गाजियाबाद में
- राज्य में उत्पादित आलू को दूसरे प्रदेशों में बेचा जाता है : 'ताज ब्राण्ड' नाम से
- हल्दी उत्पादन में अग्रणी स्थान रखता है : उत्तर प्रदेश
- विशेष रूप से हल्दी की खेती की जाती है : बुन्देलखण्ड क्षेत्र में
- अदरक की खेती मुख्य रूप से की जाती है : बुन्देलखण्डीय जिलों में
- प्याज और लहसुन की व्यापक पैमाने पर खेती की जाती है : फर्रूखाबाद, बदायूँ, मैनपुरी, इटावा, कन्नौज, एटा, फिरोजाबाद आदि जिलों में
- पुष्पों की खेती की जाती है : वाराणसी, कन्नौज, मिर्जापुर, जौनपुर, प्रयागराज, लखनऊ आदि जिलों में
- भारत में स्थापित 9 आदर्श पुष्पोत्पादन केन्द्रों में एक लखनऊ में है।
- पुष्पों से इत्र बनाया जाता है : कन्नौज में
- शिवाला पुदीना से मिलता-जुलता वनस्पति है। शिवाला के पत्तों से आयल निकाला जाता है, जिससे कई औषधीय व उपयोगी पदार्थ बनाये जाते हैं।
- शिवाला की खेती की जाती है : बाराबंकी, बदायूँ रामपुर, कन्नौज, जालौन, औरैया, इटावा, एटा में
- पिपरमिंट बनाया जाता है : शिवाला से
- पान की खेती की जाती है : महोबा, बांदा, उन्नाव, रायबरेली, प्रतापगढ़, बलिया, गाजीपुर, अमेठी, मिर्जापुर, सोनभद्र, ललितपुर, कानपुर, जौनपुर, प्रयागराज, लखनऊ, सुल्तानपुर, वाराणसी, आजमगढ़ में

कृषि सम्बंधित योजनाएं

- किसानों के आय में वृद्धि करने के लिए कृषि उत्पादों के निर्यात को सहज बनाने हेतु सितम्बर, 2019 में प्राख्यापित निति : कृषि निर्यात नीति-2019
- कृषि निर्यात नीति-2019 के जरिये प्रदेश सरकार की मंशा : राज्य से होने वाले कृषि निर्यात को 2024 तक वर्तमान कृषि निर्यात मूल्य से दोगुना करना
- किसानों को उनके उत्पादों का उचित दाम दिलाने के लिए सरकार द्वारा कृषि पार्क स्थापित किया गया है : हापुड़, लखनऊ, वाराणसी तथा सहारनपुर में
- प्रदेश में किसानों को सभी तरह की जानकारियाँ उपलब्ध कराने के लिए प्रत्येक पंचायत में एक किसान मित्र की नियुक्ति सम्बन्धी योजना : किसान मित्र योजना
- किसान मित्र योजना शुरु की गयी : 18 जून, 2001 से
- किसान मित्र योजना को नया रूप दिया गया : 2008 में
- किसान पेंशन योजना : केन्द्र व राज्य सरकार के सहयोग से संचालित
- किसान पेंशन योजना के तहत केन्द्र व राज्य सरकार द्वारा 500 रु. प्रतिमाह पेंशन दी जाती है : 60 से 79 वर्ष आयुवर्ग के वृद्ध किसानों को
- 80 वर्ष से अधिक आयु के वृद्धजनों को केन्द्र व राज्य सरकार द्वारा मासिक पेंशन दी जाती है : 500 रुपए व 300 रुपए की
- किसानों को न्यूनतम ब्याजदर पर कृषि कार्यों हेतु ऋण उपलब्ध कराने सम्बन्धी यह योजना : किसान क्रेडिट कार्ड योजना
- किसान क्रेडिट कार्ड योजना संचालित है : 1999-2000 से
- उत्तर प्रदेश भूमि विकास एवं जल संसाधन विकास प्रशिक्षण संस्थान का गठन : 1998 में लखनऊ में
- उत्तर प्रदेश भूमि विकास एवं जल संसाधन विकास प्रशिक्षण संस्थान के नियंत्रण में चल रहे है : 47 जिलों में बंजर भूमि विकास कार्यक्रम, 38 जिलों में समादेश विकास एवं जल प्रबंधन कार्यक्रम तथा 15 जिलों में सूखा बहुल क्षेत्र कार्यक्रम
- पिछले वित्त वर्ष 2022-23 में प्रदेश में अतिरिक्त सिंचाई क्षमता : 21.42 लाख हेक्टेयर
- शहजाद बाँध स्प्रिंकलर सिंचाई परियोजना सहित मध्य गंगा स्टेज-2, कचनौंदा बाँध तथा लखेरी बाँध को अगले वर्ष में पूर्ण करने का लक्ष्य तय किया गया है।
- ऊसर भूमि सुधार परियोजना : यह परियोजना उन्नाव, अलीगढ़, प्रतापगढ़, जौनपुर, प्रयागराज आदि 29 जिलों के 125 ब्लाकों में चलाई जा रही है।
- किसानों को शिक्षित व जागरूक बनाकर उनकी आय में वृद्धि करने के उद्देश्य से दिसम्बर, 2017 से चलाई जा रही योजना : किसान पाठशाला योजना
- प्रत्येक वर्ष 10-10 लाख किसानों को चयनित कर न्याय पंचायत स्तर पर प्रशिक्षित किया जाता है : किसान पाठशाला योजना के तहत
- किसान उदय योजना : इस योजना का मुख्य उद्देश्य किसानों की आय में बढ़ोत्तरी करने के लिए उन्हें आधुनिक उपकरणों की जानकारी देना और कम खर्च वाले उपकरण उपलब्ध कराना है।
- किसान उदय योजना : दिसम्बर, 2017 में शुरू की गई थी।
- राष्ट्रीय कृषि व मौसम आधारित फसल बीमा योजना शुरू की गई : 1999-2000 में
- राष्ट्रीय कृषि बीमा योजना को कुछ संशोधनों के साथ 'संशोधित राष्ट्रीय कृषि बीमा योजना' के नाम से लागू किया गया : 2010-11 में
- फरवरी, 2014 से राष्ट्रीय कृषि बीमा योजना को संचालित किया जा रहा है : संशोधित राष्ट्रीय कृषि बीमा व मौसम आधारित फसल बीमा योजना के नाम से
- जनपद से दूर निवास करने वाले कृषकों को कृषि सम्बन्धी सम्पूर्ण जानकारी देने के लिए राज्य में चलायी जा रही योजना : किसान सेवा रथ योजना
- किसान सेवा रथ योजना चलाई जा रही है : 2010-11 से
- कृषि विपणन की स्वस्थ परम्पराओं की स्थापना करने के उद्देश्य में कृषि उत्पादन मण्डी अधिनियम पारित किया गया था : 1964 में

- राज्य कृषि उत्पादन मण्डी परिषद की स्थापना की गई : 1973 में
- वर्तमान में इस परिषद के अधीन : 251 मुख्य तथा 381 उप-मंडियाँ हैं।
- मण्डी परिषद के तहत चलाई जा रहीं योजनाए : कृषक जोत धारकों को उनकी जोतों की जानकारी कराने हेतु दुर्घटना सहायता योजना, मुख्यमंत्री खलिहान के उद्देश्य से प्रचलित जोत बही दुर्घटना सहायता योजना

पशुपालन

- पशु गणना 2019 के अनुसार उत्तर प्रदेश में पशुओं की कुल संख्या : 68.0 मिलियन
- पशु संख्या में देश का प्रथम राज्य : उत्तर प्रदेश
- राज्य के कुल पशुधन में गोवंशीय पशु थे : लगभग 19 मिलियन
- इस संदर्भ में उत्तर प्रदेश का देश में दूसरा स्थान है।
- महिषवंशीय पशुओं की राज्य में कुल संख्या : 33 मिलियन
- दुग्ध उत्पादन में प्रथम स्थान पर है : उत्तर प्रदेश
- वर्ष 2020-21 में प्रदेश में कुल पशु चिकित्सालय : 2202
- वर्ष 2020-21 में 'द' श्रेणी के पशु औषधालय : 267
- वर्ष 2020-21 में कुल पशु सेवा केन्द्र : 2575
- वर्ष 2020-21 में कुल कृत्रिम गर्भाधान केन्द्र : 5044
- वर्ष 2020-21 में अतिहिमीकृत वीर्य उत्पादन केन्द्र : 3
- पशुओं की चिकिसा के लिए पशु चिकित्सा पॉलीक्लिनिक है : गोरखपुर, मुजफ्फरनगर, लखनऊ, बड़ौत (बागपत) व सैफई (इटावा) में
- पशु टीकों का उत्पादन किया जाता है : पशु जैविक औषधि संस्थान, लखनऊ द्वारा
- पशु विकास कार्यक्रम मूल रूप से आधारित है : उन्नत प्रजनन पर
- राज्य सरकार द्वारा उन्नत सांड़, उन्नत वीर्य, तरल नत्रजन, एवं कृत्रिम गर्भाधान केन्द्रों की व्यवस्था की गयी है।
- प्रदेश में केन्द्र के सहयोग से बुन्देलखण्ड क्षेत्र के लिए एक पशु चारा बैंक स्थापित किया जा रहा है : भरारी (झांसी) में
- गोवंशीय पशुओं को वध से संरक्षण प्रदान करता है : गोवध निवारण अधिनियम, 1955
- वर्तमान में प्रदेश में राजकीय गोसदन है : 8
- गोपालन को बढ़ावा देने के लिए उत्तर प्रदेश गोसेवा आयोग की स्थापना की गई थी : 1999 में
- प्रदेश में दुग्ध संघों को आर्थिक एवं तकनीकी सहायता उपलब्ध कराने, क्षेत्रों का निर्धारण करने, मूल्य का निर्धारण करने तथा दुग्ध उत्पाद विनियमन आदेश को लागू कराने के उद्देश्य से दुग्ध विकास विभाग तथा राज्य दुग्ध परिषद की स्थापना की गयी : 1976 में
- प्रादेशिक को-आपरेटिव डेरी फेडरेशन का प्रदेश में दुग्धशाला के विकास हेतु गठन किया गया था : 1962 में
- आपरेशन फ्लड-I संचालित किया गया था : प्रादेशिक को-आपरेटिव डेरी फेडरेशन द्वारा
- प्रादेशिक को-आपरेटिव डेरी फेडरेशन के मुख्य कार्य : ग्रामीण स्तर पर सहकारी दुग्ध समितियों का गठन व उनके माध्यम से दुग्ध उपार्जन, दुग्ध का संग्रहण, प्रसंस्करण, दुग्ध उत्पाद निर्माण एवं वितरण
- नोएडा स्थित नोएडा डेरी प्रोजेक्ट अन्तर्गत है : प्रादेशिक को-आपरेटिव डेरी फेडरेशन के
- दिल्ली को दूध की सप्लाई की जाती है : प्रादेशिक को-आपरेटिव डेरी फेडरेशन द्वारा
- राज्य दुग्ध परिषद की स्थापना नियमित निकाय के रुप में की गयी थी : 1976 में
- राज्य दुग्ध परिषद का मुख्य कार्य लाइसेंसिंग, क्षेत्र आरक्षण, दुग्ध मूल्य निर्धारण एवं उत्पादक विनियमन आदेश लागू करना
- ग्रामीण स्तर पर दुग्ध समितियाँ गठित कर दुग्ध उपार्जन, संग्रहण, प्रसंस्करण एवं दुग्ध वितरण का कार्य : राज्य दुग्ध परिषद के कार्यकलापों में शामिल है
- 1970-71 में केन्द्र सरकार द्वारा शुरू किये गये आपरेशन फ्लड के तहत

- 1973 में वाराणसी, मेरठ और बलिया में आपरेशन फ्लड-I शुरू किया गया था
- आपरेशन फ्लड II (1982-83 से 1987) तथा आपरेशन फ्लड III (1987 से 1996-97) तक चला।
- आपरेशन फ्लड में प्रदेश के 30 जिलों को सम्मिलित किया गया था।
- शेष जिलों में 1992 दुग्ध संघों की स्थापना की गई थी।
- प्रदेश एवं देश में प्रथम नियमित दुग्ध संघ की स्थापना 1938 में की गई थी : लखनऊ में
- वर्तमान में प्रदेश में दुग्ध संघ है : 59
- एकीकृत दुग्धशाला विकास परियोजना है : एक शत-प्रतिशत केन्द्र प्रायोजित (नान आपरेशन फ्लड) परियोजना

- दुग्धशाला विकास परियोजना का उद्देश्य : राज्य के पिछड़े क्षेत्रों में दुग्ध उत्पादन, उपार्जन, विपणन तथा रोजगार का सृजन
- सहकारी दुग्ध उत्पादक संघों के अन्तर्गत दुग्ध उत्पादकों को प्रोत्साहित करने हेतु चलाई जा रही परियोजना : गोकुल पुरस्कार योजना
- यह योजना सहकारी दुग्ध उत्पादक संघो के अन्तर्गत केवल देशी नस्ल की गाय दुग्ध उत्पादकों को प्रोत्साहित करने हेतु चलाई जा रही योजना : नन्द बाबा पुरस्कार योजना
- दुग्ध उत्पादन को बढ़ावा देने के लिए वित्त वर्ष 2022-23 में नन्द बाबा दुग्ध मिशन योजना पर व्यय होंगे : 61 करोड़ रुपए
- राज्य में दुग्ध उत्पादन को बढ़ावा देने के लिए कामधेनु डेरी योजना की जगह चलायी जारही योजना : पंडित दीन दयाल उपाध्याय डेयरी योजना

प्रमुख सिंचाई एवं बहुउद्देशीय परियोजनाएँ

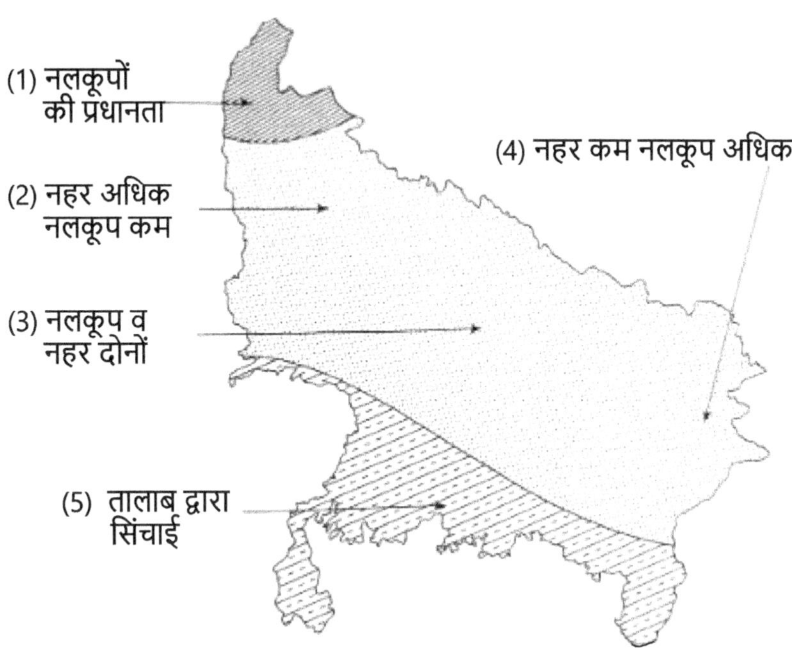

उत्तर प्रदेश में स्थित प्रमुख बाँध		
बाँध का नाम	**नदी**	**अवस्थिति**
कालागढ़	रामगंगा	कालागढ़
रोहिणी	रोहिणी	ललितपुर
शहजाद	शहजाद	ललितपुर
गोविंदसागर	शहजाद	ललितपुर
शजनाम	शजनाम	ललितपुर
जामनी	जामनी	ललितपुर
मौदहा	बिरमा	हमीरपुर
सुकमा-डुकमा	बेतवा	झाँसी
पारीछा	बेतवा	झाँसी
माताटीला	बेतवा	झाँसी
पथराई बांध	पथराई	झाँसी

चन्द्रप्रभा	चन्द्रप्रभा	चंदौली
मुशाकहंद	कर्मनाशा	चंदौली
अर्जुन	अर्जुन	महोबा
झलारपुर	करदिया	महोबा
रिहंद (गोविंद वल्लभ पंत सागर)	रिहंद	सोनभद्र (पिपरी)
ओबरा	रिहंद	सोनभद्र
कन्हार	कन्हार	सोनभद्र
काठी	रामगंगा	बिजनौर
रामगंगा	रामगंगा	बिजनौर (धामपुर)
जरगो	जरगो	मिर्जापुर
अहरौरा	गरई	मिर्जापुर
मेजा	बेलन	मिर्जापुर
अदवा	अदवा	मिर्जापुर
गढ़वा	गढ़वा	चित्रकूट

प्रदेश की प्रमुख नहरें

परियोजना	संबंधित नदी	उद्गम स्थान	लाभान्वित जिले
बाण सागर नहर	सोन	शहडोल (मध्यप्रदेश)	मिर्जापुर, सोनभद्र, चन्दौली, प्रयागराज
नौगढ़ बाँध नहरें	कर्मनाशा	नौगढ़ (गाजीपुर)	चन्दौली, गाजीपुर
चन्द्रप्रभा बाँध नहर	चन्द्रप्रभा	चकिया (चन्दौली)	चन्दौली
पपरई बाँध नहर	पपरई	झाँसी	झाँसी
हमीरपुर नहर	यमुना	हमीरपुर	हमीरपुर, जालौन, झाँसी
उटारी बाँध नहर	उटारी	ललितपुर	ललितपुर
धनास नहर	बेतवा	झाँसी	झाँसी, हमीरपुर
ललितपुर बाँध नहर	शहजाद	ललितपुर	ललितपुर, झाँसी, जालौन, हमीरपुर
कहोर नहर	बेतवा	झाँसी	झाँसी, जालौन
सपरार नहर	सपरार	मऊरानीपुर (झाँसी)	झाँसी, हमीरपुर
अर्जुन बाँध नहर	अर्जुन	चरखारी (हमीरपुर)	हमीरपुर
अहरौरा बाँध नहर	गडई	अहरौरा (वाराणसी)	वाराणसी, मिर्जापुर
मौदहा बाँध नहर	विरमा	हमीरपुर	हमीरपुर
नगवां बाँध नहर	कर्मनाशा	नगवां	मिर्जापुर, सोनभद्र
रामगंगा नहर	रामगंगा	कालागढ़ (पौढ़ी)	बिजनौर, अमरोहा, मुरादाबाद, रामपुर आदि
पूर्वी यमुना नहर	यमुना	फैजाबाद (सहारनपुर)	सहारनपुर, मुजफ्फरनगर, मेरठ, गाजियाबाद, दिल्ली आदि
आगरा नहर	यमुना	ओखला (दिल्ली के पास)	दिल्ली, गुड़गाँव, भरतपुर, मथुरा, आगरा आदि
शारदा नहर	शारदा	बनवास (नेपाल के निकट)	पीलीभीत, बरेली, शाहजहांपुर, लखीमपुर खीरी, सीतापुर, हरदोई, बाराबंकी, उन्नाव, लखनऊ, रायबरेली, प्रतापगढ़, सुल्तानपुर, प्रयागराज
सरयू नहर	घाघरा	कतरनिया (बहराइच)	बहराइच, श्रावस्ती, बलरामपुर, गोण्डा, बस्ती संतकबीर नगर, गोरखपुर, महाराजगंज आदि
घाघरा नहर	घाघरा (सोन की सहायक)	मिर्जापुर	सोनभद्र, मिर्जापुर
बेतवा नहर	बेतवा	पारीछा (झाँसी)	झाँसी, हमीरपुर, जालौन
केन नहर	केन	पन्ना (मध्य प्रदेश)	बाँदा
गंडक नहर	बूढ़ी गंडक	नेपाल	गोरखपुर, कुशीनगर, महाराजगंज, देवरिया, मिर्जापुर, सोनभद्र, चन्दौली, प्रयागराज ललितपुर, झाँसी, हमीरपुर, जालौन
राजघाट नहर	बेतवा	ललितपुर	ललितपुर, झाँसी, हमीरपुर, जालौन
रिहन्द घाटी	रिहन्द	पिपरी (सोनभद्र)	मिर्जापुर, सोनभद्र, वाराणसी, प्रयागराज
रानी लक्ष्मी बाई बाँध नहरें	बेतवा	माताटीला (ललितपुर)	हमीरपुर, जालौन, झाँसी, ललितपुर
बेलन टोंस नहर	बेलन	रीवा (मध्य प्रदेश)	प्रयागराज
मेजा जलाशय नहर	बेलन	मेजा (प्रयागराज)	प्रयागराज, मिर्जापुर
बेन गंगा बैराज नहरें	बाणगंगा	शोहरतगढ़ (सिद्धार्थ नगर)	सिद्धार्थ नगर, बस्ती

सिंचाई एवं बहुउद्देशीय परियोजना से संबंधित प्रमुख तथ्य	
यमुना के दाहिने से निकलने वाली नहर	आगरा नहर (दिल्ली के पास)
आगरा नहर से लाभान्वित राज्य	उत्तर प्रदेश, हरियाणा, दिल्ली एवं राजस्थान
रामगंगा नहर से लाभान्वित राज्य	उत्तर प्रदेश एवं उत्तराखण्ड
शारदा नहर से लाभन्वित राज्य	उत्तर प्रदेश एवं उत्तराखण्ड
आगरा नहर का उद्गम स्थल	ओखला
ऊपरी गंगा नहर का उद्गम स्थल	हरिद्वार (उत्तराखण्ड)
निचली गंगा नहर का उद्गम स्थल	नरौरा (बुलन्दशहर)
शारदा नहर का उद्गम स्थल	बनवासा (उत्तर प्रदेश एवं नेपाल सीमा के निकट)
सरयू-घाघरा नहर का उद्गम स्थल	कतरनिया (बहराइच)
गंडक नहर से सिंचाई होती है	उत्तर प्रदेश एव बिहार में
लघु सिंचाई साधन है	नलकूप, कुआँ, तालाब आदि
मध्यम एवं वृहत सिंचाई साधन है	नहर एवं बाँध आदि
तालाब एवं पोखरों से सर्वाधिक सिंचाई	बुन्देलखण्ड क्षेत्र में
कुओं द्वारा सर्वाधिक सिंचाई	पूर्वांचल क्षेत्र में

कुओं से सिंचाई की प्राचीन तकनीक	रहट, वाशर रहट, बल्देव बाल्टी, ढैंकली, चरसा, मायादास लिफ्ट आदि।
तालाबों, पोखरों आदि से सिंचाई की प्राचीन तकनीक	बेड़ी, ढैंकची आदि।
कम एवं गहरे भू-जल वाले क्षेत्रों में सिंचाई की जाती हैं	ड्रिप एवं स्प्रिंकलर से
हाइड्रोग्राफ स्टेशन स्थापित किए गए हैं	भू-गर्भ जल स्तर के मापन हेतु
सर्वप्रथम नलकूपों द्वारा सिंचाई प्रारम्भ हुआ	1960 (मेरठ में)
प्रदेश में सिंचाई का सबसे बड़ा साधन	नलकूप
प्रदेश में नलकूपों की सर्वाधिक संख्या है	पश्चिमी भाग में
प्रदेश की सबसे पुरानी नहर	पूर्वी यमुना नहर
पूर्वी यमुना नहर का निर्माण करवाया	शाहजहाँ ने
पूर्वी यमुना नहर को पुनः अंग्रेजों द्वारा खुदवाया गया	1830 में
प्रदेश की सबसे बड़ी नहर प्रणाली (12368 किमी.)	शारदा नहर (1928 ई)
प्रदेश में सबसे अधिक नहरों द्वारा सिंचाई होती है	पश्चिमी उत्तर प्रदेश में
लम्बाई के अनुसार सर्वाधिक नहरें हैं	रायबरेली में

प्रमुख खनिज एवं ऊर्जा संसाधन

- अपने विशाल भौगोलिक विस्तार के के होते हुए भी उत्तर प्रदेश में सीमित खनिज संसाधन उपलब्ध हैं।
- प्रदेश में देश के कुल खनिज उत्पादन का मात्र 3 प्रतिशत खनिज प्राप्त होता है।
- प्रदेश में दक्षिण उच्च भूमि के बुंदेलखण्ड और विंध्य क्षेत्र में कई खनिज पाये जाते हैं, जबकि मैदानी भाग खनिज सम्पदा से लगभग विहीन है।
- मैदानी भाग में नदियों के किनारे से साधारण बालू की प्राप्ति होती है।
- प्रदेश के **12 जिलों को 'खनिज बहुल जनपद'** घोषित किया गया है। यह जनपद हैं - **मिर्जापुर, सोनभद्र, प्रयागराज, सहारनपुर, बांदा, महोबा, हमीरपुर, झांसी, ललितपुर, जालौन, चंदौली एवं चित्रकूट।**
- प्रयागराज जनपद के लालपुर कोल्हाई क्षेत्र में 'सिलिका सैंड' के खनन एवं उच्च बनाने की परियोजना संचालित की जा रही है।

सोना	शारदा, रामगंगा नदियों की रेत
यूरेनियम	ललितपुर
पाइराइट्स	मिर्जापुर
चाइना क्ले	सोनभद्र
हीरा	बांदा एवं मिर्जापुर
संगमरमर	मिर्जापुर एवं सोनभद्र
फायर क्ले	मिर्जापुर
रॉक फास्फेट्स	बांदा एवं ललितपुर
तांबा	ललितपुर (सोनराई क्षेत्र)
एस्बेस्टस	मिर्जापुर
कंक्रीट	समस्त मैदानी क्षेत्र
इमारती पत्थर	मिर्जापुर
एंडालुसाइट	मिर्जापुर
सेफाइट	हमीरपुर
पाइरोफिलाइट	झांसी, ललितपुर एवं हमीरपुर
ग्रेनाइट	बांदा, हमीरपुर, ललितपुर, महोबा

उत्तर प्रदेश के प्रमुख खनिज और उनके क्षेत्र	
प्रमुख खनिज	**क्षेत्र**
चूना-पत्थर	मिर्जापुर (गुरूमा-कनाचा-बाबुहारी), कजराहट (सोनभद्र)
कोयला	सोनभद्र (बीना, ककड़ी, खड़िया, कृष्णशिला)
बॉक्साइट	बांदा, चंदौली एवं सोनभद्र
डोलोमाइट	मिर्जापुर, सोनभद्र एवं बांदा
जिप्सम	हमीरपुर एवं झांसी

पोटाश लवण	कानपुर, गाजीपुर, प्रयागराज, चन्दौली, वाराणसी, झांसी, बांदा
सेलखड़ी	झांसी, हमीरपुर
कांच बालू	शंकरगढ़, लालापुर क्षेत्र (प्रयागराज), बरगढ़, लौहगढ़, चित्रकूट, चन्दौली, झांसी
गेरू	बांदा
सिलिमेनाइट	सोनभद्र
डायस्पोर	ललितपुर, झांसी, हमीरपुर, (पायरोफिलाइट) महोबा
ग्रेनाइट डायमेंशन स्टोन	ललितपुर

ग्रेनाइट-खंडा/गिट्टी	ललितपुर, झांसी, हमीरपुर, महोबा
डोलोस्टोन-खंडा/गिट्टी	सोनभद्र
सैंडस्टोन ब्लॉक एवं खंडा एवं गिट्टी	सोनभद्र, मिर्जापुर, प्रयागराज, चित्रकूट, ललितपुर, आगरा
बालू बजरी बोल्डर	सहारनपुर, बिजनौर
बालू मोरंग	जालौन, हमीरपुर, फतेहपुर, बांदा, चित्रकूट, झांसी, ललितपुर, सोनभद्र
साधारण बालू	हाथरस, मेरठ, मुजफ्फरनगर, अमेठी, जौनपुर को छोड़कर सभी जनपदों में
बेराइट्स	मिर्जापुर एवं सोनभद्र

उत्तर प्रदेश के खनिज संसाधन वाले जिलों का मानचित्र

राज्य में खनिज प्रशासन

- खान एवं खनिज अधिनियम 1957 की धारा 13 में दी गयी व्यवस्था द्वारा मुख्य खनिजों का व्यवस्थापन केन्द्र सरकार द्वारा किया जाता है। इसके लिए केन्द्र सरकार द्वारा खनिज परिहार नियमावली, 2016 प्रस्थापित की गई है।
- वर्ष 1974 में खनिज आधारित उद्योगों को बढ़ावा देने के लिए 'उत्तर प्रदेश राज्य खनिज विकास निगम' की स्थापना की गयी।
- खान एवं खनिज अधिनियम, 1957 की धारा 23 -सी के अंतर्गत अवैधानिक खनन, भण्डारण एवं परिवहन को नियंत्रित करने का अधिकार प्रदेश सरकार के पास है। इसके अंतर्गत उत्तर प्रदेश खनिज (अवैध खनन, परिवहन एवं भण्डारण का निवारण) नियमावली-2018 निर्मित की गई है।
- राज्य में वर्ष 1955 में खनिज संसाधनों के अन्वेषण खनिज संसाधनों के वैज्ञानिक तकनीकी द्वारा संवर्धन और खनिज आधारित उद्योगों के संरक्षण और विकास के उद्देश्य से भूतत्व एवं खनिकर्म निदेशालय की स्थापना की गई है।
- खान एवं खनिज अधिनियम, 1957 की धारा 15 के अनुसार उप-खनिजों के परिहार को नियंत्रित करने हेतु अधिकार प्रदेश सरकारों को दिये गये हैं। इसके अंतर्गत उत्तर प्रदेश में उप-खनिज (परिहार) नियमावली, 1963 बनायी गयी है। किसी खनिज को उप-खनिज घोषित करने का अधिकार केन्द्र सरकार के पास है। इसके अंतर्गत बालू/ मोरंग पहाड़ों के खण्डा/बोल्डर/गिट्टी, ईंट, मिट्टी, साधारण मिट्टी, डायस्पोर-पायरोफिल सिलिका सैण्ड उप-खनिज की श्रेणी में रखे गये हैं।

खनन नीति, 2017

- उत्तर प्रदेश सरकार की नयी खनन नीति 30 मई, 2017 को घोषित की गई। सरकार का मानना है कि नयी खनन नीति से जहाँ भ्रष्टाचार पर अंकुश लगेगा वहीं इससे खनन क्षेत्र सुदृढ़ एवं पारदर्शी बन सकेगा।

खनन नीति के प्रमुख उद्देश्य निम्न हैं-

- आर्थिक एवं सामाजिक क्षेत्र के सतत विकास में तीव्रता
- खनिजों के वैज्ञानिक विकास हेतु तकनीकी ज्ञान सुविधाएँ तथा परामर्श उपलब्ध कराना।
- सूचना/आँकड़ों को उपलब्ध कराना।
- निजी पूँजी निवेश को प्रोत्साहन और उद्यमिता का विकास।
- तकनीक के माध्यम से नए खनिज भण्डारों के अन्वेषण में तीव्रता।
- ई-टेंडरिंग के माध्यम से पारदर्शिता लाकर खनन क्षेत्र को भ्रष्टाचार मुक्त बनाना।
- प्रदेश में खनिजों का संरक्षण करना।
- अवैध खनन/परिवहन पर नियंत्रण करना।
- खनिज क्षेत्र में रोजगार के अवसर बढ़ाना।
- पर्यावरण एवं पारिस्थितिकी का संतुलन बनाए रखना।
- खनिज से प्राप्त होने वाले राजस्व को वर्तमान 1.85% से बढ़ाकर आगामी 5 वर्षों में 3% करना।
- स्वच्छ प्रतिस्पर्धा को प्रोत्साहन देना।

रणनीति

- उपरोक्त उद्देश्यों की पूर्ति हेतु निम्नलिखित रणनीति तैयार की गयी है-

1. **निम्न श्रेणी के खनिजों का उच्चीकरण करते हुए खनिज विकास एवं खनिज आधारित उद्योग को प्रोत्साहन देना:**
   - इसके लिए बहु-धात्विक, नोबेल धातु (तांबा, सीसा, जस्ता, सोना, प्लेटिनम), सिरेमिक एवं रिफैक्ट्री, रेअर अर्थ मिनरल आदि के अन्वेषण को प्राथमिकता देना।

2. **अवैध खनन की रोकथाम हेतु जोखिम वृद्धि करना:**
   i. विभागीय सचल दल एवं विभागीय सुरक्षा बल का गठन।
   ii. जनपदस्तरीय अन्तर्विभागीय टास्क फोर्स को प्रभावी बनाना व क्षेत्रीय कार्यालय स्तर पर अतिरिक्त विभागीय टास्क फोर्स का गठन।
   iii. खनन सम्बन्धी अपराधों की त्वरित सुनवाई हेतु विशेष न्यायालय व कठोर दंड के प्रावधान।

   iv. तकनीकी हस्तक्षेप यथा-सेटेलाइट मैपिंग, जीपीएस ट्रैकिंग, माइनिंग सर्विलांस सिस्टम, जिओफेंसिंग आदि के प्रयोग से अवैध खनन पर रोक।

3. **खनिजों के व्यवसायिक दोहन हेतु उनके अन्वेषण में तीव्रता लाना।**

ऊर्जा संसाधन

- ऊर्जा संसाधनों की उपलब्धता किसी क्षेत्र के औद्योगिक विकास की एक मूलभूत आवश्यकता है।
- ऊर्जा स्रोत पारम्परिक और गैर-पारम्परिक दो प्रकार के हो सकते हैं।
- पारम्परिक स्रोत के अंतर्गत कोयला, पेट्रोलियम, प्राकृतिक गैस एवं विद्युत आते हैं, जबकि सौर ऊर्जा, पवन ऊर्जा, बायोगैस, ज्वारीय और भू-तापीय ऊर्जा आदि गैर-परम्परागत स्रोत में शामिल किये जाते हैं।
- परम्परागत ऊर्जा स्रोतों के अन्तर्गत प्रदेश के सिंगरौली क्षेत्र में अल्प मात्रा में कोयले की उपलब्धता है।
- यहां पेट्रोलियम और प्राकृतिक गैस के कोई भी ज्ञात भण्डार नहीं है।
- प्रदेश की पेट्रोलियम और प्राकृतिक गैस की मांग पूर्ति पूर्णतः आयात पर निर्भर है।

जल विद्युत परियोजना		
जल विद्युत परियोजना	**नदी**	**स्थल**
रिहंद बांध जल विद्युत परियोजना	रिहंद नदी	सोनभद्र
ओबरा जल विद्युत केन्द्र	रिहंद नदी	सोनभद्र
माताटीला जल विद्युत परियोजना	बेतवा नदी	ललितपुर
पथरी व मुहम्मदपुर (ऊपरी गंगा नहर)	गंगा नदी	सहारनपुर
निरगाजनी, सलावा (ऊपरी गंगा नहर)	गंगा नदी	मुजफ्फनगर
पलरा (ऊपरी गंगा नहर)	गंगा नदी	बुलंदशहर
भोला (ऊपरी गंगा नहर)	गंगा नदी	मेरठ
सुमेरा (ऊपरी गंगा नहर)	गंगा नदी	अलीगढ़
बेल्का, बाबेल (पूर्वी यमुना नहर)	यमुना नदी	सहारनपुर
शीतला जल विद्युत परियोजना	बेतवा नदी	झांसी
राजघाट जल विद्युत परियोजना	बेतवा नदी	ललितपुर
खारा जल विद्युत परियोजना	यमुना नदी	सहारनपुर
पारीक्षा जल विद्युत केन्द्र	बेतवा	झांसी

उत्तर प्रदेश में चिहित नई जल विद्युत परियोजनाएं		
परियोजना	**क्षमता (MW में)**	**जिला**
बाण सागर-I	12.00	मिर्जापुर
बाण सागर-II	10.00	मिर्जापुर
केन शाखा-I	3.00	बाँदा
केन शाखा-II	1.50	बाँदा
बंदरान	10.50	ललितपुर

कर्मनाशा	2.00	चंदौली	माधो-II	2.50	शाहजहांपुर
शारदा सागर	3.00	पीलीभीत	शाहजहापुर (नाहिल)	2.50	शाहजहांपुर
डुंडा	5.00	पीलीभीत	रामगंगा	3.20	बिजनौर
मलकपुर रेहनी	4.00	सहारनपुर	मेजा	9.50	मिर्जापुर
खेरी	3.75	सहारनपुर	कुल	76.20	-
माधो-I	3.75	पीलीभीत			

उत्तर प्रदेश की नदी घाटी परियोजनाएं एवं जिले

उत्तर प्रदेश के प्रमुख ताप विद्युत गृह			
प्रदेश	क्षमता (मेगावाट)	स्थान	स्वामित्व
हरदुआ गंज ताप विद्युत गृह	665.00	अलीगढ़	राज्य सरकार
परीक्षा ताप विद्युत गृह	1140.00	झांसी	राज्य सरकार
अनपरा ताप विद्युत गृह	3830.00	सोनभद्र	राज्य सरकार
ओबरा ताप विद्युत गृह	-	सोनभद्र	राज्य सरकार
मेजा ताप विद्युत गृह	1320.00	प्रयागराज	राज्य सरकार
घाटमपुर ताप विद्युत गृह	1980.00	कानपुर	राज्य सरकार
दादरी ताप विद्युत गृह (गैस आधारित)	2649.78	गौतमबुद्ध नगर	एनटीपीसी
आंवला ताप विद्युत परियोजना (गैस आधारित)	-	बरेली	इफको
औरैया ताप विद्युत परियोजना (गैस आधारित)	663.36	औरैया	एनटीपीसी
ऊंचाहार ताप विद्युत परियोजना	1550.00	रायबरेली	एनटीपीसी
सिंगरौली ताप विद्युत परियोजना	2000.00	सोनभद्र	एनटीपीसी
टांडा ताप विद्युत परियोजना	1100.00	अम्बेडकर नगर	एनटीपीसी
रिहन्द ताप विद्युत परियोजना	3000.00	सोनभद्र	एनटीपीसी
राजा ताप विद्युत परियोजना	1200.00	शाहजहाँपुर	निजी रिलायंस समूह
शक्तिनगर सुपर ताप विस्तार परियोजना	-	सोनभद्र	एनटीपीसी
मेजा संयुक्त ताप विद्युत गृह	-	प्रयागराज (निर्माणाधीन)	एनटीपीसी
बिल्हौर थर्मल पॉवर प्लांट	-	(निर्माणाधीन)	एनटीपीसी
टांडा विस्तार ताप विद्युत गृह	-	(निर्माणाधीन)	एनटीपीसी

वैकल्पिक ऊर्जा

- प्रदेश में ऊर्जा की बढ़ती मार्ग तथा परम्परागत स्रोतों में निरन्तर हो रही कमी को देखते हुए प्रदेश में वैकल्पिक ऊर्जा स्रोतों को अपनाने पर बल दिया जा रहा है।
- परम्परागत ऊर्जा स्रोतों के अधिक उपयोग से बढ़ते पर्यावरणीय प्रदूषण की समस्या ने वैकल्पिक ऊर्जा स्रोतों को अपनाने के लिए समूची दुनिया को बाध्य कर दिया है। उत्तर प्रदेश में इस सम्बन्ध में कई नयी पहल की गयी हैं।
- ऊर्जा के गैर-परम्परागत स्रोतों के उपयोग को प्रभावी बनाने के उद्देश्य से उत्तर प्रदेश सरकार द्वारा कई महत्वपूर्ण प्रयास किये गये हैं।
- वर्ष 1983 में प्रदेश में नवीन एवं नवीकरणीय ऊर्जा विकास अधिकरण का गठन किया गया। इसके अतिरिक्त ग्रामीण एवं नगरीय क्षेत्रों में ऊर्जा की बढ़ती मांग को पूरा करने के उद्देश्य से यूपीनेडा द्वारा सौर ऊर्जा, पवन ऊर्जा एवं ऊर्जा संरक्षण जैसे अनेक ऊर्जा स्रोतों के प्रयोग हेतु तकनीकी विकास एवं उनके प्रचार-प्रसार की योजनाएं संचालित की जा रही हैं।

नवीकरणीय ऊर्जा

- प्रदेश में नवीकरणीय ऊर्जा से प्राप्त विद्युत ऊर्जा का प्रतिशत कुल अधिष्ठापित क्षमता का लगभग 11.88 प्रतिशत है।
- उत्तर प्रदेश में नवीकरणीय ऊर्जा में सौर ऊर्जा और बाँयोमास ऊर्जा प्रमुख है।
- प्रदेश में सौर ऊर्जा की कुल अधिष्ठापित क्षमता 949 मेगावाट है।

तैरती हुई सौर ऊर्जा परियोजना		
सौर ऊर्जा परियोजना	क्षमता	स्थल
बिल्हौर	85 मेगावाट	बिल्हौर (कानपुर)
औरैया	12 मेगावाट	औरैया
रिहंद	20 मेगावाट	सोनभद्र
औरैया	20 मेगावाट	औरैया

अन्य महत्वपूर्ण तथ्य	
उत्तर प्रदेश में वैकल्पिक ऊर्जा विकास संस्थान, जिसका बाद में नाम उत्तर प्रदेश नवीन एवं नवीकरणीय ऊर्जा विकास अभिकरण 'यूपीनेडा' कर दिया गया, का गठन हुआ	वर्ष 1983 में

उत्तर प्रदेश में प्रदेश का सबसे बड़ा तैरता सोलर पॉवर प्लांट लगाया जा रहा है	रिहंद जलाशय (सोनभद्र) में स्थित	उत्तर प्रदेश में सौर ऊर्जा नीति 2022 के तहत अगले 5 वर्षों में सौर ऊर्जा उत्पादन का लक्ष्य रखा गया है	22 हजार मेगावॉट
उत्तर प्रदेश में सिंगरौली, ऊँचाहार एवं दादरी में सौर ऊर्जा पार्क स्थापित किए जा रहे हैं	एनटीपीसी (राष्ट्रीय ताप विद्युत निगम) द्वारा	भारत सरकार के सोलर पार्क योजना के तहत उत्तर प्रदेश के जिलों में सोलर पार्क विकसित किए जा रहे हैं	प्रयागराज, मिर्जापुर, जालौन एवं कानपुर देहात
उत्तर प्रदेश में सौर ऊर्जा उत्पादित करने वाला राज्य का पहला कलेक्ट्रेट स्थित है	लखनऊ कलेक्ट्रेट	केन्द्र के सहयोग से यूपीनेडा द्वारा नवीन एवं नवीकरणीय ऊर्जा स्रोतों के शोध, विकास व प्रशिक्षण हेतु केन्द्र स्थापित हैं	लखनऊ, मऊ एवं कन्नौज में
उत्तर प्रदेश में सौर ऊर्जा से प्रकाशित राज्य का पहला बस स्टेशन स्थित है	कैसरबाग, लखनऊ	ग्रिड संयोजित सौर्य फोटोवोल्टाइक पॉवर प्लांट	प्रदेश में सरायसादी गांव (मऊ), कल्याणपुर गांव (अलीगढ़) एवं हरैया (बस्ती) में 100-100 किलोणाट क्षमता के ग्रिड लगाए गए थे
उत्तर प्रदेश में भूसा, पराली, गोबर, गन्ना खोई, जैविक कचरे आदि अपशिष्टों आधारित बायो फ्यूल प्लांट लगाए जा रहे हैं	उत्तर प्रदेश के सभी जिलो में	ग्रिड संयोजित सौर्य फोटोवोल्टाइक पॉवर प्लांट की स्थापना की गई थी	वर्ष 1992 में
उत्तर प्रदेश में सौर ऊर्जा नीति-2017 के तहत 2022 तक सौर ऊर्जा उत्पादन लक्ष्य रखा गया था	10700 मेगावॉट	केंद्र सरकार द्वारा सोलर सिटी कार्यक्रम, उत्तर प्रदेश में शुरू किया गया है	आगरा, मोरादाबाद एवं प्रयागराज को सोलर सिटी के रूप में विकसित करने के लिए

परिवहन एवं जनसंचार

सड़क परिवहन:

- 1 जून, 1972 को उत्तर प्रदेश रोडवेज की जगह 'उत्तर प्रदेश राज्य सड़क परिवहन निगम' (UPSRTC) की स्थापना की गई।
- उत्तर प्रदेश राज्य राजमार्ग प्राधिकरण का गठन जून, 2004 में राज्य राजमार्गों के उन्नयन/रखरखाव के लिए पीपीपी पद्धति के माध्यम से राज्य में राजमार्गों के विकास एवं अनुरक्षण हेतु राष्ट्रीय एवं अन्तर्राष्ट्रीय वित्तीय संस्थाओं एवं निजी क्षेत्रों के सहयोग से किया गया है।
- आगरा लखनऊ एक्सप्रेसवे 302.22 किलोमीटर लंबा एक्सप्रेसवे है। आगरा-लखनऊ एक्सप्रेसवे उत्तर प्रदेश के 10 जिलों आगरा, फिरोजाबाद, मैनपुरी, इटावा, औरैया, कन्नौज, कानपुर नगर, उन्नाव, हरदोई और लखनऊ जिलों से होकर गुजरता है।
- पूर्वांचल एक्सप्रेसवे उत्तर प्रदेश राज्य में स्थित है। यह लगभग 340.824 किमी लंबा एक्सप्रेसवे है। यह 9 जिलों से होकर लखनऊ को गाजीपुर से जोड़ता है: लखनऊ, बाराबंकी, अमेठी, सुल्तानपुर, अयोध्या, अम्बेडकर नगर, आजमगढ़ और मऊ।
- गंगा एक्सप्रेसवे 594 किलोमीटर लंबा एक्सप्रेसवे है जो NH-334 (मेरठ-बुलंदशहर रोड) से शुरू होगा और प्रयागराज में समाप्त होगा। यह मेरठ, हापुड़, बुलंदशहर, अमरोहा, संभल, बदायूं, शाहजहाँपुर, हरदोई, उन्नाव, रायबरेली, प्रतापगढ़ और प्रयागराज से होकर गुजरता है।
- नोएडा-ग्रेटर नोएडा एक्सप्रेसवे नोएडा को ग्रेटर नोएडा से जोड़ता है। एक्सप्रेसवे 24.53 किलोमीटर लंबा है।
- दिल्ली-मेरठ एक्सप्रेसवे 96 किलोमीटर लंबा एक्सप्रेसवे है।
- बुंदेलखंड एक्सप्रेसवे सात जिलों- चित्रकूट, बांदा, महोबा, हमीरपुर, जालौन, औरैया और इटावा से होकर गुजरता है। बुंदेलखंड एक्सप्रेसवे 296.1 किलोमीटर लंबा एक्सप्रेसवे है।
- ऊपरी गंगा नहर एक्सप्रेसवे (हिंडन एक्सप्रेसवे) एक नियोजित आठ लेन लंबा एक्सप्रेसवे है। यह बुलंदशहर से शुरू होकर मुजफ्फरनगर और रुड़की होते हुए हरिद्वार, उत्तराखंड तक जाता है।
- ईस्टर्न पेरिफेरल एक्सप्रेसवे 135 किलोमीटर लंबा एक्सप्रेसवे है। एक्सप्रेस-वे हरियाणा और उत्तर प्रदेश राज्यों से होकर गुजरता है।
- इलाहाबाद बाईपास एक्सप्रेसवे 84.708 किलोमीटर लंबा एक्सप्रेसवे है। यह एक्सप्रेसवे स्वर्णिम चतुर्भुज (गोल्डन क्वाड्रिलेटरल) का हिस्सा है।
- यमुना एक्सप्रेसवे 6 लेन चौड़ा है, इस एक्सप्रेसवे की कुल लंबाई 165 किलोमीटर है। यह मथुरा के माध्यम से नोएडा और आगरा को जोड़ता है।

- उत्तर प्रदेश का सबसे लंबा राष्ट्रीय राजमार्ग, NH-19 है। पहले इस राष्ट्रीय मार्ग को NH-2 कहा जाता है। उत्तर प्रदेश में इस राष्ट्रीय राजमार्ग की कुल लंबाई 776.898 किलोमीटर है। यह राष्ट्रीय मार्ग आगरा, इटावा, कानपुर, प्रयागराज, कौशाम्बी, वाराणसी, चंदौली एवं उत्तर प्रदेश और बिहार बॉर्डर से होकर गुजरता है।
- उत्तर प्रदेश का सबसे छोटा राष्ट्रीय राजमार्ग, NH-30 है। पहले इस राष्ट्रीय मार्ग को NH-27 कहा जाता था। यह राष्ट्रीय राजमार्ग प्रयागराज - मँगवान से होकर गुजरता है।
- उत्तर प्रदेश का सबसे बड़ा राज्य राजमार्ग, NH-26 है। यह राज्य राजमार्ग पीलीभीत, शाहजहांपुर, लखीमपुर खीरी, बहराइच, श्रावस्ती, बलरामपुर, सिद्धार्थनगर और बस्ती से होकर गुजरता है।
- उत्तर प्रदेश का सबसे छोटा राज्य राजमार्ग, NH-58 है। यह राज्य राजमार्ग कानपुर - उन्नाव मार्ग से होकर गुजरता है।

उत्तर प्रदेश में सड़कों का विभाजन	35 राष्ट्रीय राजमार्ग + 83 राज्य राजमार्ग
उत्तर प्रदेश में सड़क की लंबाई	269936 किमी. (2021-22)
उत्तर प्रदेश का स्थान कुल लम्बाई में	दूसरा
उत्तर प्रदेश में राष्ट्रीय राजमार्गों की लम्बाई है	11736.8 किमी. (31 मार्च 2019)
देश में कुल राष्ट्रीय राजमार्ग की दृष्टि से उत्तर प्रदेश	दूसरा (2021-22)
उत्तर प्रदेश में रोडवेज की पहली बस सेवा शुरू की गई	मई 1947 में लखनऊ से बाराबंकी
उत्तर प्रदेश राज्य राजमार्ग प्राधिकरण की स्थापना की गई	2004 में
उत्तर प्रदेश राज्य का प्रथम एक्सप्रेस-वे	ग्रेटर नोएडा व नोएडा के बीच
भारत एवं उत्तर प्रदेश का पहला ग्रीनफ़ील्ड एक्सप्रेसवे	आगरा लखनऊ एक्सप्रेसवे

चांदसराय (लखनऊ) से हैदरिया (गाजीपुर) तक 340.824 किमी. लम्बे व 6 लेन के पूर्वांचल ग्रीनफील्ड	16 नवम्बर 2021 को
पूर्वांचल एक्सप्रेसवे पर 3.2 किमी लम्बी हवाई पट्टी बनाई गई है	सुल्तानपुर में
गाजीपुर (पूर्वांचल एक्सप्रेस-वे) से बलिया तक बनाया जा रहा है	बलिया लिंक एक्सप्रेस-वे
भरतकूप, चित्रकूट से शुरू होकर बांदा, हमीरपुर, महोबा एवं जालौन होते हुए इटावा के कुदरौल में आगरा-लखनऊ एक्सप्रेस-वे से जुड़ने वाले 296.070 किमी. के बुंदेलखण्ड एक्सप्रेसवे का लोकार्पण किया गया	16 जुलाई 2022 को
प्रदेश के कुछ बड़े नगरों में नगर बसों का संचालन किया जा रहा है	वर्ष 1992 से
प्रदेश में एक्सप्रेस बसों का संचालन किया जा रहा है	वर्ष 1993 से
उत्तर प्रदेश राज्य के 12 जिलों को जोड़ने वाले गंगा एक्सप्रेसवे पर एयर स्ट्रिप बनेगा	जलालाबाद (शाहजहांपुर)
परिवहन निगम की पूछताछ सेवा-149 संचालित की गई थी	12 मई 2015 से
केंद्र द्वारा इंस्टीट्यूट ऑफ ड्राइविंग ट्रेनिंग एण्ड रिसर्च की स्थापना की गई है	रायबरेली
प्रदेश के शेष 58 जिलों में ड्राइविंग एण्ड टेस्टिंग सेंटर खोले जा रहे हैं	निजी क्षेत्र द्वारा
राज्य सरकार द्वारा ड्राइविंग ट्रेनिंग इन्स्टीट्यूट की स्थापना की जानी है	प्रत्येक मण्डल में
वाराणसी से काठमांडु के लिए भारत-नेपाल मैत्री बस सेवा चल रही है	4 मार्च 2015 से
निर्भया फण्ड योजना के तहत केवल महिलाओं हेतु संचालित है	पिंक बस सेवा
राज्य के 13 नगर निगमों में रेडियो टैक्सी सेवा का संचालन किया जा रहा है	नवम्बर 2013 से
गौरव पथ योजना (शहीदों के गांवों को मुख्य मार्ग से जोड़ने हेतु) संचालित है	अक्टूबर, 2017 से
राज्य में सिंगल पिलर पर सबसे लम्बा 6 लेन एलिवेटेड मार्ग	10.30 किलोमीटर (गाजियाबाद में)
राज्य में डबल पिलर पर सबसे लम्बा 6 लेन एलिवेटेड मार्ग	23 किलोमीटर (कानपुर में)

राष्ट्रीय राजमार्ग संख्या	कहाँ से कहाँ तक	राज्य में लम्बाई
2	दिल्ली-मथुरा-आगरा-कानपुर-प्रयागराज-वाराणसी-कोलकाता	752
3	आगरा-ग्वालियर-इंदौर-नासिक	26
7	वाराणसी-मिर्जापुर-रीवा-कन्याकुमारी	128
11	आगरा-जयपुर-बीकानेर	51
19	गाजीपुर-बलिया-रुद्रपुर-बिहार	120
21	आगरा-जलेसर-सिकंदरा-रायबरेली	214
24	दिल्ली-बरेली-लखनऊ	431
24B	लखनऊ-रायबरेली-प्रयागराज रोड	185
25	लखनऊ-कानपुर-झांसी-शिवपुरी	270
26	झांसी-ललितपुर-लखनादेव	128
27	प्रयागराज-मनगवां-मध्य प्रदेश	43
28	लखनऊ-फैजाबाद-बस्ती-गोरखपुर-बरौनी	311
29	गोरखपुर-गाजीपुर-गोरखपुर-सोनौली	306
56	लखनऊ-जगदीशपुर-सुल्तानपुर-वाराणसी	285
86	कानपुर-हमीरपुर-छतरपुर-सागर-भोपाल	180
87	रामपुर-पंतनगर-नैनीताल-रानीखेत	32
91	गाजियाबाद-बुलन्दशहर-अलीगढ़-एटा-कन्नौज-कानपुर	405
91A	इटावा-भरथना-बेला-कन्नौज	11
93	आगरा-अलीगढ़-चंदौसी-मुरादाबाद	220
96	बलरामपुर-अयोध्या-सुल्तानपुर-प्रयागराज	248
227A	अयोध्या-कलवाड़ी-बड़हलगंज-बिहार	218
231	रायबरेली-प्रतापगढ़-जौनपुर	169
232	टाण्डा-सुल्तानपुर-अमेठी-रायबरेली-बांदा	305
233	नेपाल सीमा-लुम्बिनी-नौगढ़-बाँसी-बस्ती-आजमगढ़-वाराणसी	292
235	मेरठ-हापुड़-बुलन्दशहर	66
330A	रायबरेली-जगदीशपुर-फैजाबाद	110
727A	गोरखपुर-देवरिया-सलेमपुर-बिहार	100
730	पीलीभीत-लखीमपुर-बलरामपुर-पडरौना	519
931	जगदीशपुर-गौरीगंज-अमेठी-प्रतापगढ़	68

रेल, मेट्रो एवं रोपवे परिवहन:

- उत्तर प्रदेश में प्रथम रेलगाड़ी, वर्ष 1859 में इलाहाबाद (अब प्रयागराज) से कानपुर जिले के बीच चलाई गई थी।
- उत्तर प्रदेश में 5 रेलवे जोन है, जो कि इस प्रकार है: उत्तर रेल, मध्य रेल, पश्चिम रेल, पूर्वोत्तर रेल एवं उत्तर मध्य रेल।
- उत्तर प्रदेश राज्य में, विभिन्न क्षेत्रों में विभिन्न रेलवे मंडल हैं। ये मंडल और उनके संबंधित क्षेत्र इस प्रकार हैं:
  - मुरादाबाद मंडल और लखनऊ मंडल - उत्तर रेलवे क्षेत्र का हिस्सा है।

- इज्जतनगर डिवीजन (बरेली), लखनऊ डिवीजन और वाराणसी डिवीजन - उत्तर पूर्व रेलवे क्षेत्र का हिस्सा है।
  - पं. दीन दयाल उपाध्याय मंडल - पूर्व मध्य रेलवे क्षेत्र का हिस्सा है।
  - प्रयागराज मंडल, आगरा मंडल और झांसी मंडल - उत्तर मध्य रेलवे क्षेत्र का हिस्सा है।
- पं. दीन दयाल उपाध्याय जंक्शन भारतीय रेलवे नेटवर्क में सबसे लंबे रेलवे यार्ड का घर है।
- गोरखपुर कैंट में प्लेटफॉर्म नंबर एक और दो हैं, जो दुनिया के सबसे लंबे प्लेटफॉर्म होने का गौरव रखते हैं, जिसकी माप 1366.33 मीटर है।
- पं. दीन दयाल उपाध्याय जंक्शन एशिया और भारत का सबसे बड़ा इलेक्ट्रिक लोको शेड भी है।
- मडुआडीह, वाराणसी में बनारस लोकोमोटिव वर्क्स की आधारशिला 23 अप्रैल, 1956 को भारत के तत्कालीन राष्ट्रपति स्वर्गीय डॉ. राजेंद्र प्रसाद द्वारा रखी गई थी। इस स्थापना का उद्देश्य राज्य में डीजल इंजनों का निर्माण करना था।
- देश की तीसरी रेल कोच फैक्ट्री रायबरेली के लालगंज में स्थापित की गई है।
- प्रयागराज मध्य रेलवे विद्युतीकरण संगठन का स्थान है, जिसे 1985 में स्थापित किया गया था।
- रेलवे सुरक्षा आयोग का मुख्यालय लखनऊ में स्थित है। यह आयोग राज्य में रेलवे संचालन की सुरक्षा और सुरक्षा सुनिश्चित करने में महत्वपूर्ण भूमिका निभाता है।
- गाजियाबाद में एक इलेक्ट्रिक ड्राइवर प्रशिक्षण केंद्र है, जहां इच्छुक इलेक्ट्रिक ड्राइवर इलेक्ट्रिक लोकोमोटिव को सुरक्षित और कुशलता से संचालित करने के लिए विशेष प्रशिक्षण प्राप्त करते हैं।
- वाराणसी राज्य के एकमात्र रेलवे संग्रहालय का घर है, जो आगंतुकों को रेलवे के समृद्ध इतिहास और विरासत का पता लगाने का अवसर प्रदान करता है।
- राज्य में, दो भर्ती बोर्ड हैं, जो प्रयागराज और गोरखपुर में स्थित हैं, जो रेलवे भर्ती प्रक्रियाओं के संचालन के लिए जिम्मेदार हैं। ये बोर्ड रेलवे क्षेत्र में विभिन्न पदों के लिए उम्मीदवारों के चयन में महत्वपूर्ण भूमिका निभाते हैं।

उत्तर प्रदेश में:
- रूट ट्रैक 8,808 किलोमीटर है।
- रनिंग ट्रैक 12,957 किलोमीटर है।
- कुल ट्रैक 16,001 किलोमीटर है।
- पहली वंदे भारत ट्रेन को 15 फरवरी, 2019 को नई दिल्ली-कानपुर-इलाहाबाद-वाराणसी रूट पर चलाई गई थी।
- उत्तर प्रदेश मेट्रो रेल (मेट्रो) कॉर्पोरेशन लिमिटेड की स्थापना 25 नवंबर 2013 को हुई थी।
- उत्तर प्रदेश मेट्रो रेल (मेट्रो) कॉर्पोरेशन विपिन खण्ड, गोमती नगर, लखनऊ में स्थित है।
- उत्तर प्रदेश मेट्रो रेल (मेट्रो) कॉर्पोरेशन के अंतर्गत लखनऊ मेट्रो, कानपुर मेट्रो, आगरा मेट्रो, वाराणसी मेट्रो, झांसी मेट्रो, गोरखपुर मेट्रो एवं बरेली मेट्रो है।
- पहली लखनऊ मेट्रो लाइन का निर्माण 27 सितंबर 2014 को ट्रांसपोर्ट नगर से चारबाग रेलवे स्टेशन तक 8.5 किलोमीटर की दूरी के साथ शुरू हुआ, जिसका 5 सितंबर 2017 को अपना वाणिज्यिक संचालन शुरू किया।
- नोएडा मेट्रो रेल कॉर्पोरेशन 25 जनवरी 2019 को परिचालन में आया। नोएडा मेट्रो रेल कॉर्पोरेशन नोएडा और ग्रेटर नोएडा में सेवा प्रदान करता है।
- लखनऊ में 8 मार्च 2019 से 22.87 किलोमीटर के पूरे नार्थ-साउथ कारिडोर अर्थात चौधरी चरण सिंह एयरपोर्ट से मुंशी पुलिया तक 22 स्टेशनों वाले रेल पथ पर मेट्रो रेल का संचालन किया गया था।
- लखनऊ मेट्रो रेल परियोजना के ईस्ट-वेस्ट कॉरीडोर की लंबाई 11.165 किलोमीटर होगी।

- काशी रोपवे एक आगामी हवाई केबल कार शहरी पारगमन प्रणाली है जो वर्तमान में वाराणसी, उत्तर प्रदेश, भारत में निर्माणाधीन है।
- यह देश का पहला सार्वजनिक परिवहन रोपवे बनने जा रहा है।
- रोपवे 3.75 किलोमीटर की दूरी तय करेगा और इसमें वाराणसी छावनी रेलवे स्टेशन को गोदौलिया चौक से जोड़ने वाले पांच स्टेशन शामिल होंगे।
- काशी रोपवे के खुलने की अनुमानित तारीख मई 2025 है।
- बुंदेलखंड में भी रोपवे शुरू करने की परियोजना है।

जल परिवहन:
- जल परिवहन देश का सबसे पुराना व सस्ता परिवहन साधन है। इससे पर्यावरण अनुकूलता बनी रहती है और उत्पादन लागत में भी कमी आती है।
- इसे ध्यान में रखते हुए प्रदेश में अन्तर्देशीय जलमार्गों के विकास एवं रख-रखाव हेतु 1986 में 'भारतीय अन्तर्देशीय जलमार्ग प्राधिकरण' (Inland Waterways Authority of India - IWAI) की स्थापना की गयी है। इसका मुख्यालय उत्तर प्रदेश के नोएडा में है।
- उत्तर प्रदेश में जल परिवहन का मुख्य मार्ग गंगा नदी है। इसके अतिरिक्त यमुना, सरयू तथा गोमती नदियों में जल परिवहन की सुविधा उपलब्ध है।
- अन्तर्देशीय जलमार्ग परिवहन हेतु सरकार ने 2016 में 106 राष्ट्रीय जलमार्ग घोषित किये थे, जिनकी संख्या अब बढ़कर 111 हो गयी है।
- राष्ट्रीय जलमार्ग संख्या-1, प्रयागराज से हल्दिया तक है। इस राष्ट्रीय जलमार्ग की घोषणा 1986 में की गयी। गंगा एवं हुगली नदी पर स्थित यह देश का सबसे लम्बा राष्ट्रीय जलमार्ग है, जिसकी लम्बाई 1620 किमी है।
- इस मार्ग पर लैण्ड क्रूजर इंजन वाले जलपोत चलाने की योजना सरकार ने तैयार की है। वाराणसी से प्रयागराज जलमार्ग की शुरूआत हाल में की गयी है।
- प्रधानमंत्री नरेन्द्र मोदी ने नवम्बर, 2018 में वाराणसी के निकट रामनगर में प्रथम वाटर वेज टर्मिनल की शुरूआत की थी।
- प्रदेश की अन्य नदियों यमुना, गोमती आदि में जल परिवहन आरम्भ किया जा रहा है। नदियों के किनारे बसे नगरों में जलयान टर्मिनल बनाने की तैयारी है।
- नाव्य आंतरिक जलमार्ग में उत्तर प्रदेश का देश में प्रथम स्थान है। यहां कुल 2,441 किमी जलमार्ग उपलब्ध है।

उत्तर प्रदेश में अब तक घोषित किए जा चुके राष्ट्रीय जल मार्ग की संख्या क्रमांक है	1,12,19,24,37,40, 42,50,108 एवं 110
सर्वप्रथम 1986 में हल्दिया से प्रयागराज तक 1620 किमी के गंगा जलमार्ग को घोषितकियागयाथा	राष्ट्रीय जलमार्ग 1
भारत में सबसे लंबा राष्ट्रीय जलमार्ग	राष्ट्रीय जलमार्ग 1
राष्ट्रीय जलमार्ग 1 को शुरू किया गया था	12 नवम्बर वर्ष 2018 से
राष्ट्रीय जलमार्ग 1 पर गाजीपुर में इंटर मोडल टर्मिनल एवं राल्हूपुर, वाराणसी में बनाया गया	मल्टीमॉडल टर्मिनल (देश का पहला)
अयोध्या से गाजीपुर तक 340 किमी के सरयू नदी जलमार्ग को घोषित किया गया है	राष्ट्रीय जल मार्ग 40
प्रयागराज से नई दिल्ली तक 1089 किमी. के यमुना जलमार्ग को घोषित किया गया है	राष्ट्रीय जल मार्ग 110
दुनिया का सबसे लंबा रिवर क्रूज - एमवी गंगा विलास	3200 मीटर

वायु परिवहन:

- उत्तर प्रदेश में राज्य उड्डयन निदेशालय की स्थापना सन् 1975 में हुई, किन्तु लम्बे समय तक इसका कार्यक्षेत्र केवल राजकीय वायुयानों के परिचालन तक सीमित रहा।
- वर्ष 2001 में नागरिक उड्डयन विभाग का पुनर्गठन हुआ, जिसके अन्तर्गत विभाग को अलग-अलग निम्न इकाइयों में विभाजित कर दिया गया-
    1. परिचालन इकाई
    2. अनुरक्षण, सुरक्षा एवं सामान्य प्रशासन इकाई
    3. उत्तर प्रदेश उड़ान प्रशिक्षण संस्थान, कानपुर एविएशन ढाँचे का विकास

भारत की प्रथम हवाई डाक सेवा 18 फरवरी 1911 को शुरू की गई	प्रयागराज से नैनी
प्रदेश में राज्य सरकार के स्वामित्व में कुल हवाई पट्टियां/अड्डे हैं	16
श्रावस्ती (सिविल) हवाई अड्डा	श्रावस्ती
आजमगढ़ (सिविल) हवाई अड्डा	आजमगढ़
झांसी (सिविल) हवाई अड्डा	झांसी
कानपुर देहात (सिविल) हवाई अड्डा	कानपुर देहात
फर्रूखाबाद (सिविल) हवाई अड्डा	फर्रूखाबाद
मुरादाबाद (सिविल) हवाई अड्डा	मुरादाबाद
डॉ. अम्बेडकर (सिविल) हवाई अड्डा	मेरठ
सैफई (सिविल) हवाई अड्डा	इटावा
पलिया (सिविल) हवाई अड्डा	लखीमपुर खीरी
म्योरपुर (सिविल) हवाई अड्डा	सोनभद्र
चित्रकूट (सिविल) हवाई अड्डा	चित्रकूट
अकबरपुर (सिविल) हवाई अड्डा	अंबेडकर नगर
ललितपुर (सिविल) हवाई अड्डा	ललितपुर
प्रदेश में एयरफोर्स के नियंत्रण में हवाई अड्डे	8

हिंडन हवाई अड्डा	ग़ाज़ियाबाद
बमरौली हवाई अड्डा	प्रयागराज
चकेरी हवाई अड्डा	कानपुर नगर
बक्शी तालाब हवाई अड्डा	लखनऊ
महायोगी गोरखनाथ हवाई अड्डा	गोरखपुर
बरेली हवाई अड्डा	बरेली
वर्तमान में प्रदेश में सिविल उड़ानों हेतु कार्यशील कुल हवाई अड्डे हैं	9 (3 अन्तर्राष्ट्रीय + 6 घरेलू)
वर्तमान में प्रदेश में सिविल उड़ानों हेतु निर्माणाधीन कुल हवाई अड्डे हैं	13 (2 अन्तर्राष्ट्रीय + 11 घरेलू)
प्रदेश में भारतीय विमान पत्तन प्राधिकरण के संचालित अन्तर्राष्ट्रीय हवाई अड्डे हैं	3 (वाराणसी, लखनऊ एवं कुशीनगर)
चौधरी चरण सिंह अमौसी अन्तर्राष्ट्रीय (सिविल) हवाई अड्डा	अमौसी, लखनऊ
लाल बहादुर शास्त्री बाबतपुर अन्तर्राष्ट्रीय (सिविल) हवाई अड्डा	बाबतपुर, वाराणसी
कुशीनगर अन्तर्राष्ट्रीय (सिविल) हवाई अड्डा	कुशीनगर
प्रदेश में भारतीय विमान पत्तन प्राधिकरण के निर्माणाधीन अन्तर्राष्ट्रीय हवाई अड्डे हैं	2 (गौतमबुद्ध नगर एवं अयोध्या में)
एयरोनॉटिकल ट्रेनिंग इंस्टीट्यूट	लखनऊ
नेशनल पैराट्रूपर्स ट्रेनिंग कालेज	आगरा
नागरिक उड्डयन प्रशिक्षण केन्द्र	बमरौली, प्रयागराज
इंदिरा गांधी राष्ट्रीय उड़ान अकादमी	फुर्सतगंज, रायबरेली
राजीव गांधी राष्ट्रीय विमानन विश्व विद्यालय	फुर्सतगंज, रायबरेली

जनसंख्या एवं नगरीकरण

- देश में प्रत्येक 10 वर्ष पर नियमित जनगणना होती है। इसी क्रम में सन 2011 में उत्तर प्रदेश के 71 जिलों, 312 तहसीलों, 648 वैधानिक नगरों व 267 जनगणना नगरों तथा 106774 गांवों में 15वीं जनगणना सम्पन्न हुई। जनगणना की अंतिम रिपोर्ट के अनुसार उत्तर प्रदेश की कुल जनसंख्या 19,98,12,341 है, जो भारत की कुल आबादी का 16.50% है।
- जनगणना 2011 के अनुसार प्रदेश की कुल जनसंख्या में पुरुषों की संख्या 10,44,80,510 (52.29%) तथा स्त्रियों की संख्या 9,53,31,831 (47.71%) हैं।
- भारत की कुल जनसंख्या से उत्तर प्रदेश की जनसंख्या को अलग कर दिया जाये तो चीन, भारत, अमेरिका और इण्डोनेशिया के बाद यह विश्व के देशों में पांचवें स्थान पर है। इसकी जनसंख्या ब्राजील की जनसंख्या से भी अधिक है।
- देश की कुल शहरी जनसंख्या में यह महाराष्ट्र के बाद दूसरे स्थान पर (11.79%) है।
- देश की कुल ग्रामीण जनसंख्या में उत्तर प्रदेश का स्थान प्रथम (18.63%) है, जबकि प्रदेश की नगरीय जनसंख्या 77.73 प्रतिशत है।

सर्वाधिक जनसंख्या वाले पांच जिले	
जिले	जनसंख्या
प्रयागराज	59,54,391
मुरादाबाद	47,72,006
गाजियाबाद	46,81,645
आजमगढ़	46,13,913
लखनऊ	45,89,838

न्यूनतम जनसंख्या वाले पांच जिले

जिले	जनसंख्या
महोबा	8,75,985
चित्रकूट	9,91,730
हमीरपुर	11,04,285
श्रावस्ती	11,17,361
ललितपुर	12,21,592

सर्वाधिक पुरुष जनसंख्या वाले पांच जिले

जिले	जनसंख्या
प्रयागराज	31,31,807
मुरादाबाद	25,03,186
गाजियाबाद	24,88,834
कानपुर नगर	24,59,806
लखनऊ	23,94,476

सर्वाधिक महिला जनसंख्या वाले पांच जिले

जिले	जनसंख्या
प्रयागराज	28,22,584
आजमगढ़	23,28,909
जौनपुर	22,73,739
मुरादाबाद	22,68,820
लखनऊ	21,95,362

उत्तर प्रदेश की दशकीय जनसंख्या वृद्धि

दशक	जनसंख्या वृद्धि दर
1951-61	16.38
1961-71	19.54
1971-81	25.39
1981-91	25.55
1991-2001	25.85
2001-2011	20.22

सर्वाधिक दशकीय वृद्धि दर वाले पांच जिले

जिले	वृद्धि दर
गौतम बुद्ध नगर	49.1
गाजियाबाद	41.3
श्रावस्ती	30.5
बहराइच	29.3
बलरामपुर	27.7

न्यूनतम दशकीय वृद्धि दर वाले पांच जिले

जिले	वृद्धि दर
कानपुर नगर	9.9
हमीरपुर	11.1
बागपत	11.9
फतेहपुर	14.1
देवरिया	14.2

सर्वाधिक जनघनत्व वाले पांच जिले

जिले	जनघनत्व
गाजियाबाद	3,971
वाराणसी	2,395
लखनऊ	1,816
भदोही	1,555
कानपुर नगर	1,452

न्यूनतम जनघनत्व वाले पांच जिले

जिले	जनघनत्व
ललितपुर	242
सोनभद्र	270
हमीरपुर	275
महोबा	279
चित्रकूट	308

सर्वाधिक लिंगानुपात वाले पांच जिले

जिले	लिंगानुपात
जौनपुर	1024
आजमगढ़	1019

देवरिया	1017
प्रतापगढ़	998
सुल्तानपुर	983

1991	41.60	54.82	26.31
2001	56.36	68.8	42.2
2011	67.7	77.3	57.2

न्यूनतम लिंगानुपात वाले पांच जिले

जिले	लिंगानुपात
गौतमबुद्ध नगर	851
हमीरपुर	861
बागपत	861
कानपुर	863
बांदा/मथुरा	863

सर्वाधिक शिशु लिंगानुपात वाले पांच जिले

जिले	लिंगानुपात
बलरामपुर	950
संत कबीर नगर	942
बहराइच/सिद्धार्थ नगर	935
बाराबंकी/अंबेडकर नगर	932
महराजगंज/फैजाबाद	931

न्यूनतम शिशु लिंगानुपात वाले पांच जिले

जिले	लिंगानुपात
बागपत	841
गौतम बुद्ध नगर	843
गाजियाबाद	850
मेरठ	852
बुलन्दशहर	854

विभिन्न वर्षों में उत्तर प्रदेश की साक्षरता दर

वर्ष	कुल	पुरुष	महिला
1951	12.02	19.17	4.07
1961	20.87	32.08	8.36
1971	23.99	35.01	11.23
1981	32.65	46.65	16.74

सर्वाधिक साक्षरता दर वाले पांच जिले

जिले	दर (% में)
गौतम बुद्ध नगर	80.1
कानपुर	79.7
औरैया	78.9
इटावा	78.4
गाजियाबाद	78.1

न्यूनतम साक्षरता दर वाले पांच जिले

जिले	दर (% में)
श्रावस्ती	46.7
बहराइच	49.4
बलरामपुर	49.5
बदायूं	51.3
रामपुर	53.3

सर्वाधिक ग्रामीण जनसंख्या प्रतिशत वाले पांच जिले

जिले	जनसंख्या (%)
श्रावस्ती	96.5
कुशीनगर	95.3
महाराजगंज	95.0
सुल्तानपुर	94.7
प्रतापगढ़	94.5

न्यूनतम ग्रामीण जनसंख्या प्रतिशत वाले पांच जिले

जिले	जनसंख्या (%)
गाजियाबाद	32.4
लखनऊ	33.8
कानपुर नगर	34.2
गौतमबुद्ध नगर	40.9
मेरठ	48.9

सर्वाधिक नगरीय जनसंख्या प्रतिशत वाले पांच जिले	
जिले	प्रतिशतता
गाजियाबाद	67.6
लखनऊ	66.2
कानपुर	65.8
गौतमबुद्ध नगर	59.1
मेरठ	51.1

न्यूनतम अनुसूचित जाति प्रतिशतता वाले पांच जिले	
जिले	प्रतिशतता
बागपत	11.4
बरेली	12.5
बलरामपुर	12.9
गौतमबुद्ध नगर	13.1
रामपुर	13.2

न्यूनतम नगरीय जनसंख्या प्रतिशत वाले पांच जिले	
जिले	प्रतिशतता
श्रावस्ती	3.5
कुशीनगर	4.7
महाराजगंज	5.0
सुल्तानपुर	5.3
प्रतापगढ़	5.5

सर्वाधिक अनुसूचित जनजाति प्रतिशत वाले पांच जिले	
जिले	प्रतिशतता
सोनभद्र	20.7
ललितपुर	5.9
देवरिया	3.5
बलिया	3.4
कुशीनगर	2.3

सर्वाधिक अनुसूचित जाति प्रतिशतता वाले पांच जिले	
जिले	प्रतिशतता
कौशाम्बी	34.7
सीतापुर	32.3
हरदोई	31.1
उन्नाव	30.5
रायबरेली	30.3

न्यूनतम अनुसूचित जनजाति प्रतिशतता वाले पांच जिले	
जिले	प्रतिशतता
बागपत	0.001
कन्नौज	0.001
बदायूं	0.002
बुलंदशहर	0.006
मुजफ्फरनगर	0.008

अध्याय – 4

उत्तर प्रदेश की राजनीतिक एवं प्रशासनिक संरचना
(Political and Administrative Structure of Uttar Pradesh)

- उत्तर प्रदेश भारतीय राजनीतिक और प्रशासनिक संरचनाओं का एक राज्य है।
- यह भारतीय संघ का एक राज्य है और भारतीय संविधान के अनुसार एक विधानसभा और एक विधानपरिषद के साथ राज्यपाल के नियंत्रण में चलता है।
- उत्तर प्रदेश की राजनीतिक संरचना 'बहुदलीय व्यवस्था' पर आधारित है, जहां विभिन्न राजनीतिक पार्टियाँ चुनावों में भाग लेती हैं और सरकार बनाने का प्रयास करती हैं।
- विभिन्न राष्ट्रीय पार्टियाँ जैसे भारतीय जनता पार्टी (बीजेपी), समाजवादी पार्टी (एसपी), बहुजन समाज पार्टी (बसपा) आदि उत्तर प्रदेश में अपने समर्थकों की बड़ी संख्या के साथ दिखाई देती हैं।
- उत्तर प्रदेश का प्रशासनिक संरचना जिलों, तहसीलों और ग्राम पंचायतों पर आधारित है।
- राज्य को 75 जिलों में विभाजित किया गया है, जो प्रशासनिक और न्यायिक कार्यों को संचालित करते हैं।

उत्तर प्रदेश में प्रशासन व्यवस्था

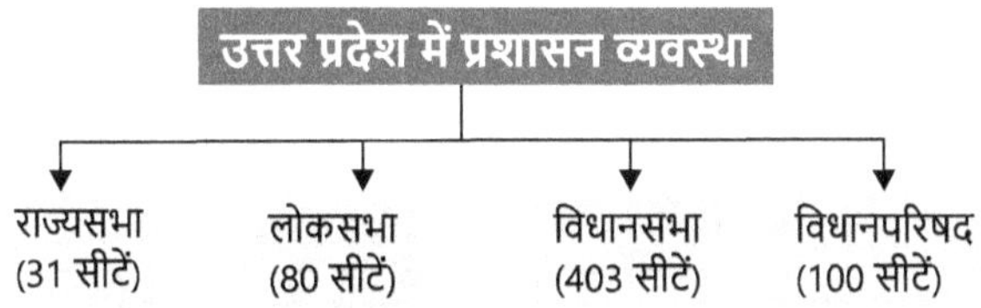

- उत्तर प्रदेश की शासन व्यवस्था, केंद्र सरकार की तरह संसदीय प्रणाली पर आधारित है, जिसमें तीन मुख्य अंग हैं।

उत्तर प्रदेश की संसदीय प्रणाली

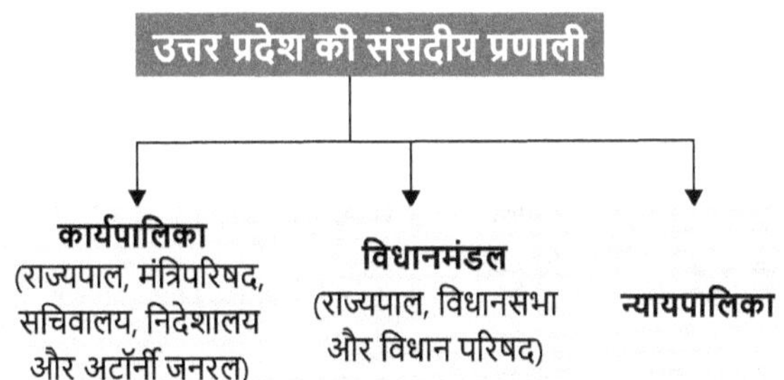

मंत्रिमंडल (Cabinet)	मंत्रिपरिषद (Council of Ministers)
मंत्रिमंडल एक लघु भाग होता है जिसमें 15 से 20 मंत्री होते है।	मंत्रिपरिषद एक बड़ा भाग है जिसमें 60 से 70 मंत्री होते हैं।
मंत्रिमंडल में केवल कैबिनेट सम्मिलित होते है। क्योंकि यह मंत्रिपरिषद का ही एक भाग है।	मंत्रिपरिषद में मंत्रियों की तीनों श्रेणियां – कैबिनेट मंत्री, राज्य मंत्री व उपमंत्री शामिल होता है।
मंत्रिमंडल समान्यतः हफ्ते में एक बार बैठक करती है एवं इसके कार्यकलाप सामूहिक होते है।	मंत्रिपरिषद सरकारी कार्यों हेतु एक साथ बैठक नहीं करती है और इसका कार्य सामूहिक नहीं होता हैं।
मंत्रिमंडल को 44वें संविधान संशोधन अधिनियम द्वारा शामिल किया गया था। यह संविधान के मूल स्वरूप में शामिल नहीं था।	मंत्रिपरिषद एक संवैधानिक निकाय है। इसका विस्तृत वर्णन संविधान के अनुच्छेद 74 तथा 75 में किया गया है।

मंत्रिपरिषद से संबंधित संविधान के कुछ प्रमुख अनुच्छेद

अनुच्छेद	संबंधित विषय
162	राज्य की कार्यपालिका शक्ति का विस्तार
163	राज्यपाल को सहायता और सलाह देने के लिए मंत्रिपरिषद
164	मंत्रियों के बारे में अन्य उपबंध
166	राज्य की सरकार के कार्य का संचालन (समस्त कार्यपालिका कार्यवाही राज्यपाल के नाम से)
167	राज्यपाल को जानकारी देने आदि के संबंध में मुख्यमंत्री के कर्तव्य

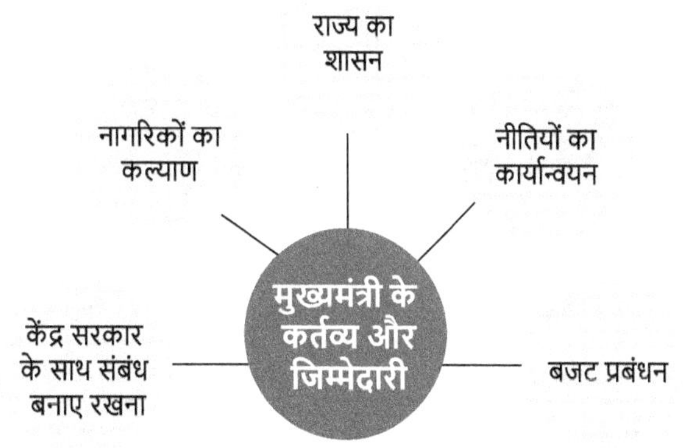

उत्तर प्रदेश के वर्तमान मुख्यमंत्री: योगी आदित्यनाथ

- वर्तमान में उत्तर प्रदेश के मुख्यमंत्री का नाम योगी आदित्यनाथ है।
- वह गोरखपुर के प्रसिद्ध गोरखनाथ मंदिर के महंत हैं और एक भारतीय राजनीतिज्ञ भी हैं।
- योगी आदित्यनाथ ने 19 मार्च 2017 को विधानसभा चुनाव में भारतीय जनता पार्टी की जीत के बाद उत्तर प्रदेश के मुख्यमंत्री के रूप में शपथ ली और तब से उत्तर प्रदेश के मुख्यमंत्री हैं।
- योगी आदित्यनाथ ने अपने दूसरे कार्यकाल की शपथ 25 मार्च, 2022 को ग्रहण की।

उत्तर प्रदेश के मुख्यमंत्री और कार्यकाल	
मुख्यमंत्री	**कार्यकाल**
सर नवाब मुहम्मद अहमद सईद खाँ (नवाब छतारी)	03-04-1937 से 16-07-1937
पंडित गोविन्द वल्लभ पंत	17-07-1937 से 02-11-1939 01-04-1946 से 25-01-1950 26-01-1950 से 20-05-1952 20-05-1952 से 27-12-1954
डॉ. सम्पूर्णानन्द	28-12-1954 से 09-04-1957 10-04-1957 से 06-12-1960
श्री चन्द्रभानु गुप्त	07-12-1960 से 14-03-1962 14-03-1962 से 01-10-1963
श्रीमती सुचेता कृपलानी	02-10-1963 से 13-03-1967
श्री चन्द्रभानु गुप्त	14-03-1967 से 02-04-1967
चौधरी चरण सिंह	03-04-1967 से 25-02-1968
श्री चन्द्रभानु गुप्त	26-02-1969 से 17-02-1970
चौधरी चरण सिंह	18-02-1970 से 01-10-1970
श्री त्रिभुवन नारायण सिंह	18-10-1970 से 04-02-1971
श्री कमलापति त्रिपाठी	04-04-1971 से 12-06-1973
श्री हेमवती नन्दन बहुगुणा	08-11-1973 से 04-03-1974 05-03-1974 से 29-11-1975
श्री नारायण दत्त तिवारी	21-01-1976 से 30-04-1977
श्री राम नरेश यादव	23-06-1977 से 28-02-1979
श्री बनारसी दास	28-02-1979 से 17-02-1980
श्री विश्वनाथ प्रताप सिंह	09-06-1980 से 19-07-1982
श्री श्रीपति मिश्र	19-07-1982 से 02-08-1984
श्री नारायण दत्त तिवारी	03-08-1984 से 10-03-1985 11-03-1985 से 24-09-1985
श्री वीर बहादुर सिंह	24-09-1985 से 24-06-1988
श्री नारायण दत्त तिवारी	25-06-1988 से 04-12-1989
श्री मुलायम सिंह यादव	05-12-1989 से 24-06-1991
श्री कल्याण सिंह	24-06-1991 से 06-12-1992
सुश्री मायावती	03-06-1995 से 18-10-1995 21-03-1997 से 21-09-1997
श्री कल्याण सिंह	21-09-1997 से 12-11-1999
श्री राम प्रकाश	12-11-1999 से 28-10-2000
श्री राजनाथ सिंह	28-10-2000 से 08-03-2002
सुश्री मायावती	03-05-2002 से 29-08-2003
श्री मुलायम सिंह यादव	29-08-2003 से 13-05-2007
सुश्री मायावती	13-05-2007 से 15-03-2012
श्री अखिलेश यादव	15-03-2012 से 19-03-2017
श्री योगी आदित्य नाथ	19-03-2017 से 25-03-2022
श्री योगी आदित्य नाथ	25-03-2022 से वर्तमान

उत्तर प्रदेश के राज्यपाल	
राज्यपाल	**कार्यकाल**
सर हरकोर्ट (स्पेंसर) बटलर	03-01-1921 से 21-12-1922
सर विलियम एस मारिस	21-12-1922 से 13-08-1928
सर अलेक्जेन्डर फिलिप्स मडीमैन	15-01-1928 से 17-06-1928
सर विलियम मैल्कम हेली	10-08-1928 से 05-12-1934
सर हैरी ग्राहम हेग	06-12-1934 से 6-12-1939
सर मौरिस गार्नर हैलेट	7-12-1939 से 6-12-1945
फ्रांसिस वर्नर वायली	07-12-1945 से 14-08-1947
श्रीमती सरोजनी नायडू	15-08-1947 से 02-03-1949
श्री विधुभूषण मलिक (कार्यकारी)	03-03-1949 से 01-05-1949
श्री हारमसजी पेरोशा मोदी	03-03-1949 से 01-05-1949
श्री कैन्हैयालाल माणिकलाल मुंशी	02-06-1952 से 09-06-1957
श्री वराहगिरी व्यंकट गिरी	10-06-1957 से 30-06-1960
डा. बूरूगुल रामकृष्ण राव	01-07-1960 से 15-04-1962
श्री विश्वनाथ दास	16-04-1962 से 30-04-1967
डा. बेजवाडा गोपाल रेडडी	01-05-1967 से 30-06-1972
श्री शशिकान्त वर्मा (कार्यकारी)	01-07-1972 से 13-11-1972
श्री अकबर अली खाँ	04-11-1972 से 24-10-1974
डा. मर्रि चेन्ना रेडडी	02-10-1977 से 28-02-1980
श्री गणपतराव देवजी तपासे	02-10-1977 से 28-02-1980
श्री चन्द्रेश्वर प्रसाद नारायण सिंह	28-02-1980 से 30-03-1985
श्री मोहम्मद उसमान आरिफ	31-03-1985 से 12-02-1990

श्री बी. सत्य नारायण रेडडी	12-02-1990 से 26-05-1993	श्री सुदर्शन अग्रवाल (कार्यकारी)	03-07-2004 से 08-07-2004
श्री मोतीलाल वोरा	26-05-1993 से 03-05-1996	श्री टी. वी. राजेस्वर	08-07-2004 से 27-07-2009
श्री मुहम्मद शफी कुरैशी (कार्यकारी)	03-05-1996 से 18-07-1996	श्री बी. एल. जोशी	28-07-2009 से 23-06-2014
श्री रोमेश भण्डारी	19-07-1996 से 17-03-1998	श्री अजीज कुरैशी(कार्यकारी)	23-06-2014 से 22-07-2014
श्री मुहम्मद शफी कुरैशी (कार्यकारी)	17-03-1998 से 19-04-1998	श्री राम नाईक	22-07-2014 से 28-07-2019
श्री सूरज भान	20-04-1998 से 23-11-2000	श्रीमती आनंदीबेन पटेल	29-07-2019 से 24-06-2023 (वर्तमान तक)
श्री विष्णुकान्त शास्त्री	24-11-2000 से 02-07-2004		

उत्तर प्रदेश के मंडलों के नाम

मंडल का नाम	मुख्यालय	जिलों की संख्या	अंतर्गत आने वाले जिलों के नाम
लखनऊ	लखनऊ	6	लखनऊ, उन्नाव, रायबरेली, सीतापुर, हरदोई, लखीमपुर खीरी
कानपुर	कानपुर	6	कानपुर नगर, कानपुर देहात, इटावा, फर्रुखाबाद, कन्नौज, औरैया
मेरठ	मेरठ	6	मेरठ, गाजियाबाद, गौतमबुद्ध नगर, बागपत, हापुड़, बुलंदशहर
अयोध्या	अयोध्या	5	अयोध्या, बाराबंकी, अंबेडकर नगर, सुल्तानपुर, अमेठी
अलीगढ़	अलीगढ़	4	अलीगढ़, हाथरस, एटा, कासगंज
आगरा	आगरा	4	आगरा, मथुरा, फिरोजाबाद, मैनपुरी
गोरखपुर	गोरखपुर	4	गोरखपुर, महाराजगंज, देवरिया, कुशीनगर
देवीपाटन	गोंडा	4	गोंडा, बहराइच, श्रावस्ती, बलरामपुर
बरेली	बरेली	4	बरेली, पीलीभीत, शाहजहांपुर, बदायूं
प्रयागराज	प्रयागराज	4	प्रयागराज, प्रतापगढ़, फतेहपुर, कौशांबी
आजमगढ़	आजमगढ़	3	आजमगढ़, मऊ, बलिया
बस्ती	बस्ती	3	बस्ती, सिद्धार्थ नगर, संतकबीर नगर
झांसी	झांसी	3	झांसी, जालौन, ललितपुर
सहारनपुर	सहारनपुर	3	सहारनपुर, मुजफ्फरनगर, शामली
वाराणसी	वाराणसी	4	वाराणसी, जौनपुर, गाजीपुर और चन्दौली
चित्रकूट धाम	बांदा	4	चित्रकूट, बांदा, हमीरपुर और महोबा
मुरादाबाद	मुरादाबाद	5	मुरादाबाद, रामपुर, बिजनौर, अमरोहा और संभल
मिर्जापुर	मिर्जापुर	3	मिर्जापुर, सोनभद्र और भदोही

उत्तर प्रदेश के जिले

जिले का नाम	मुख्यालय	क्षेत्रफल(वर्ग किमी.)
आगरा	आगरा	4,041
अलीगढ़	अलीगढ़	3,650
अंबेडकर नगर	अकबरपुर	2,350
अमेठी	गौरीगंज	2,330
अमरोहा	अमरोहा	2,249
औरैया	औरैया	2,016
आजमगढ़	आजमगढ़	4,054
अयोध्या	अयोध्या	2,341
बदायूं	बदायूं	4,234
बागपत	बागपत	1,321
बहराइच	बहराइच	5,237
बलिया	बलिया	2,981
बलरामपुर	बलरामपुर	3,349
बांदा	बांदा	4,408
बाराबंकी	बाराबंकी	4,402
बरेली	बरेली	4,120
बस्ती	बस्ती	2,688
भदोही	ज्ञानपुर	1,015
बिजनौर	बिजनौर	4,561
बुलंदशहर	बुलंदशहर	4,512
चंदौली	चंदौली	2,541
चित्रकूट	चित्रकूट	3,216
देवरिया	देवरिया	2,540
एटा	एटा	2,431
इटावा	इटावा	2,311
फर्रुखाबाद	फतेहगढ़	2,181
फतेहपुर	फतेहपुर	4,152
फिरोजाबाद	फिरोजाबाद	2,407
गौतमबुद्ध नगर	ग्रेटर नोएडा	1,282
गाजियाबाद	गाजियाबाद	1,179
गाजीपुर	गाजीपुर	3,377
गोंडा	गोंडा	4,003
गोरखपुर	गोरखपुर	3,321
हमीरपुर	हमीरपुर	4,021
हापुड़	हापुड़	660
हरदोई	हरदोई	5,986
हाथरस	हाथरस	1,840
जालौन	उरई	4,565
जौनपुर	जौनपुर	4,038
झांसी	झांसी	5,024
कन्नौज	कन्नौज	2,093
कानपुर देहात	अकबरपुर	3,021
कानपुर नगर	कानपुर	3,155
कासगंज	कासगंज	1,955
कौशांबी	मंझनपुर	1,779
कुशीनगर	पडरौना	2,905
लखीमपुर खीरी	लखीमपुर	7,680
ललितपुर	ललितपुर	5,039
लखनऊ	लखनऊ	2,528
महाराजगंज	महाराजगंज	2,952
महोबा	महोबा	3,144
मैनपुरी	मैनपुरी	2,760
मथुरा	मथुरा	3,340
मऊ	मऊ	1,713
मेरठ	मेरठ	2,559
मिर्जापुर	मिर्जापुर	4,405
मुरादाबाद	मुरादाबाद	2,271
मुजफ्फरनगर	मुजफ्फरनगर	2,991
पीलीभीत	पीलीभीत	3,686
प्रतापगढ़	प्रतापगढ़	3,717

प्रयागराज	प्रयागराज	5,482
रायबरेली	रायबरेली	4,043
रामपुर	रामपुर	2,367
सहारनपुर	सहारनपुर	3,689
संत कबीर नगर	खलीलाबाद	1,646
संभल	संभल	2,381
शाहजहांपुर	शाहजहांपुर	4,388
शामली	शामली	1,017
श्रावस्ती	श्रावस्ती	1,640
सिद्धार्थनगर	सिद्धार्थनगर	2,895
सीतापुर	सीतापुर	5,743
सोनभद्र	रॉबर्ट्सगंज	6,905
सुल्तानपुर	सुल्तानपुर	2,672
उन्नाव	उन्नाव	4,558
वाराणसी	वाराणसी	1,535

स्थानीय स्वशासन

- स्थानीय स्वशासन ग्राम, जिला और नगर निकाय के स्तर पर होने वाले शासन को कहा जाता है।

उत्तर प्रदेश में पंचायती राजव्यवस्था

- स्वतंत्रता प्राप्ति के बाद संयुक्त प्रान्त (वर्तमान उत्तर प्रदेश) में 15 अगस्त, 1947 से संयुक्त प्रान्त पंचायत राज अधिनियम, 1947 के तहत पंचायती राजव्यवस्था की स्थापना हुई।

- वर्ष 1955 में पंचायतों के दूसरे चुनाव के बाद, पंचायती अदालतों को न्याय पंचायत के नाम से बदल दिया गया और वर्ष 1957 में उत्तर प्रदेश पंचायती राज अधिनियम, 1957 को अपनाया गया।

- राज्य में पंचायती राज का वर्तमान स्वरूप संविधान के 73वें संशोधन के बाद लागू किया गया।

- संशोधन क्रम में, उत्तर प्रदेश पंचायत विधि (संशोधन) विधेयक, 1994 को लागू किया गया, जिससे संयुक्त प्रान्त पंचायती राज अधिनियम, 1947 और उत्तर प्रदेश क्षेत्र समिति और जिला परिषद् अधिनियम, 1961 में संशोधन किया गया और राज्य में त्रिस्तरीय (जिला पंचायत, क्षेत्र पंचायत और ग्राम पंचायत) पंचायती राजव्यवस्था लागू की गई। यह समिति बलवन्त राय मेहता समिति के आधार पर गठित की गई थी।

- इस व्यवस्था के तहत, पंचायतों के संगठन और संरचना के साथ SC, ST, OBC, और महिला आरक्षण, निर्वाचन, और वित्त आयोग की स्थापना के निर्दिष्ट कार्यकाल, पंचायतों के कार्य, उत्तरदायित्व और शक्तियों के संबंध में व्यापक व्यवस्था की प्रावधान किया गया।

- संविधान के 73वें संशोधन-1992 में महिलाओं को पंचायतों में एक तिहाई (33%) आरक्षण प्रदान किया गया है।

- पंचायतों को स्वशासन की इकाई के रूप में सक्षम बनाने और आर्थिक रूप से सुदृढ़ करने के लिए, संविधान की 11वीं अनुसूची में उल्लिखित विभागों में से 16 कार्य पंचायतों को हस्तांतरित किया गया है।

- भारतीय संविधान का अनुच्छेद 40 ग्राम पंचायत के संगठन से संबंधित है।

- वर्तमान पंचायती राज व्यवस्था, विभिन्न समितियों के सुझावों पर आधारित है, जो समय-समय पर प्रस्तुत की गई हैं।

- बलवंत राय मेहता समिति (1957) ने त्रिस्तरीय पंचायत व्यवस्था का सुझाव दिया है जिसमें; (1) ग्राम पंचायत, (2) पंचायत समिति, और (3) जिला परिषद शामिल हैं।

पंचायती राज से संबंधित विभिन्न समितियां	
बलवंत राय मेहता समिति	(1957)
अशोक मेहता समिति	(1977)
हनुमंथा राव समिति	(1983)
जी वी के राव समिति	(1985)
एल एम सिंघवी समिति	(1986)

पंचायती राज से संबंधित महत्वपूर्ण अनुच्छेद	
अनुच्छेद	**विषय**
अनुच्छेद 243	परिभाषाएं और व्याख्या
अनुच्छेद 243 (A)	ग्राम सभा
अनुच्छेद 243 (B)	पंचायतों का संविधान
अनुच्छेद 243 (C)	पंचायतों का गठन
अनुच्छेद 243 (D)	सीटों का आरक्षण
अनुच्छेद 243 (E)	पंचायतों का कार्यकाल
अनुच्छेद 243 (F)	सदस्यता से अयोग्यता
अनुच्छेद 243 (G)	पंचायतों की शक्तियां, प्राधिकार और उत्तरदायित्व
अनुच्छेद 243 (H)	पंचायत की करारोपण शक्ति
अनुच्छेद 243 (I)	वित्तीय स्थिति की समीक्षा के लिए वित्त आयोग का गठन
अनुच्छेद 243 (K)	पंचायतों का चुनाव
अनुच्छेद 243 (O)	चुनावी मामलों में हस्तक्षेप पर रोक

ग्रामीण प्रशासन

ग्रामीण प्रशासन की त्रिस्तरीय व्यवस्था इस प्रकार है:

जिला पंचायत

- यह त्रिस्तरीय पंचायती राज व्यवस्था के शीर्ष स्तर पर स्थित होती है। इसमें अध्यक्ष और उपाध्यक्ष का चुनाव जिला पंचायत के सदस्यों द्वारा होता है।

क्षेत्र पंचायत

- क्षेत्र पंचायत एक मध्य स्तरीय संगठन है जो द्वितीय स्तर पर स्थापित होती है। प्रत्येक क्षेत्र में एक प्रमुख और एक उप-प्रमुख होते हैं, जिनका चुनाव ग्राम सभा द्वारा चुने गए क्षेत्र पंचायत के सदस्यों द्वारा किया जाता है।

ग्राम पंचायत

- ग्राम पंचायत त्रिस्तरीय पंचायती व्यवस्था का सबसे निचला स्तर होती है। इसका अध्यक्ष प्रधान होता है, जिसका चुनाव ग्रामसभा द्वारा किया जाता है।

नगरीय प्रशासन

- केंद्र सरकार ने 1993 में संविधान में एक महत्वपूर्ण संशोधन पेश किया। यह संशोधन, जिसे अध्याय 9ए के रूप में जाना जाता है, को 74वें संशोधन के हिस्से के रूप में शामिल किया गया था और विशेष रूप से इन शहर स्व-सरकारी संस्थाओं की जरूरतों को पूरा किया गया था।

- इस संशोधन के प्रावधान अनुच्छेद 243P से 243ZG तक फैले हुए हैं और इसका उद्देश्य उनके कुशल संचालन को सक्षम करने के लिए एक मजबूत ढांचा और विशेष व्यवस्था प्रदान करना है।

- 74वें संवैधानिक संशोधन के कार्यान्वयन के बाद, उत्तर प्रदेश सरकार ने एक नया कानून पेश किया, जिसे 'उत्तर प्रदेश स्थानीय स्वशासन अधिनियम (संशोधन) -1994' के रूप में जाना जाता है।

- इस अधिनियम का उद्देश्य राज्य के भीतर शहरी क्षेत्रों के प्रशासनिक ढांचे को फिर से परिभाषित करना था और तदनुसार अधिनियमित किया गया था।

- इस अधिनियम के प्रावधानों के अनुसार, उत्तर प्रदेश के पूरे शहरी क्षेत्र को तीन अलग-अलग भागों या मंडलों में विभाजित किया गया:

- **नगर निगम:** नगर निगमों की संरचना इस प्रकार की जाती है कि इसमें मुख्य पद जैसे नगर प्रमुख, जिसे आमतौर पर महापौर, एक उप महापौर, और पार्षदों की तीन अलग-अलग श्रेणियां शामिल होती हैं।

- **नगर परिषद्:** नगर परिषद में एक अध्यक्ष होता है जो सीधे निर्वाचित होते है, एक उपाध्यक्ष जो अप्रत्यक्ष चुनाव के माध्यम से चुना जाता है, और

सदस्यों की तीन श्रेणियां होती हैं।

- **पंचायत:** नगर पंचायतों का गठन एक अध्यक्ष द्वारा किया जाता है जो सीधे निर्वाचित होता है, एक उपाध्यक्ष जिसे अप्रत्यक्ष चुनाव के माध्यम से चुना जाता है, और अतिरिक्त सदस्य होते हैं।

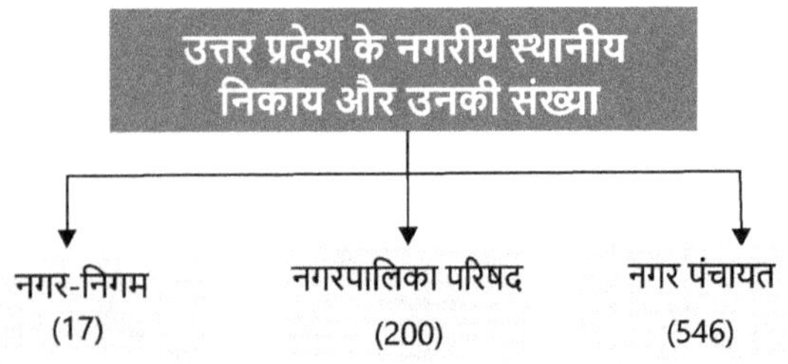

न्यायपालिका

- उच्च न्यायालयों के क्षेत्राधिकार और संरचना को शासित करने वाले प्रावधानों को संविधान के अनुच्छेद 214 से 231 (भाग VI) में रेखांकित किया गया है।
- उत्तर प्रदेश का उच्च न्यायालय इलाहाबाद में स्थित है, जिसकी लखनऊ में एक स्थायी पीठ भी स्थापित है।
- इलाहाबाद उच्च न्यायालय में 160 न्यायाधीशों की स्वीकृत शक्ति है।
- इलाहाबाद उच्च न्यायालय संस्थान की स्थापना वर्ष 1866 में हुई थी, और यह उत्तर प्रदेश में न्याय प्रशासन में महत्वपूर्ण भूमिका निभा रहा है।
- भारत में पहले उच्च न्यायालयों की स्थापना 1862 में हुई थी, जब कलकत्ता, बॉम्बे और मद्रास उच्च न्यायालयों की स्थापना की गई थी। ये उच्च न्यायालय भारतीय न्याय व्यवस्था में अग्रणी थे।

न्यायाधीशों की नियुक्ति

- उच्च न्यायालय में न्यायाधीशों की नियुक्ति राष्ट्रपति द्वारा की जाती है।
- उच्च न्यायालय के मुख्य न्यायाधीश की नियुक्ति राष्ट्रपति द्वारा भारत के मुख्य न्यायाधीश, राज्य के राज्यपाल की सिफारिशों के आधार पर की जाती है।
- अन्य न्यायाधीशों की नियुक्ति राष्ट्रपति द्वारा भारत के मुख्य न्यायाधीश, राज्य के राज्यपाल और उच्च न्यायालय के मुख्य न्यायाधीश की सलाह पर की जाती है।
- उच्च न्यायालय के न्यायाधीशों की नियुक्ति की प्रक्रिया 'कॉलेजियम प्रणाली' के अनुसार होती है।

न्यायाधीश की योग्यता

- उच्च न्यायालय के न्यायाधीश के रूप में नियुक्ति के लिए पात्र होने के लिए, उम्मीदवारों को निम्नलिखित योग्यताएं पूरी करनी चाहिए:
- उम्मीदवार को भारत का नागरिक होना चाहिए।
- उम्मीदवार के पास भारत में न्यायिक पद पर न्यूनतम 10 वर्ष का अनुभव होना चाहिए या किसी उच्च न्यायालय या कई उच्च न्यायालयों में लगातार 10 वर्षों तक अधिवक्ता के रूप में अभ्यास किया हो।

न्यायाधीश का कार्यकाल

- संविधान उच्च न्यायालय के न्यायाधीशों के लिए कार्यालय की एक निश्चित अवधि निर्दिष्ट नहीं करता है, यह बताता है कि एक न्यायाधीश 62 वर्ष की आयु तक पद धारण कर सकता है।
- यदि कोई उच्च न्यायालय का न्यायाधीश इस्तीफा देना चाहता है, तो वह राष्ट्रपति को अपना इस्तीफा दे सकता है।
- हटाने के मामले में राष्ट्रपति कार्रवाई कर सकता है यदि न्यायाधीश को हटाने का प्रस्ताव संसद के दोनों सदनों द्वारा विशेष बहुमत से पारित किया जाता है।

न्यायाधीश को हटाना

- न्यायपालिका की अखंडता को बनाए रखने के लिए एक उच्च न्यायालय के न्यायाधीश को हटाने की प्रक्रिया स्थापित की गई है। राष्ट्रपति के पास दो आधारों पर उच्च न्यायालय के न्यायाधीश को कार्यालय से हटाने का अधिकार है:

  - सिद्ध कदाचार
  - अक्षमता

- न्यायाधीशों को हटाने की प्रक्रिया 1968 के न्यायाधीश जांच अधिनियम में उल्लिखित है।
- यह अधिनियम कदाचार या अक्षमता के आरोपों की जांच करने, हटाने की कार्यवाही में पारदर्शिता और निष्पक्षता सुनिश्चित करने के लिए प्रक्रियात्मक ढांचा स्थापित करता है।

शपथ

- संविधान के अनुच्छेद 219 के अनुसार, उच्च न्यायालय के प्रत्येक न्यायाधीश के लिए पद संभालने से पहले शपथ लेना आवश्यक है।
- यह शपथ राज्य के न्यायालय या उसके द्वारा मनोनीत व्यक्ति द्वारा दिलाई जाती है।
- यह प्रक्रिया सुनिश्चित करती है कि न्यायाधीश अपने न्यायिक कर्तव्यों को शुरू करने से पहले औपचारिक रूप से न्याय, निष्पक्षता और संविधान के सिद्धांतों को बनाए रखने के लिए अपनी प्रतिबद्धता की प्रतिज्ञा करते हैं।

न्यायपालिका की शक्तियाँ

न्यायपालिका की शक्तियाँ कुछ इस प्रकार है:

- **मूल अधिकार क्षेत्र (ओरिजिनल जूरिस्डिक्शन):** उच्च न्यायालय मूल अधिकार क्षेत्र का प्रयोग करता है, जिससे उसे किसी निचली अदालत से अपील की आवश्यकता के बिना कुछ मामलों की सीधे सुनवाई करने की अनुमति मिलती है।
- रिट क्षेत्राधिकार (रिट ज्यूरिस्डिक्शन): उच्च न्यायालय के पास बंदी प्रत्यक्षीकरण, परमादेश, उत्प्रेषण, अधिकार पृच्छा ये रिट मौलिक अधिकारों की रक्षा और न्याय सुनिश्चित करने के लिए उपचार के रूप में कार्य करती हैं। उच्च न्यायालय संविधान के अनुच्छेद 226 के तहत इस क्षेत्राधिकार का प्रयोग कर सकते है।
- अपीलीय क्षेत्राधिकार (अपीलेट जूरिडिक्शन): उच्च न्यायालय के पास अपीलीय क्षेत्राधिकार है, जो व्यक्तियों को अपील की प्रक्रिया के माध्यम से अधीनस्थ न्यायालयों द्वारा दिए गए निर्णयों को चुनौती देने की अनुमति देता है। यह क्षेत्राधिकार दीवानी और आपराधिक दोनों मामलों पर लागू होता है, जो निर्णयों से असंतुष्ट पक्षों को उच्च न्यायालय द्वारा निर्णय की समीक्षा की मांग करने का अवसर प्रदान करता है।
- **कोर्ट ऑफ रिकॉर्ड:** एक अभिलेख न्यायालय के रूप में उच्च न्यायालय के फैसले, कार्यवाही और कार्य स्मृति और साक्ष्य के के रूप में रखे जाएंगे।
- न्यायिक पुनर्विलोकन का अधिकार (जुडिशल रिव्यू): संविधान के अनुच्छेद 13 और 226 के तहत, उच्च न्यायालय के पास संवैधानिकता का आकलन करने का अधिकार है।

जिला न्यायालय

- जिला न्यायालय अपने क्षेत्राधिकार वाले जिले के भीतर सर्वोच्च न्यायालय के रूप में कार्य करता है।
- इसकी अध्यक्षता जिला और सत्र न्यायाधीश द्वारा किया जाता है, जो दीवानी (सिविल) और आपराधिक (क्रिमिनल) दोनों मामलों में सर्वोच्च स्थान रखता है।
- जिला और सत्र न्यायाधीश की नियुक्ति संबंधित राज्य के उच्च न्यायालय की सलाह पर राज्यपाल द्वारा किया जाता है। यह न्यायिक अधिकारी जिले की न्यायपालिका के भीतर सर्वोच्च रैंक रखता है।
- जिला अदालत प्रणाली के भीतर जिला न्यायाधीश दो अलग-अलग भूमिकाओं को पूरा करता है।
- आपराधिक मामलों में, जिला न्यायाधीश 'सत्र न्यायाधीश' की उपाधि धारण करता है।
- दूसरी ओर, दीवानी मामलों में एक ही व्यक्ति को 'जिला न्यायाधीश' कहा जाता है।
- ये भूमिकाएं जिला और सत्र न्यायाधीश द्वारा निपटाए गए मामलों की विविध प्रकृति को दर्शाता हैं, जो जिले के भीतर न्याय देने में महत्वपूर्ण भूमिका निभाते हैं।

लोक अदालत

- राष्ट्रीय विधिक सेवा प्राधिकरण (NALSA) द्वारा प्रशासित लोक अदालत, 1987 के कानूनी सेवा प्राधिकरण अधिनियम के तहत स्थापित की गई थीं।
- इन वैकल्पिक विवाद समाधान मंचों को 1995 में प्रभावी रूप से लागू किया गया था।
- लोक अदालतों का उद्देश्य उन मामलों को निपटाना है जो अदालतों या अन्य विवादों में लंबित हैं। जिन्हें सौहार्दपूर्ण माध्यम से न्यायालय के समक्ष लाया जाना अभी बाकी है।
- लोक अदालतों की अवधारणा शुरू में भारत के पूर्व मुख्य न्यायाधीश पीएन भगवती द्वारा प्रस्तावित की गई थी।
- देश में पहली लोक अदालत 1982 में गुजरात में हुई, जो न्याय प्रणाली में एक महत्वपूर्ण मील का पत्थर साबित हुई।
- उनके महत्व को स्वीकार करते हुए, संसद द्वारा विधिक सेवा प्राधिकरण अधिनियम के अधिनियमन के माध्यम से 2002 में लोक अदालतों को स्थायी दर्जा दिया गया था।
- इस अधिनियम ने सुलभ और कुशल विवाद समाधान तंत्र प्रदान करने में लोक अदालतों की भूमिका और कार्यप्रणाली को मजबूत किया।

न्यायपालिका से सम्बंधित संविधान के अनुच्छेद एवं विवरण

अनुच्छेद 124	उच्चतम न्यायालय की स्थापना और गठन
अनुच्छेद 125	उच्चतम न्यायालय के न्यायाधीशों के वेतन आदि
अनुच्छेद 126	कार्यकारी मुख्य न्यायमूर्ति की नियुक्ति
अनुच्छेद 127	तदर्थ (ad-hoc) न्यायाधीशों की नियुक्ति
अनुच्छेद 128	उच्चतम न्यायालयों की बैठकों में सेवानिवृत्त न्यायाधीशों की उपस्थति
अनुच्छेद 129	उच्चतम न्यायालय का अभिलेख न्यायालय होना
अनुच्छेद 130	उच्चतम न्यायालय का स्थान
अनुच्छेद 131	उच्चतम न्यायालय की आरंभिक अधिकारिता
अनुच्छेद 132	कुछ मामलों में उच्च न्यायालयों से अपीलों में उच्चतम न्यायालय की अपीली अधिकारिता
अनुच्छेद 133	उच्च न्यायालयों से सिविल विषयों से सम्बंधित अपीलों में उच्चतम न्यायालय की अपीली अधिकारिता
अनुच्छेद 134	दांडिक विषयों में उच्चतम न्यायालय की अपीली अधिकारिता
अनुच्छेद 135	विद्यमान विधि के अधीन संघीय न्यायालय की अधिकारिता और शक्तियों का उच्चतम न्यायालय द्वारा प्रयोक्तव्य होना
अनुच्छेद 136	अपील के लिए उच्चतम न्यायालय की विशेष अनुमति
अनुच्छेद 137	निर्णयों या आदेशों का उच्चतम न्यायालयों द्वारा पुनर्विलोकन
अनुच्छेद 138	उच्चतम न्यायालय की अधिकारिता वृद्धि
अनुच्छेद 139	कुछ रिटों को प्रत्यक्ष निपटारा करने की शक्ति उच्चतम न्यायालय को दिया जाना
अनुच्छेद 140	उच्चतम न्यायालय की आनुषंगिक शक्तियाँ
अनुच्छेद 141	उच्चतम न्यायालय द्वारा घोषित विधि का सभी न्यायालयों द्वारा आबद्धकर होना
अनुच्छेद 142	उच्चतम न्यायालय की डिक्रियों और आदेशों का प्रवर्तन और प्रकटीकरण आदि के बारे में आदेश
अनुच्छेद 143	उच्चतम न्यायालय से परामर्श करने की राष्ट्रपति की शक्ति
अनुच्छेद 144	सिविल और न्यायिक प्राधिकारियों द्वारा उच्चतम न्यायालय की सहायता में कार्य किया जाना
अनुच्छेद 145	न्यायालय के नियम
अनुच्छेद 146	उच्चतम न्यायालय के अधिकारी और सेवक तथा व्यय
अनुच्छेद 214	राज्यों के उच्च न्यायालय
अनुच्छेद 215	उच्च न्यायालयों का अभिलेख न्यायालय होना
अनुच्छेद 216	उच्च न्यायालयों का गठन
अनुच्छेद 217	उच्च न्यायालय के न्यायाधीशों की नियुक्ति और उसके पद की शर्तें
अनुच्छेद 218	उच्चतम न्यायालय से सम्बंधित कुछ उपबंधों का उच्च न्यायालयों में लागू होना
अनुच्छेद 219	उच्च न्यायालय के न्यायाधीशों द्वारा शपथ ग्रहण या प्रतिज्ञान
अनुच्छेद 220	स्थायी न्यायाधीश रहने के बाद विधि-व्यवसाय पर निबंधन
अनुच्छेद 221	उच्च न्यायालय के न्यायाधीशों के वेतन आदि
अनुच्छेद 222	किसी न्यायाधीश का एक उच्च न्यायालय से दूसरे उच्च न्यायालय को अंतरण
अनुच्छेद 223	कार्यकारी मुख्य न्यायमूर्ति की नियुक्ति
अनुच्छेद 224	अपर और कार्यकारी न्यायाधीशों की नियुक्ति
अनुच्छेद 225	विद्यमान उच्च न्यायालयों की अधिकारिता
अनुच्छेद 226	कुछ रिट निकालने की उच्च न्यायालय की शक्ति
अनुच्छेद 227	सभी न्यायालयों के अधीक्षण की उच्च न्यायालय की शक्ति
अनुच्छेद 228	कुछ मामलों का उच्च न्यायालय को अंतरण
अनुच्छेद 229	उच्च न्यायालयों के अधिकारी और सेवक तथा व्यय

अनुच्छेद 230	उच्च न्यायालयों की अधिकारिता का संघ राज्य क्षेत्रों पर विस्तार
अनुच्छेद 231	दो या अधिक राज्यों के लिए एक ही उच्च न्यायालय की स्थापना
अनुच्छेद 232	जिला न्यायाधीशों की नियुक्ति
अनुच्छेद 233	कुछ जिला न्यायाधीशों की नियुक्तियों का और उनके द्वारा दिए गए निर्णयों आदि का विधिमान्यकरण
अनुच्छेद 234	न्यायिक सेवा में जिला न्यायाधेशों से भिन्न व्यक्तियों की भर्ती
अनुच्छेद 235	अधीनस्थ न्यायालयों पर नियंत्रण

उत्तर प्रदेश लोकायुक्त संगठन (लोकायुक्त)

- लोकायुक्त संगठन (लोकायुक्त) की स्थापना उत्तर प्रदेश सरकार द्वारा वर्ष 1975 में की गई थी। उस समय उत्तर प्रदेश लोक आयुक्त तथा उप-लोक आयुक्त अधिनियम, 1975 पारित किया गया था (जनवरी 2020 में उत्तर प्रदेश में लोकायुक्त पद के लिए आवेदन आमंत्रित)।
- इस अधिनियम के तहत 14 सितम्बर, 1977 को प्रथम लोकायुक्त न्यायमूर्ति विशम्भर दयाल को उत्तर प्रदेश लोकायुक्त के पद पर नियुक्त हुए नियुक्ति मिली।
- लोकायुक्त की कार्यकालावधि 8 वर्ष की होती है और इस पद पर किसी सेवानिवृत्त न्यायाधीश को नियुक्ति दी जाती है। यह ज्ञात होना चाहिए कि उत्तर प्रदेश में लोकायुक्त की कार्यकालावधि 6 वर्ष थी, लेकिन मार्च 2012 में संशोधन अध्यादेश जारी करके इसे 8 वर्षों के लिए बढ़ा दिया गया था।
- राज्य क्षेत्र के न्यायालयों, सीएजी, विधानमण्डल यूपीपीएससी, निर्वाचन आयोग, केन्द्रीय सरकार के विभागों, ग्राम सभाओं और राज्यपाल को छोड़कर अन्य सभी के खिलाफ लोकायुक्त जांच कर सकता है।
- वर्तमान में उत्तर प्रदेश के लोकायुक्त का पद संजय मिश्रा द्वारा संभाला जा रहा है।

लोकायुक्त की योग्यता एवं कार्यकाल

- लोकायुक्त को सर्वोच्च न्यायालय या उच्च न्यायालय के न्यायाधीश के पद के लिए योग्य होना चाहिए।

लोकायुक्त का कार्यकाल 6 वर्ष निर्धारित किया गया था, लेकिन मार्च 2012 में इसे बढ़ाकर 8 वर्ष कर दिया गया।

नाम	कार्यकाल	
विशंभर दयाल	14 सितंबर 1977	13 सितंबर 1982
–	14 सितंबर 1982	9 जनवरी 1983
मिर्जा मोहम्मद मुर्तजा हुसैन	10 जनवरी 1983	10 जनवरी 1989
–	11 जनवरी 1989	27 जनवरी 1989
कैलाश नाथ गोयल	28 जनवरी 1989	28 जनवरी 1995
–	29 जनवरी 1995	8 फरवरी 1995
राजेश्वर सिंह	9 फरवरी 1995	13 जनवरी 2000
–	14 जनवरी 2000	15 मार्च 2000
सुधीर चंद्र वर्मा	16 मार्च 2000	15 मार्च 2006
एनके मेहरोत्रा	16 मार्च 2006	30 जनवरी 2016
संजय मिश्रा	31 जनवरी 2016	पदधारी

ई-गवर्नेंस

- ई-गवर्नेंस शब्द दो शब्दों, "ई-इलेक्ट्रॉनिक" और "गवर्नेंस" का संयोजन है। यह देश के संचालन और प्रशासन को इलेक्ट्रॉनिक माध्यम के द्वारा संचालित करने की तकनीक है।
- भारत में ई-गवर्नेंस की शुरुआत 1970 के दशक में हुई थी जब सरकार ने चुनाव, जनगणना, कर-प्रशासन आदि से संबंधित गहन कार्यों के प्रबंधन के लिए ICT (इनफार्मेशन एंड कम्युनिकेशन टेक्नोलॉजी) के अनुप्रयोगों पर ध्यान देना शुरू किया।
- ई-गवर्नेंस के द्वारा संगठन, नियंत्रण और निगरानी इत्यादि सरकारी काम इलेक्ट्रॉनिक माध्यम से किए जाते हैं।

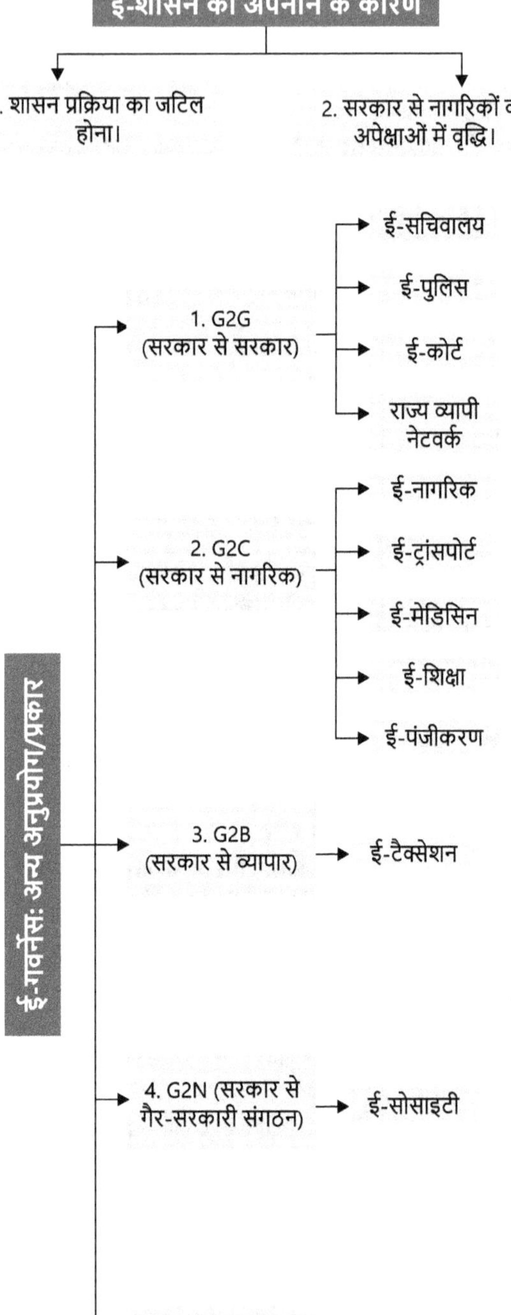

डिजिटल इंडिया के तहत ई-गवर्नेंस

- ई-गवर्नेंस भारत के महत्वपूर्ण प्रोग्राम 'डिजिटल इंडिया' का एक प्रमुख स्तंभ अथवा प्रणाली है।
- इसके अंतर्गत सभी सरकारी कार्यालयों और विभागों की सूचनाएं और सेवाएं देश के नागरिकों तक पहुंचाई जाना निर्धारित किया गया है, यह नई टेक्नोलॉजी ई-गवर्नेंस के रूप में जानी जाती है।
- डिजिटल इंडिया का उद्देश्य देश को डिजिटल रूप से सशक्त समाज और ज्ञान अर्थव्यवस्था में परिणत करना है।

डिजिटल इंडिया कार्यक्रम के नौ स्तंभ-

1. ब्रॉडबैंड हाईवे
2. मोबाइल कनेक्टिविटी के लिए सार्वभौमिक पहुँच
3. पब्लिक इंटरनेट एक्सेस कार्यक्रम
4. ई-गवर्नेंस - प्रौद्योगिकी के माध्यम से सरकार में सुधार
5. ई-क्रांति - सेवाओं की इलेक्ट्रॉनिक डिलीवरी
6. सभी के लिए सूचना
7. इलेक्ट्रॉनिक्स विनिर्माण
8. नौकरियों के लिए आईटी क्षेत्र
9. अर्ली हार्वेस्ट कार्यक्रम

e-Kranti - नेशनल ई-शासन प्लान 2.0:

- यह 'डिजिटल इंडिया पहल' के लिए एक आवश्यक समर्थन प्रणाली के रूप में कार्य करता है।
- इसे 2015 में "ट्रांसफॉर्मिंग ई-गवर्नेंस फॉर ट्रांसफॉर्मिंग गवर्नेंस" के उद्देश्य से स्वीकृत किया गया था।
- e-Kranti के अन्तर्गत 44 परियोजनाओं को लागू किया गया है।

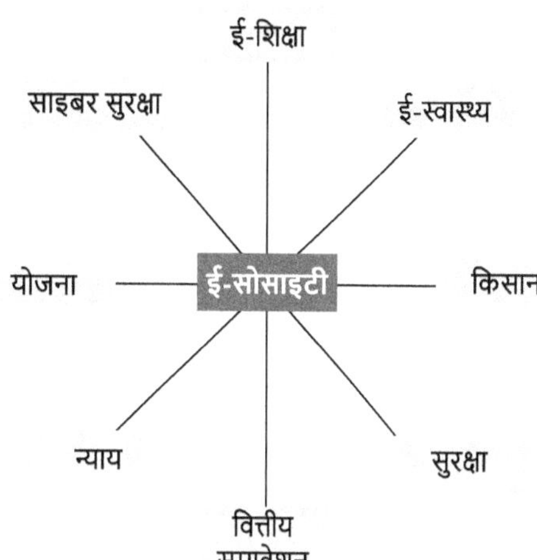

अध्याय – 5

उत्तर प्रदेश की अर्थव्यवस्था
(Economy of Uttar Pradesh)

आर्थिक परिदृश्य

- उत्तर प्रदेश की अर्थव्यवस्था भारत के सभी राज्यों में तीसरी सबसे बड़ी अर्थव्यवस्था है।
- 2022-23 वित्तीय वर्ष (अप्रैल 2022 से मार्च 2023) के लिए विकास दर 7.2% है, जो 7% के अनुमान से ऊपर था, लेकिन 2021-22 में 9.1% से कम था।
- वर्ष 2021-22 के त्वरित अनुमान के अनुसार, स्थायी भावों पर सकल राज्य घरेलू उत्पाद (जीएसडीपी) की वृद्धि दर 9.64 प्रतिशत रही है, और प्रचलित भावों पर यह 16.76 प्रतिशत रही है।

सकल राज्य मूल्य वर्धन का प्रगति विवरण

वित्तीय वर्ष	स्थायी भावों पर	
	जी.एस.वी.ए (₹ करोड़ में)	वृद्धि दर (प्रतिशत में)
2019-20	1079526	3.84
2020-21	1026120	(-)4.95
2021-22	1123455	9.49

वित्तीय वर्ष	प्रचलित भावों पर	
	जी.एस.वी.ए (₹ करोड़ में)	वृद्धि दर (प्रतिशत में)
2019-20	1555681	7.82
2020-21	1504324	(-)3.30
2021-22	1727540	14.84

- 2022-23 में इस राज्य की नॉमिनल जीडीपी ₹24.39 लाख करोड़ (US$310 बिलियन) है।
- 2011 की जनगणना रिपोर्ट के अनुसार उत्तर प्रदेश की 22.76% आबादी शहरी इलाकों में रहती है।
- राज्य में 7 शहर हैं जिनकी आबादी 10 लाख (1 मिलियन) से अधिक है।
- वर्ष 2021-22 के त्वरित अनुमान के अनुसार, स्थायी भावों पर जी.एस.वी.ए. में वर्ष 2021-22 में प्राथमिक, द्वितीयक, तृतीयक खण्ड का योगदान:

प्राथमिक क्षेत्र	14.59 %
द्वितीयक क्षेत्र	10.32 %
तृतीयक क्षेत्र	6.53 %

राज्य मे प्रति व्यक्ति आय का विवरण

वित्तीय वर्ष	स्थायी भावों पर	
	प्रति व्यक्ति आय ₹	प्रतिशत वृद्धि
2018-19	42333	1.3
2019-20	43019	1.6
2020-21	39298	**-8.6**
2021-22	42525	8.2

वित्तीय वर्ष	प्रचलित भावों पर	
	प्रति व्यक्ति आय ₹	प्रतिशत वृद्धि
2018-19	62350	7.6
2019-20	65677	5.3
2020-21	61374	**-6.6**
2021-22	70792	15.3

- वर्ष 2021-2022 में उत्तर प्रदेश का राजस्व अधिशेष 22,107.19 तथा 2022-2023 में राजस्व अधिशेष 43,123.65 था।
- वर्ष 2022-2023 में उत्तर प्रदेश का राजकोषीय घाटा 81,177.98 तथा प्राथमिक घाटा 35,190.52 दर्ज किया गया है।
- राज्य के संसाधनों का मुख्य स्रोत उनके स्वयं संचालित संसाधनों और केंद्र सरकार से अंतरण है। राज्य के आय के प्रमुख स्रोत राजस्व कर और केंद्र सरकार से आने वाली राशि हैं। केंद्रीय अंतरण के स्रोत केंद्रीय करों का राज्य द्वारा हिस्सा और केंद्र से प्राप्त अनुदान हैं।
- जुलाई, 2017 से देश में वस्तु एवं सेवा कर (जी.एस.टी) प्रणाली लागू हो गई है। ज्ञात है कि पेट्रोलियम उत्पादों से प्राप्त होने वाले कर को छोड़कर मूल्य संवर्धित कर (वैट) के सभी घटक जी.एस.टी. में समाहित हो गए हैं तथा मनोरंजन कर एव लग्जरी कर भी जी.एस.टी. में शामिल हो गया है।
- राजस्व व्यय के मुख्य भाग निम्नलिखित हैं- राज्य करों के संग्रहण पर व्यय, ब्याज का भुगतान, प्रशासनिक एवं सामान्य सेवाओं पर व्यय तथा सामाजिक एवं आर्थिक सेवाओं पर व्यय। सामाजिक एवं आर्थिक सेवाओं पर व्यय विकासात्मक श्रेणी में आता है तथा सामान्य सेवाओं पर व्यय अविकासात्मक व्यय श्रेणी में आता है।
- राज्य सरकार की ऋण सेवा के दो घटक हैं - ऋणों की अदायगी और ब्याज भुगतान, जो वर्षों से लगातार कम होते जा रहे हैं।

प्रमुख उद्योग एवं औद्योगिक विकास

- अर्थव्यवस्था को तीन क्षेत्रों में विभाजित किया जाता है, उनमें विकास की दृष्टि से सर्वाधिक महत्वपूर्ण 'द्वितीयक क्षेत्र' है। इस द्वितीयक क्षेत्र के दो भाग निर्माण और विनिर्माण हैं।
- द्वितीयक खण्ड के अन्तर्गत विनिर्माण, विद्युत, गैस तथा जल संपूर्ति एवं निर्माण कार्य उपखण्ड में शामिल है।
- आत्म-निर्भर भारत की संकल्पना के साथ-साथ अग्रसर रहते हुए प्रदेश को 1 ट्रिलियन डॉलर की अर्थव्यवस्था बनाने हेतु औद्योगिक क्षेत्र में अधिकाधिक निवेश बढ़ाना महत्वपूर्ण है।
- यह क्षेत्र उत्पादन और रोजगार की समग्र संवृद्धि के निर्धारण में महत्वपूर्ण भूमिका निभाता है।
- वर्ष 2021-22 के त्वरित अनुमान के अनुसार, प्रदेश मे द्वितीयक खण्ड का

योगदान वर्ष 2021-22 के तैयार किये गये त्वरित अनुमानों के अनुसार स्थिर भावों पर 26.7 प्रतिशत है तथा द्वितीयक खण्ड में गत वर्ष की तुलना में वर्ष 2021-22 के स्थिर भावों पर 10.3 प्रतिशत की वृद्धि तथा प्रचलित भावों पर 14.9 प्रतिशत की वृद्धि दर्ज की गई।

- वर्ष 2021-22 के त्वरित अनुमान के अनुसार, प्रदेश के सकल राज्य मूल्यवर्धन में विनिर्माण उपखण्ड में गतवर्ष की तुलना में वर्ष 2021-22 में स्थिर भावों पर 13.6 प्रतिशत की वृद्धि तथा प्रचलित भावों पर 21.0 प्रतिशत की वृद्धि दर्ज की गई।

- विद्युत, गैस तथा जल संपूर्ति उपखण्ड में गतवर्ष की तुलना में वर्ष 2021-22 में स्थिर भावों पर 4.4 प्रतिशत की वृद्धि तथा प्रचलित भावों पर 8.7 प्रतिशत की वृद्धि दर्ज की गई।

- निर्माण उपखण्ड में गत वर्ष की तुलना में वर्ष 2021-22 में स्थिर भावों पर 7.0 प्रतिशत की वृद्धि तथा प्रचलित भावों पर 9.7 प्रतिशत की वृद्धि दर्ज की गई।

- विनिर्माण उपखण्ड का योगदान स्थिर भावों पर वर्ष 2021-22 के तैयार किये गये त्वरित अनुमानों के अनुसार 14.5 प्रतिशत, विद्युत गैस तथा जल संपूर्ति उपखण्ड का 1.5 प्रतिशत तथा निर्माण उपखण्ड का 10.8 प्रतिशत रहा।

- देश, प्रदेश अथवा क्षेत्र में विकास की गति में वृद्धि के लिए सर्वाधिक प्रयास औद्योगिक विस्तार एवं निर्यात प्रोत्साहन के लिए किया जाता है, ताकि वहां अधिक से अधिक रोजगार के अवसर तथा आय सृजित हो सके। उत्तर प्रदेश में भी इन दिनों इसी तरह के कार्य किये जा रहे हैं।

- भारत में व्यवसाय में सुगमता की रैंकिंग में 12 स्थानों का उल्लेखनीय सुधार करते हुए उत्तर प्रदेश देश में द्वितीय स्थान पर पहुंच गया है। सफलता के बाद राज्यों की अचीवर्स श्रेणी में सम्मिलित होना इसका स्पष्ट प्रमाण है।

- उद्योग और कारोबार में सुगमता की दृष्टि से उत्तर प्रदेश ने हाल के दिनों में तीव्र विकास किया है।

- व्यापार सुगमता- ईज ऑफ डुइंग बिजनेस: उत्तर प्रदेश सरकार ने केन्द्र सरकार की तर्ज पर औद्योगिक क्षेत्र में अनेक सुधारों की पहल की है जिससे समग्र व्यवसाय वातावरण बेहतर हुआ है।

  - व्यापार सुगमता को बेहतर बनाने के लिये विद्यमान नियमों को सरलीकृत और युक्तियुक्त बनाने पर जोर दिया जा रहा है जिससे प्रदेश में अब उद्यमियों द्वारा उद्यम लगाना सरल हो रहा है।

  - उत्तर प्रदेश सरकार ने "विश्वास आधारित शासन" के सिद्धान्त को आत्मसात किया है।

  - पिछले पांच वर्षों में उत्तर प्रदेश में बिजनेस रिफार्म एक्शन प्लान के अन्तर्गत 600 से अधिक सुधार लागू किये गये हैं।

- 30 से अधिक विभागों को डिजिटलाइज करने के साथ ही 110 से अधिक सेवाओं को जनहित गारंटी अधिनियम में सम्मिलित किया गया है।

- प्रदेश का एकमात्र स्टॉक एक्सचेंज कानपुर में स्थित है।

उद्यम संख्या के आधार पर देश के शीर्ष 5 राज्य	
राज्य	**उद्यमों की संख्या**
उत्तर प्रदेश	6700736 (11.46%)
महाराष्ट्र	116125902 (10.48%)
पश्चिम बंगाल	5901521 (10.09%)
तमिलनाडु	5052444 (8.64%)
आन्ध्र प्रदेश	4237310 (7.25%)

प्रदेश में विशेष आर्थिक क्षेत्र (SEZ)

- औद्योगिकी इकाइयों को एकीकृत औद्योगिक क्षेत्र उपलब्ध कराने के उद्देश्य से उत्तर प्रदेश में 7 विशेष आर्थिक क्षेत्र (Special Economic Zones) स्थापित किये जा रहे हैं। इनके स्थान हैं- नोएडा, कानपुर, भदोही, वाराणसी, मुरादाबाद एवं पूर्व-पश्चिम परिक्षेत्र।

- विशेष आर्थिक क्षेत्र (SEZ) का उद्देश्य इधर-उधर स्थापित औद्योगिक इकाइयों के लिए एक विशेष स्थान उपलब्ध कराना है, जहां उन्हें यातायात, पर्यावरण, ऊर्जा संसाधन, विपणन आदि की सुविधाएं सरलता से उपलब्ध हो सकें। इन विशेष क्षेत्रों में आर्थिक कानून अन्य क्षेत्रों की अपेक्षा उदार होते हैं।

उत्तर प्रदेश को खिलौना हब बनाने की तैयारी

- देश में स्वदेशी खिलौनों की बढ़ती मांग को देखते हुए उत्तर प्रदेश को खिलौना हब बनाने की तैयारी शुरू कर दी गयी है।

- खिलौनों का उत्पादन बढ़ाकर राज्य सरकार की योजना तीन लाख से अधिक लोगों को रोजगार से जोड़ने की है। इसके लिए नयी खिलौना नीति लाने की तैयारी है, जिसके तहत अगले पांच वर्षों में प्रदेश में ₹20 हजार करोड़ के निवेश का लक्ष्य रखा गया है।

- प्रदेश के खिलौना हब बनने से सर्वाधिक लाभ उन जिलों को होगा जो अब तक उद्योगों की दृष्टि से पिछड़े माने जाते हैं, यथा चित्रकूट, गोरखपुर और आजमगढ़।

- झांसी के सॉफ्ट ट्वायज को 'एक जिला एक उत्पाद' (ODOP) में शामिल कर इस पर काम शुरू किया जा चुका है।

- देश में लगभग 90 प्रतिशत खिलौने चीन और ताइवान से आयात होते हैं। खिलौनों के वैश्विक कारोबार में भारत की हिस्सेदारी मात्र 0.5 प्रतिशत है।

- इस स्थिति में उत्तर प्रदेश सरकार खिलौना उद्योग को रियायतें देती है तो इस क्षेत्र से जुड़ी बड़ी कम्पनियां इधर रूख करेंगी। इसका सीधा लाभ प्रदेश को मिलेगा।

उत्तर प्रदेश के प्रमुख निर्यात जोन व उत्पाद	
जोन	**उत्पाद**
लखनऊ	कैमल बोन कार्विंग मिनियेचर, फ्लोरीकल्चर, आयुर्वेदिक/हर्बल औषधि
कानपुर	तेल, परफ्यूम, मसाले, फार्मास्यूटिकल, हैंडलूम, रसायन, सॉफ्टवेयर, चमड़ा उत्पाद
वाराणसी	लकड़ी के खिलौने, रेशम, ऊनी, हस्तशिल्प
हरदोई	प्रदेश के पहले आयुर्वेदिक दवा उद्योग की स्थापना न्यू इंडिया फार्मास्यूटिकल के नाम से यहां की गई है।
नोएडा	रत्न और आभूषण, इलेक्ट्रॉनिक, परिधान, चमड़े, सॉफ्टवेयर, हार्डवेयर, कंप्यूटर
आगरा	हस्तशिल्प सामान, बैग, कलात्मक सामान, संगमरमर उत्पाद, सिल्क, कार्पेट
मुरादाबाद	बोन ज्वेलरी, कलात्मक आभूषण, आर्ट मेटल वेयर

उत्तर प्रदेश प्रमुख लघु व कुटीर उद्योग

औद्योगिक उत्पादन सूचकांक

- औद्योगिक उत्पादन सूचकांक (आईआईपी) एक निश्चित समयावधि की तुलना में एक विशिष्ट समयावधि में औद्योगिक वस्तुओं के एक समूह में होने वाले परिवर्तन को प्रदर्शित करता है।
- उत्तर प्रदेश का सेक्टरवार औद्योगिक उत्पादन सूचकांक के कुल 1000 भारांक में विनिर्माण क्षेत्र का 809.35 प्रतिशत, खनन क्षेत्र को 118.89 प्रतिशत तथा विद्युत क्षेत्र का 71.76 प्रतिशत भारांक है।
- उत्तर प्रदेश हेतु आधार वर्ष 2011-12 पर तैयार किये गये औद्योगिक उत्पादन सूचकांक के अनुसार वर्ष 2021-22 में सामान्य सूचकांक 125.58 के स्तर पर रहा जो विगत वर्ष की तुलना में 6.75 प्रतिशत की वृद्धि दर्शाता है।
- विनिर्माण, खनन एवं विद्युत उपखण्ड के सूचकांक क्रमशः 125.73, 115.21 एवं 141.09 के स्तर पर आंकलित किये गये जो गत वर्ष की तुलना में क्रमशः 6.64, 6.76 एवं 7.81 की वृद्धि को दर्शाते हैं।

देश की सबसे बड़ी इलेक्ट्रॉनिक सिटी

- देश की सबसे बड़ी 'इलेक्ट्रॉनिक सिटी' ग्रेटर नोएडा के पास यमुना एक्सप्रेस-वे पर तैयार हो रही है।
- जेवर एयरपोर्ट के निकट लगभग 1700 एकड़ क्षेत्र में 'मैन्युफैक्चरिंग इलेक्ट्रॉनिक जोन '(MEZ) ग्राम से स्थापित होने वाली इस इलेक्ट्रॉनिक सिटी के लिए ग्रेटर नोएडा में काम आरम्भ हो चुका है। कई अंतरराष्ट्रीय कम्पनियां यहां अपनी इकाई (Units) के लिए प्रस्ताव दे चुकी हैं।
- इस इलेक्ट्रॉनिक सिटी में चीन ताइवान, सिंगापुर आदि देशों के अपने कलस्टर (समूह) होंगे, जहां इन देशों की कम्पनियां भूमि लेकर कारखाने लगायेंगी।
- प्रदेश में नोएडा-ग्रेटर नोएडा-यमुना एक्सप्रेस-वे, कानपुर लखनऊ-उन्नाव एवं बुंदेलखंड को इलेक्ट्रॉनिक मैन्युफैक्चरिंग जोन के रूप में विकसित करने की योजना है। प्रदेश में अभी मात्र एक इलेक्ट्रॉनिक सिटी है।
- वर्तमान में देश की सबसे बड़ी इलेक्ट्रॉनिक सिटी (IT City) बंगलूरू में है। यह 903 एकड़ क्षेत्र में बनी है, जहां 156 कम्पनियां काम कर रही हैं।

दुनिया की सबसे बड़ी मोबाइल फैक्ट्री

- दुनिया की सबसे बड़ी मोबाइल फैक्ट्री ने 10 मई, 2020 को नोएडा में निर्माण कार्य शुरू कर दिया है।
- इसका उद्घाटन प्रधानमंत्री नरेन्द्र मोदी और दक्षिण कोरिया के राष्ट्रपति मून जे इन ने संयुक्त रूप से किया।
- सैमसंग की यह फैक्ट्री नोएडा के सेक्टर-81 में 35 एकड़ क्षेत्र में फैली है। यहां प्रतिवर्ष 6 करोड़ से अधिक मोबाइल फोन का निर्माण हो रहा है।
- मोबाइल के अतिरिक्त इस फैक्ट्री में सैमसंग के कंज्यूमर इलेक्ट्रॉनिक उपकरण भी तैयार किये जाते हैं।

प्रदेश में लघु एवं कुटीर उद्योग के केंद्र

उद्योग	केन्द्र
पीतल के बर्तन	मुरादाबाद, फर्रुखाबाद, हाथरस, मिर्जापुर, वाराणसी
पीतल के ताले चाकू एवं कैंचियां	अलीगढ़, मेरठ, मथुरा, हाथरस
पीतल की मूर्तियां	मथुरा
खेल के सामान	आगरा, मेरठ, बरेली
लकड़ी के खिलौने	लखनऊ, वाराणसी
बेंत की छड़ियां	बरेली
लकड़ी का फर्नीचर	बरेली, सहारनपुर, हाथरस, वाराणसी
साबुन, डिटर्जेंट	कानपुर, चंदौसी, मोदीनगर, आगरा मेरठ, गाजियाबाद

उद्योग	केन्द्र
माचिस उद्योग	बरेली, सहारनपुर, प्रयागराज, मेरठ
कालीन	भदोही, आगरा, वाराणसी, मिर्जापुर, सहारनपुर, बरेली
दरी	आगरा, बरेली, अलीगढ़, मिर्जापुर, इटावा
इत्र, सुगन्धित तेल	कन्नौज, गाजीपुर, लखनऊ, जौनपुर, प्रयागराज
मिट्टी के खिलौने	आगरा
बिस्किट	मोतीनगर, आगरा, अलीगढ़
सूती वस्त्र, हैंडीक्राफ्ट	वाराणसी, मेरठ, देवबंद, टांडा
सिगरेट	गाजियाबाद, सहारनपुर
रंग एवं वार्निश	मेरठ, कानपुर, गाजियाबाद, मोदीनगर
टार्च उद्योग	लखनऊ
औषधि	कानपुर, लखनऊ, झांसी, सहारनपुर
नल के पाइप	कानपुर, प्रयागराज, लखनऊ
चीनी मिट्टी के बर्तन	प्रयागराज, खुर्जा (बुलन्दशहर)
हाथ निर्मित कागज	मथुरा, काल्पी, मेरठ
लोहे के बांट	आगरा, सहारनपुर
पेठा उद्योग	आगरा, प्रयागराज
प्लाई वुड	नजीबाबाद, सीतापुर
लकड़ी पर नक्काशी	सहारनपुर
ऊनी वस्त्र उद्योग	कानपुर
सिरेमिक, पॉटरी	खुर्जा (बुलन्दशहर)
वनस्पति घी	कानपुर देहात, आगरा
चीनी / खांडसारी	शामली, मेरठ, मुजफ्फरनगर

कुटीर उद्योगों में सूक्ष्म, लघु एवं मध्यम उद्योग के लिए 01 जून, 2020 से कुछ नियम/मानक लागू किए गए हैं, जो निम्न हैं:

उद्योगों के प्रकार	निवेश सीमा	वार्षिक टर्नओवर
सूक्ष्म उद्योग	₹1 करोड़ तक	₹5 करोड़ तक
लघु उद्योग	₹1 करोड़ से अधिक, परन्तु ₹10 करोड़ तक	₹5 करोड़ से अधिक परन्तु ₹50 करोड़ तक
मध्यम उद्योग	₹5 करोड़ से अधिक, परन्तु ₹50 करोड़ तक	₹50 करोड़ से अधिक, परन्तु ₹250 करोड़ तक

क्षेत्र	जिला	जिले के नाम
पूर्वी क्षेत्र	28	अम्बेडकर नगर, फैजाबाद (अब अयोध्या) सिद्धार्थ नगर, बस्ती, महराजगंज, गोरखपुर, कुशीनगर, देवरिया, मऊ आजमगढ़, बलिया, संत रविदास नगर (भदोही), वाराणसी, जौनपुर, सोनभद्र, मिर्जापुर, कौशाम्बी, प्रयागराज, बलरामपुर, गोंडा, चन्दौली, श्रावस्ती, बहराइच, संत कबीर नगर, सुल्तानपुर, गाजीपुर, प्रतापगढ़ एवं अमेठी।
केन्द्रीय क्षेत्र	10	लखीमपुर खीरी, हरदोई, सीतापुर, बाराबंकी, लखनऊ, उन्नाव, रायबरेली, कानपुर देहात, कानपुर नगर एवं फतेहपुर।
पश्चिमी क्षेत्र	30	सहारनपुर, मुजफ्फरनगर, बिजनौर, रामपुर, बदायूँ मथुरा, एटा, बरेली, पीलीभीत, शाहजहांपुर, फिरोजाबाद, आगरा, मैनपुरी, बागपत, मेरठ, अमरोहा, मुरादाबाद, गौतमबुद्ध नगर, गाजियाबाद, बुलंदशहर, हाथरस, अलीगढ़, कन्नौज, फर्रुखाबाद, औरैया, इटावा, कासगंज, हापुड़, संभल एवं शामली।
बुन्देलखण्ड क्षेत्र	07	महोबा, हमीरपुर, चित्रकूट, बाँदा, जालौन, झांसी एवं ललितपुर।

आर्थिक समीक्षा 2022-23

राज्य की आर्थिक समीक्षा

उत्तर प्रदेश सरकार की प्रगति एवं उपलब्धियों का ब्यौरा निम्नानुसार दिया गया है:

राजकोषीय स्थिति के प्रमुख संकेतक (₹ करोड़ में)			
वर्ष	राजस्व अधिशेष	राजकोषीय घाटा	प्राथमिक घाटा
2019-20	67,560.13	-11,082.68	-45,895.70
2020-21	-2,367.13	54,622.11	17,193.63
2021-22 (पु.अ)	22,107.19	74,745.63	32,241.38
2022-23 (ब.अ)	43,123.65	81,177.98	35,190.52

राज्य की कुल ऋणग्रस्तता

प्रदेश में विकासात्मक योजनाओं एवं सामाजिक उत्थान के अनेकों कार्यों हेतु राज्य सरकार को अपने सीमित संसाधनों के दृष्टिगत ऋण लेने की आवश्यकता होती है।

राज्य की कुल ऋणग्रस्तता (₹ करोड़ में)						
वर्ष	बाजार ऋण	अल्प बचत	भविष्य एवं पेंशन निधियां	ऊर्जा बन्धपत्र	अन्य *	कुल ऋणग्रस्तता
2019-20	2,89,383.00	50,614.60	58,220.80	49,674.02	52,075.13	4,99,967.55 (29·6)
2020-21	3,54,683.00	45,492.53	59,283.21	43,331.16	61,299.56	5,64,089.46 (29·1)
2021-22 (पु.अ)	4,01,353.00	40,370.45	60,986.81	39,016.00	69,555.16	6,11,281.42 (34·9)
2022-23 (ब.अ)	4,66,003.00	35,248.33	62,690.41	34,700.85	67,510.80	6,66,153.39 (32·5)

* अन्य में वित्तीय संस्थाओं से ऋण, भारत सरकार से ऋण, जमा एवं अग्रिम अन्य देयतायें शामिल हैं।

() कोष्ठक में जी.एस.डी.पी. से प्रतिशत अंश दर्शाया गया है।

डिजिटल ट्रांजेक्शन वृद्धि की स्थिति		
वित्तीय वर्ष	डिजिटल ट्रांजेक्शन की संख्या (करोड़ में)	प्रतिशत वृद्धि (गत वर्ष से)
2019-20	189.07	16.93
2020-21	391.02	106.81
2021-22	426.68	9.11
2022-23 (जून 2022)	218.33	-

प्रधानमंत्री मुद्रा योजना की प्रगति

अवधि	शिशु ऋण (0.50 लाख ₹ तक)			किशोर ऋण (0.50-5 लाख ₹ तक)			तरुण ऋण (5-10 लाख ₹ तक)		
	खातों की संख्या	स्वीकृत धनराशि	वितरित धनराशि	खातों की संख्या	स्वीकृत धनराशि	वितरित धनराशि	खातों की संख्या	स्वीकृत धनराशि	वितरित धनराशि
मार्च 2021	3898753	10301	10017	737244	11040	10461	102455	7890	7397
मार्च 2022	4592780	12770	12616	1098459	12892	12524	96743	8002	7711

प्रदेश में प्रमुख फसलों का आच्छादन, उत्पादन एवं उत्पादकता

फसल	2021-22			2022-23 (खरीफ)		
	आच्छादन लाख हे.	उत्पादन लाख मी. टन	उत्पादकत(कु./हे.)	आच्छादन लाख हे.	उत्पादन लाख मी. टन	उत्पादकत(कु./हे.)
चावल	59.7	160.57	26.75	57.96	155.79	26.88
गेहूं	97.63	364.59	37.34	95.90	370.17	38.60
धान्य फसलें	177.53	568.67	32.03	-	-	-
दलहन	24.28	26.19	10.82	26.60	29.94	11.26
खाद्यान्न फसलें	201.81	594.80	29.48	200.93	598.70	29.80
तिलहन	12.75	12.38	10.22	13.76	15.67	11.39

पशु सम्बन्धित विभिन्न प्रजनन सेवा योजनाओं की भौतिक प्रगति (लाख में)

कार्यक्रम	2018-19	2019-20	2020-21	2021-22	2022-23
कृत्रिम गर्भाधान	133.6	140.8	144.86	146.35	81.77
टीकाकरण	1434.02	1382	996.51	583.47	694.37
चिकित्सा	375.45	400	422.95	439.29	259.29
बधियाकरण	24.7	29.42	31.25	32.56	18.45

राष्ट्रीय खाद्य सुरक्षा अधिनियम के अन्तर्गत आपूर्ति का विवरण

मद	संख्यात्मक विवरण (1 फरवरी 2023 की स्थिति)
कुल राशनकार्ड	3.60 करोड़
पात्र गृहस्थी	3.19 करोड़
अन्त्योदय	0.41 करोड़
पात्र गृहस्थी	13.71 करोड़
अन्त्योदय	1.33 करोड़
लाभार्थी आधार सीडिंग	15.02 करोड़
उचित दर विक्रेता	79385

प्रधानमंत्री कृषि सिंचाई योजना की प्रगति

कार्यक्रम का नाम	इकाई	2021-22		2022-23	
		लक्ष्य	उपलब्धि	लक्ष्य	उपलब्धि
ड्रिप सिंचाई	हे.	43303	16690	49607	24243
स्प्रिंकलर सिंचाई	हे.	114697	17241	70393	17965
मानव संसाधन विकास	संख्या	15650	7250	15650	850

आत्मनिर्भर भारत योजना के अन्तर्गत खाद्यान्न आपूर्ति विवरण

मद	संख्यात्मक विवरण (अक्टूबर 2022 तक)
नये राशन कार्ड	209170
लाभार्थी	529905
राहत से प्राप्त राशन कार्ड	78979
लाभार्थी	100319
कुल राशन कार्ड	288149
लाभार्थी	6300221

प्रचलित एवं स्थायी भावों पर जीएसवीए में सेवा क्षेत्र का योगदान एवं वृद्धि दर

वर्ष	प्रचलित भावों पर			स्थायी भावों पर		
	सेवा क्षेत्र का जीएसवीए	वृद्धि दर प्रतिशत	सेवा क्षेत्र का जीएसवीए	योगदान प्रतिशत	वृद्धि दर प्रतिशत	योगदान प्रतिशत
2018-19	699899	11.69	48.51	508254	6.18	48.89
2019-20	767433	9.65	49.33	543727	6.98	50.37
2020-21	711359	-7.31	47.29	505370	-7.05	49.25
2021-22	811093	14.02	46.95	538374	6.53	47.92

उत्तर प्रदेश में पर्यटन की स्थिति

वर्ष	भारतीय	विदेशी	कुल	प्रतिशत परिवर्तन		
				भारतीय	विदेशी	कुल
2018	2850.79	37.80	2888.60	(+)21.84%	(+)6.30%	(+)21.61%
2019	5358.55	47.45	5406.00	(+)87.97%	(+)25.53%	(+)87.15%
2020	861.22	8.90	870.13	(-)83.93%	(-)81.24%	(-)83.90%
2021	1097.08	0.45	1097.53	(+)27.39%	(-)94.94%	(+)26.14%

वित्तीय वर्ष 2022-23 में नागर विमानन पर पूंजीगत लेखा में अन्य व्यय (धनराशि लाख रू में)

योजना का नाम	बजट प्रावधान	अधुनान्त व्यय अगस्त 2022 तक	अभ्युक्ति
हवाई पट्टियों के निर्माण विस्तार एवं सुदृढ़ीकरण तथा भूमि अर्जन	8000	58.10	वृहद निर्माण कार्य
	122000	3572.91	भूमि क्रय
गौतमबुद्धनगर के जेवर में अन्तर्राष्ट्रीय स्थापना	10000	0	वृहद निर्माण कार्य
	60000	93.29	भूमि क्रय
अयोध्या में एयरपोर्ट	100	0	वृहद निर्माण कार्य
	20000	500	भूमि क्रय
कानपुर नगर (चकेरी) एयरपोर्ट पर वर्षा के पानी से जल भराव के निराकरण का कार्य	58.10	58.10	वृहद निर्माण कार्य
ललितपुर हवाई पट्टी के निर्माण हेतु भूमि	3500	3500	भूमि क्रय
चित्रकूट हवाई पट्टी पन वन भूमि का क्रय	0.71	0.71	भूमि क्रय
आगरा एयरपोर्ट पर सुरक्षा व्यवस्था हेतु भूमे के लीज रेन्ट का भुगतान	14.70	14.70	-
चकेरी एयरपोर्ट कानुपर लाइसेंस फीस का भुगतान	5.90	5.90	-
चकेरी एयरपोर्ट कानपुर में टैक्सी लिंक का निर्माण	50.90	50.90	-
नोएडा इण्टरनेशलन एयरपोर्ट, जेवर के निर्माण हेतु भूमि क्रय	93.29	93.29	भूमि क्रय
अयोध्या एयरपोर्ट हेतु भूमि का क्रय	500	500	भूमि क्रय

प्रदेश में शिक्षा पर व्यय (लाख रुपये)

वर्ष	कुल चालू व्यय	शिक्षा पर चालू व्यय	व्यय प्रतिशत	कुल पूँजीगत व्यय	शिक्षा पर पूँजीगत व्यय	व्यय प्रतिशत
2020-21	27853016	6356079	22.82	9163781	265597	2.89
2021-22	32935181	6606662	20.06	14109315	606616	4.29
2022-23	41335824	8574757	20.74	17986472	899863	5.00

प्रदेश में स्वास्थ्य पर व्यय (लाख रुपये)

वर्ष	कुल चालू व्यय	स्वास्थ्य पर चालू व्यय	व्यय प्रतिशत	कुल पूँजीगत व्यय	स्वास्थ्य पर पूँजीगत व्यय	व्यय प्रतिशत
2020-21	27853016	2145039	7.70	9163781	83066	0.91
2021-22	32935181	2185609	6.64	14109315	331298	2.35
2022-23	41335824	3807018	9.21	17986472	327975	1.82

प्रदेश में सामाजिक सुरक्षा एवं कल्याण पर व्यय (लाख रुपये)

वर्ष	कुल चालू व्यय	समाज कल्याण पर चालू व्यय	व्यय प्रतिशत	कुल पूँजीगत व्यय	समाज कल्याण पर पूँजीगत व्यय	व्यय प्रतिशत
2020-21	27853016	1670021	5.99	9163781	65882	0.72
2021-22	32935181	2403844	7.29	14109315	122562	0.87
2022-23	41335824	3455998	8.36	17986472	180286	1.00

सतत् विकास

- सतत् विकास लक्ष्य (एसडीजी) वर्ष 2030 तक गरीबी के सभी आयामों को समाप्त करने के लिए एक सार्वभौमिक समझौता है।
- एसडीजी इण्डिया इण्डेक्स **3.0 में 16 गोल्स के 115 इण्डीकेटर्स** पर अनुश्रवण किया गया है जो **16 गोल्स के 70 लक्ष्य** को कवर करता है।

सतत् विकास लक्ष्य - 2030 : उत्तर प्रदेश की प्रगति

- सतत् विकास लक्ष्य-2030 को प्राप्त करने के लिये प्रदेश के 64 विभागों को सम्मिलित करते हुए प्रत्येक गोल हेतु **16 विभागों** को नोडल नामित किया गया है।
- इन सभी विभागों के सम्मिलित प्रयासों से विजन **डॉक्यूमेन्ट-2030** तैयार किया गया है, जिसके अन्तर्गत 2030 तक गरीबी हटाने, पेयजल, स्वच्छता, शिक्षा, भोजन तथा बिजली आदि उपलब्ध कराने का लक्ष्य रखा गया है, जो देश व प्रदेश की आर्थिक स्थिति को मजबूत करने हेतु महत्वपूर्ण कदम है,

इसके मुख्य बिन्दु निम्नवत है:-

- सबका सतत् एवं स्थायी विकास
- कमजोर वर्गों को प्राथमिकता
- सुशासन - न्यायिक एवं सुरक्षित वातावरण
- अवसरों का सृजन
- शिक्षा स्वास्थ्य एवं पोषण
- पर्यावरण की सुरक्षा एवं संरक्षण

- एसडीजी के लक्ष्य-7 सस्ती एवं प्रदूषण मुक्त ऊर्जा में सर्वोत्तम सुधार हुआ जो परफार्मर से **एचीवर** पर पहुँच गया है, वहीं लक्ष्य - 11 संवहनीय शहर और समुदाय एवं लक्ष्य 12 संवहनीय उपभोग और उत्पादन में परफार्मर से फ्रंट रनर पर पहुँच गया है।
- एसडीजी के **लक्ष्य-3 उत्तम स्वास्थ्य और खुशहाली, लक्ष्य – 4 गुणवत्तापूर्ण शिक्षा एवं लक्ष्य–5 लैंगिक समानता मे प्रदेश, एस्पिरेन्ट से परफार्मर मे पहुँच गया है।**

बजट 2023-24

- उत्तर प्रदेश के वित्तमंत्री श्री सुरेश खन्ना ने 22 फरवरी, 2023 को वित्तीय वर्ष 2023-24 हेतु प्रदेश का बजट प्रस्तुत किया।
- वित्त मंत्री ने विधानसभा में 6 लाख 90 हजार 242 करोड़ 43 लाख रुपए का बजट प्रस्तुत किया तथा इससे पहले 2022 में राज्य के लिए 6.15 लाख करोड़ का बजट पेश किया गया था।
- इस वर्ष के बजट में छात्रों, अधिवक्ताओं, किसानों, महिलाओं, युवाओं,

इंफ्रास्ट्रक्चर एवं व्यापारी वर्ग पर विशेष ध्यान दिया हैं। बजट में पूर्वांचल के साथ-साथ धार्मिक पर्यटन को भी महत्व दिया गया है।

बजट के मुख्य अंश

1. सकल राज्य घरेलू उत्पाद (जीएसडीपी)

- वर्ष 2023-24 के लिए उत्तर प्रदेश का जीएसडीपी मौजूदा कीमतों

पर, 24,39,171 करोड़ रुपए रहने का अनुमान है जो 2022-23 की तुलना में 19% की वृद्धि दर्शाता है।

2. व्यय (ऋण चुकौती को छोड़कर)

- 2023-24 में व्यय 6,59,061 करोड़ रुपए होने का अनुमान है जो 2022-23 के संशोधित अनुमानों से 17% अधिक है। तथा राज्य द्वारा 31,181 करोड़ रुपए का ऋण चुकाया जाएगा।

3. प्राप्तियां (उधारियों को छोड़कर)

- 2023-24 के लिए प्राप्तियां 5,74,178 करोड़ रुपए होने का अनुमान है जिसमें 2022-23 के संशोधित अनुमान की तुलना में 19% की वृद्धि हुई है। 2022-23 में प्राप्तियों के बजट अनुमान से 20,396 करोड़ रुपए कम रहने का अनुमान है जो कि 4% की

कमी दर्शाता है।

4. राजस्व संतुलन

- 2023-24 में राजस्व संतुलन जीएसडीपी का 2.8% अर्थात 68,512 करोड़ रुपए होने का अनुमान है जो 2022-23 के संशोधित अनुमान से थोड़ा अधिक है। 2022-23 में राजस्व संतुलन बजट अनुमान (जीएसडीपी का 2.1%) से अधिक रहने की उम्मीद है।

5. राजकोषीय घाटा

- 2023-24 के लिए राजकोषीय घाटा जीएसडीपी के 3.48% अर्थात 84,883 करोड़ रुपए पर लक्षित है। 2022-23 में, संशोधित अनुमानों के अनुसार, राजकोषीय घाटा जीएसडीपी का 3.97% रहने की उम्मीद है।

बिजली सब्सिडी : निजी नलकूप मालिकों की बिजली खपत पर सब्सिडी 2023-24 में 50% से बढ़ाकर 100% की जाएगी। इसके लिए 1,500 करोड़ रुपए आवंटित किए गए हैं।

विधवा पेंशन योजना : निराश्रित विधवा पेंशन योजना के तहत 2023-24 में 4,032 करोड़ रुपए आवंटित किए गए हैं। योजना के तहत 32.6 लाख निराश्रित विधवाओं को पेंशन प्रदान की जाती है।

नीतिगत विशेषताएं

बाढ़ नियंत्रण और सिंचाई : विभिन्न सिंचाई परियोजनाओं के लिए 10,952 करोड़ रुपए आवंटित किए गए हैं। इसमें से 3,400 करोड़ रुपए लघु सिंचाई परियोजनाओं के लिए आवंटित किए गए हैं।

ग्रामीण आवास : 2023-24 में 12,39,877 घरों का निर्माण करने का लक्ष्य रखा गया है।

विभिन्न बजटीय आंकड़ों का तुलनात्मक अध्ययन

बजट का सार (₹ करोड़ में)

	2021-2022 वास्तविक आँकड़े	2022-2023 बजट अनुमान	2022-2023 संशोधित अनुमान	2023-2024 बजट अनुमान
राजस्व लेखे की प्राप्तियाँ	371011.44	499212.71	478816.53	570865.66
कर राजस्व *	307725.79	367153.76	354983.28	445871.59
करेत्तर राजस्व @	63285.65	132058.95	123833.25	124994.07
पूँजी लेखे की प्राप्तियाँ	76690.62	91739.00	97312.84	112427.08
ऋणों की वसूली	939.43	2565.00	2565.00	3312.18
उधार और अन्य देयताएं (जिसमें भारतीय रिजर्व बैंक से अर्थोपाय अग्रिम	75751.19	89174.00	94747.84	109114.90
कुल प्राप्तियाँ (1+4)	447702.06	590951.71	576129.37	683292.74
राजस्व लेखे पर व्यय	337581.38	456089.06	424909.27	502354.01
ब्याज अदायगियाँ	44875.56	48487.46	47865.50	52755.56
पूँजी लेखे पर व्यय	102381.85	159429.92	160363.02	187888.42
पूंजीगत परिव्यय	71442.55	123919.85	126601.11	147617.29
ऋण की अदायगियाँ (जिसमें भारतीय रिजर्व बैंक से प्राप्त अर्थोपाय अग्रिम का प्रतिदान सहित)	28725.94 10000.00	32563.29 10000.00	22565.13 0.00	31181.43 10000.00

कुल व्यय (8+10)	439963.23	615518.98	585272.29	690242.43
राजस्व बचत (1-8)	33430.06	43123.65	53907.26	68511.65
राजकोषीय घाटा	39286.42	81177.98	81325.63	84883.16
प्रारम्भिक घाटा (15-9)	-5589.14	32690.52	33460.13	32127.60

*** इसमें राज्य का स्वयं का कर राजस्व एवं केन्द्रीय करों में राज्यांश सम्मिलित है।**
@ इसमें राज्य का स्वयं का करेत्तर राजस्व एवं केन्द्र से प्राप्त अनुदान सम्मिलित है।

बजट 2023-24 में व्यय (करोड़ रुपए में)

मद	2021-22 वास्तविक	2022-23 बजटीय	2022-23 संशोधित	बअ 2022-23 से संअ 2022-23 में परिवर्तन का %	2023-24 बजटीय	संअ 2022-23 से बअ 2023-24 में परिवर्तन का %
राजस्व व्यय	3,37,581	4,56,089	4,24,909	-7%	5,02,354	18%
पूंजीगत परिव्यय	71,443	1,23,920	1,26,601	2%	1,47,492	17%
राज्यों द्वारा दिए गए ऋण	2,213	2,947	11,197	280%	9,215	-18%
शुद्ध व्यय	**4,11,237**	**5,82,956**	**5,62,707**	**-3%**	**6,59,061**	**17%**

बअ (BE) - बजट अनुमान, **संअ (RE)** - संशोधित अनुमान

उत्तर प्रदेश बजट 2023-24 में क्षेत्रवार व्यय (करोड़ रुपए में)

क्षेत्र	2021-22 वास्तविक	2022-23 बजटीय	2022-23 संशोधित	2023-24 बजटीय	संअ 2022-23 से बअ 23-24 में परिवर्तन का %	बजट प्रावधान 2023-24
शिक्षा, खेल, कला एवं संस्कृति	59,775	75,165	65,464	85,003	30%	समग्र शिक्षा अभियान के तहत प्राथमिक शिक्षा के लिए 17,003 करोड़ रुपए आवंटित किए गए हैं। ग्राम पंचायतों और वार्डों में डिजिटल लाइब्रेरी बनाने के लिए 300 करोड़ रुपए आवंटित किए गए हैं।
स्वास्थ्य एवं परिवार कल्याण	23,360	40,991	39,379	47,404	20%	15वें वित्त आयोग की सिफारिशों को लागू करने के लिए परिवार कल्याण के लिए 2,521 करोड़ रुपए और सार्वजनिक स्वास्थ्य के लिए 409 करोड़ रुपए आवंटित किए गए हैं।
ऊर्जा	31,642	37,566	43,473	43,330	0%	बिजली सब्सिडी के लिए 13,100 करोड़ रुपए आवंटित किए गए हैं।
सड़क एवं पुल	27,595	37,086	37,326	38,338	3%	सार्वजनिक क्षेत्र के उद्यमों में पूंजी निवेश के लिए 500 करोड़ रुपए आवंटित किए गए हैं।
पुलिस	24,239	31,443	28,023	35,579	27%	विशेष पुलिस के लिए 4,212 करोड़ रुपए आवंटित किए गए हैं।
समाज कल्याण एवं पोषण	20,217	31,239	31,658	33,378	5%	जिला पुलिस के लिए 23,475 करोड़ रुपए आवंटित किए गए हैं।
ग्रामीण विकास	21,054	29,541	28,095	32,771	17%	मनरेगा के लिए 5,041 करोड़ रुपए आवंटित किए गए हैं। स्वर्ण जयंती ग्राम रोजगार योजना के लिए 1,164 करोड़ रुपए आवंटित किए गए हैं। पीएम आवास योजना (ग्रामीण) के लिए 3,005 करोड़ रुपए आवंटित किए गए हैं।)

शहरी विकास	14,605	27,111	31,593	28,465	-10%	पीएमएवाई (शहरी) के तहत पूंजीगत संपत्ति के निर्माण के लिए 2,490 करोड़ रुपए आवंटित किए गए हैं।
जलापूर्ति एवं सैनिटेशन	5,100	21,733	19,759	24,504	24%	स्वच्छ भारत मिशन 2.0 के तहत 1,632 करोड़ रुपए आवंटित किए गए हैं।
सिंचाई एवं बाढ़ नियंत्रण	3,752	8,364	8,319	9,617	16%	लघु सिंचाई के तहत नलकूपों के रखरखाव के लिए 1,912 करोड़ रुपए आवंटित किए गए हैं।
कृषि एवं संबद्ध गतिविधियां	3,336	8,486	7,712	9,186	19%	प्रधानमंत्री फसल बीमा योजना के तहत 754 करोड़ रुपए की सब्सिडी दी गई है।
सभी क्षेत्रों में कुल व्यय का %	57%	60%	62%	60%	-3%	—

राज्य सरकार की प्राप्तियों का ब्रेकअप (करोड़ रुपए में)							
मद	**2021-22 वास्तविक**	**2022-23 बजटीय**	**2022-23 संशोधित**	**बअ 2022-23 से संअ 2022-23 में परिवर्तन का %**	**2023-24 बजटीय**	**संअ 2022-23 से बअ 2023-24 में परिवर्तन का %**
राज्य जीएसटी	54,594	77,653	67,488	-13%	95,203	41%
राज्य एक्साइज	36,320	49,152	41,349	-16%	58,000	40%
सेल्स टैक्स/वैट	27,058	36,213	31,542	-13%	41,788	32%
स्टाम्प ड्यूटी और पंजीकरण शुल्क	20,048	29,692	24,267	-18%	34,560	42%
वाहन कर	7,776	10,887	8,771	-19%	12,672	44%
बिजली पर टैक्स और ड्यूटी	1,366	5,531	2,357	-57%	6,440	173%
भू राजस्व	193	915	243	-73%	962	296%
जीएसटी क्षतिपूर्ति अनुदान	8,299	10,611	9,222	-13%	13,009	41%
जीएसटी क्षतिपूर्ति ऋण	8,140	-	15,574	-	17,939	15%

रुपया कहाँ से आता है (घटते हुए क्रम में)	**अन्य राजस्व कर: 13.3 पैसे**
स्वयं का कर राजस्व: 38.8 पैसे	वेतन-सरकारी कर्मचारी: 12.7 पैसे
केंद्रीय करो में राज्यांश: 27.0 पैसे	पेंशन: 12.1पैसे
केंद्र सरकार से सहायता अनुदान: 14.9 पैसे	वेतन- सहायता प्राप्त संस्थायें: 11.7 पैसे
लोक ऋण: 14.6 पैसे	सहायता अनुदान: 9.2 पैसे
करेत्तर राजस्व: 3.5 पैसे	ब्याज: 7.4 पैसे
लोक लेखा शुद्ध: 0.8 पैसे	सब्सिडी: 3.9 पैसे
ऋण और अग्रिम की वसूली: 0.4 पैसे	स्थानीय निकायों को समनुदेशन: 3.5 पैसे
रुपया कहाँ जाता है (घटते हुए क्रम में)	ऋणों का प्रतिदान: 3.1 पैसे
पूंजीगत परिव्यय: 21.7 पैसे	ऋण एवं अग्रिम 1.4 पैसे

निम्नलिखित विवरण में छह मुख्य क्षेत्रों में अन्य राज्यों के औसत व्यय के अनुपात में उत्तर प्रदेश के कुल व्यय की तुलना की गई है:-

शिक्षा

- उत्तर प्रदेश ने 2023-24 में शिक्षा पर अपने व्यय का 13% आवंटित किया है। यह 2022-23 में राज्यों द्वारा शिक्षा के लिए औसत आवंटन (14.8%) से कम है।

स्वास्थ्य

- राज्य ने स्वास्थ्य के लिए अपने कुल व्यय का 7.3% आवंटित किया है जो राज्यों द्वारा स्वास्थ्य के लिए औसत आवंटन (6.3%) से अधिक है।

शहरी विकास

- राज्य ने अपने व्यय का 4.4% शहरी विकास के लिए आवंटित किया है। यह राज्यों द्वारा शहरी विकास के लिए औसत आवंटन (3.5%) से अधिक है।

ग्रामीण विकास

- उत्तर प्रदेश ने अपने व्यय का 5% ग्रामीण विकास पर आवंटित किया है। यह राज्यों द्वारा ग्रामीण विकास के लिए औसत आवंटन (5.7%) से कम है।

कृषि

- उत्तर प्रदेश ने अपने कुल व्यय का 2.9% कृषि के लिए आवंटित किया है जो दूसरे राज्यों द्वारा कृषि पर किए जाने वाले औसत व्यय (5.8%) का आधा है।

ऊर्जा

- राज्य ने ऊर्जा के लिए अपने कुल व्यय का 6.7% आवंटित किया है जो राज्यों द्वारा औसत आवंटन (4.8%) से अधिक है।

मुख्य क्षेत्रों के लिए आवंटन (करोड़ रुपए में)			
क्षेत्र	2021-22 बअ (बजट अनुमान)	2021-22 वास्तविक	बअ (बजट अनुमान)से वास्तविक में परिवर्तन का %
पुलिस	29,172	24,239	-17%
शिक्षा, खेल, कला एवं संस्कृति	67,683	59,775	-12%
स्वास्थ्य एवं परिवार कल्याण	32,009	23,360	-27%
जलापूर्ति और सैनिटेशन	17,439	5,100	-71%
आवासन	8,646	7,918	-8%
शहरी विकास	23,980	14,605	-39%
एससी, एसटी, ओबीसी और अल्पसंख्यकों का कल्याण	5,469	3,583	-34%
समाज कल्याण एवं पोषण	24,420	20,217	-17%
कृषि और संबंधित गतिविधियां	13,557	17,612	30%
ग्रामीण विकास	27,455	21,054	-23%
सिंचाई एवं बाढ़ नियंत्रण	20,418	12,501	-39%
ऊर्जा	27,238	31,642	16%
परिवहन	44,255	28,037	-37%
इनमें सड़क एवं पुल	41,638	27,595	-34%

अध्याय – 6

उत्तर प्रदेश की कला एवं संस्कृति
(Art and Culture of Uttar Pradesh)

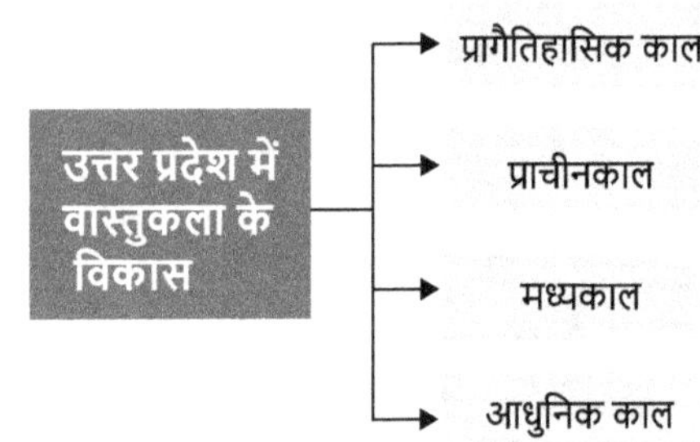

प्रागैतिहासिक काल स्थापत्य कला

- उत्तर प्रदेश में विभिन्न प्रागैतिहासिक युगों के स्थलों के उत्खनन से मिले आवश्यक सामग्री से पता चलता है कि उत्तर प्रदेश के बेलन घाटी (मिर्जापुर क्षेत्र) में पुरापाषाण युग (5,00,000-10,000 ई.पू.) के दौरान लोग अपने आवास की स्थापना करके निवास करते थे।
- प्रारंभ में मनुष्य ने अपने निवास स्थान के रूप में गुफाएं, कन्दराएं और झोपड़ियों का उपयोग किया।
- इनमें गुफाएं और कन्दराएं प्राकृतिक रूप से उपस्थित थीं, जबकि झोपड़ियां मानव द्वारा निर्मित थीं। इन दोनों रूपों में यहां वास्तुकला का विकास हुआ।
- वर्तमान प्रतापगढ़ जनपद में सराय नाहर राय और महादाहा क्षेत्रों में इस काल की कई स्थायी झोपड़ियां पाई जाती हैं, जहां मनुष्य निवास करता था। यहां हाथ से बनाए गए मिट्टी के बर्तन और चूल्हे भी मिले हैं।

प्राचीन कालीन स्थापत्य कला

- बोरादा, परखम और अन्य स्थानों से यक्ष और यक्षिणियों की विशाल प्रतिमाएं प्राप्त हुई हैं, जो अशोक के समय की हैं। ये प्रतिमाएं मथुरा जिले में संग्रहीत हैं।
- कुषाणकाल में मथुरा शैली अपने चरमोत्कर्ष पर थी। यहां से जैन तीर्थंकरों, बुद्ध और अनेक हिन्दू देवताओं की अनेक प्रतिमाएं प्राप्त हुई हैं, जो लखनऊ, वाराणसी, प्रयागराज और मथुरा के संग्रहालयों में सुरक्षित हैं।
- गुप्तकाल में मन्दिर निर्माण कला अत्यधिक विकसित हुई।
- देवगढ़ (झाँसी), भीतरगाँव (कानपुर) और भीतरी (गाजीपुर) के मन्दिर इस काल में प्रसिद्ध हुए हैं। ये मन्दिर ईंटों से निर्मित हैं।
- गुप्तकाल में मथुरा और सारनाथ दोनों स्थानों पर स्थापत्य कला विकसित की गई।
- गुप्तकाल में भीतरगाँव (कानपुर), अहिच्छत्र (बरेली), राजघाट (वाराणसी) और सहेत-महेत (श्रावस्ती) से मिट्टी से बनी कलात्मक मूर्तियों के उदाहरण प्राप्त हुए हैं।
- गुप्तकाल में मन्दिर निर्माण प्रक्रिया शुरू हुई थी।
- इस काल में शिखरों वाले मन्दिरों का निर्माण शुरू हुआ था।

मध्यकालीन स्थापत्य कला

- इस काल में मंदिरों, मस्जिदों, तालाबों, कुओं, बाज़ारों सहित सार्वजनिक गतिविधियों के लिये संरचनाओं का निर्माण ज़रूरतों, कल्पनाशीलता, कारीगरों और श्रमिकों की क्षमताओं को समायोजित करने के उद्देश्य से किया गया था।

- मध्यकालीन भारतीय वास्तुकला द्वारा उस समय की स्थानीय, क्षेत्रीय सांस्कृतिक परंपराओं, सामाजिक आवश्यकताओं, आर्थिक समृद्धि और धार्मिक व्यवहार को समायोजित किया गया।
- भारतीय वास्तुकला स्वदेशी शैलियों और बाहरी/विदेशी प्रभावों का मिश्रण है जिसने इसे स्वयं की एक अनूठी विशेषता प्रदान की।
- मध्यकाल में भारतीय वास्तुकला में फारसी एवं स्वदेशी वास्तुकला शैलियों का मिश्रण देखा जा सकता है।
- उत्तर प्रदेश के मध्यकालीन स्थापत्य के प्रमुख निर्माणों में अटाला मस्जिद, खालिस-मुखलिस, झंझरी और लाल दरवाजा शामिल हैं।

उत्तर प्रदेश में स्थित मुगलकालीन स्थापत्य कला	
प्रमुख स्थापत्य निर्माण	निर्माता
जामा मस्जिद (सम्भल), बाबरी मस्जिद (अयोध्या)	बाबर
फतेहपुर सीकरी शहर	अकबर
आगरा का किला, इलाहाबाद का किला	
शेख सलीम चिश्ती का मकबरा (फतेहपुर सीकरी)	
बुलंद दरवाजा (फतेहपुर सीकरी)	
फतेहपुर सीकरी का पंचमहल, खास महल, जोधाबाई महल, बीरबल महल तथा जामा मस्जिद	
एत्मादुद्दौला का मकबरा (आगरा)	नूरजहां
अकबर का मकबरा (सिकन्दरा)	जहाँगीर
मरियम उज्जमानी का मकबरा (सिकंदरा)	
ताजमहल (आगरा)	शाहजहां
आगरा के किले में दीवान-ए-आम, दीवान-ए-खास तथा मोती मस्जिद	

आधुनिक काल में स्थापत्य

- उत्तर प्रदेश की आधुनिक स्थापत्य कला मुख्यतः अवध के नवाबों और अंग्रेजों पर केन्द्रित थी। अवध के नवाबों ने फैजाबाद तथा लखनऊ में अनेकों निर्माण कराए। इस काल में लाल बलुआ पत्थर अथवा संगमरमर की जगह 'गारा' (Mortar) का प्रयोग बढ़ गया।
- 18 वीं शताब्दी में वाराणसी में निर्मित काशी विश्वनाथ मन्दिर एवं दुर्गा मन्दिर स्थापत्य कला के उत्कृष्ट नमूने हैं।
- आधुनिक काल के स्थापत्य की लखनऊ शैली के उदाहरण में आसफुद्दौला का इमामबाड़ा, कैसरबाग स्थित मकबरा, लाल बारादरी, रूमी दरवाजा, हुसैनाबाद का इमामबाड़ा, छतर मंजिल, शाहनजफ, मोतीमहल, कैसरबाग स्थित महल, दिलकुशा गार्डन, रेजीडेन्सी, सिकन्दरबाग आदि सम्मिलित हैं।

उत्तर प्रदेश : चित्रकला एवं शिल्पकला

उत्तर प्रदेश में प्राचीन काल से चित्रकारी, शिल्पकला के अलावा धातुओं, लकड़ी, हाथीदांत, पत्थर और मिट्टी पर दस्तकारी की कला लोकप्रिय रही है। समय के साथ इसमें नई-नई तकनीकें और शैलियाँ जुड़ती गईं।

चित्रकला का इतिहास

- उत्तर प्रदेश में चित्रकला के प्रारम्भिक साक्ष्य उच्च पुरापाषाणकाल एवं मध्य पाषाणकालीन मनुष्यों द्वारा अपने निवास के रूप में प्रयोग किये गये शैलाश्रयों (Rock Shelters) में बनाये गये चित्रों के रूप में मिलते हैं।
- भारत में सर्वप्रथम चित्रित शैलाश्रयों की खोज 1867-68 में ए.सी.एल. कालाईल द्वारा मिर्जापुर के सोहांगी पहाड़ियों में की गई।
- उसके बाद कई चित्रित शैलाश्रय, चंदौली, सोनभद्र, मिर्जापुर, प्रयागराज, मऊ, बांदा और आगरा में प्राप्त हो चुके हैं।
- उत्तर प्रदेश के मिर्जापुर और बांदा क्षेत्र शैल चित्रों के लिए अत्यन्त महत्वपूर्ण माने जाते हैं।
- सोनभद्र और चित्रकूट में मिली गुफाओं की दीवारों पर शिकार, युद्ध, त्योहार, नृत्य-संगीत, श्रृंगार रस और जानवरों के उकेरे हुए चित्र मिले थें।
- उत्तर प्रदेश में चित्रकारी का स्वर्णिम काल मुग़ल काल को कहा जाता है, विशेषकर जहांगीर के शासन काल में चित्रकारी की कला ने नए आयाम छुए।
- यही कारण है कि मुग़ल शैली की चित्रकारी एशियाई संस्कृति की विशेष उपलब्धि मानी जाती है। विचार, प्रस्तुति और बनावट में इस शैली की कोई तुलना नहीं है।
- मथुरा, गोकुल, वृंदावन और गोवर्धन में चित्रकारी के जरिए भगवान कृष्ण के जीवन से जुड़े प्रसंगों को जीवंत किया गया है।
- चित्रकारी के आधुनिक दौर से पहले एक और शैली अस्तित्व में आई, जिसे गढ़वाली कला का नाम दिया गया।
- इस शैली को गढ़वाल के राजा ने न सिर्फ प्रश्रय दिया, बल्कि फलने-फूलने के अवसर भी उपलब्ध कराए।

		उत्तर प्रदेश के प्रमुख चित्रकार
नाम	**स्थान**	**विशेषता**
अमृता शेरगिल	गोरखपुर	विशिष्ट एवं यथार्थ की गहरी पकड़, उपेक्षित समाज एवं महिला वर्ग की गहरी संवेदना की प्रसिद्ध चित्रकार हैं।
राजकपूर चितेरा	प्रयागराज	इन्होंने सचिन तेन्दुलकर की 1500 फीट लम्बी चित्र शृंखला बनाई थी।
कृष्ण खन्ना	कानपुर	इनके चित्रों में यूरोपीय मत की झलक दिखाई देती है।
नन्दकिशोर शर्मा	खुर्जा	कालीन, ट्रे, चीनी बर्तनों के डिजाइन के लिए प्रसिद्ध हैं।
रामचन्द्र शुक्ल	बस्ती	इनके प्रमुख चित्र आकांक्षा, पश्चाताप, रोगी का स्वप्न, पराजय की पीड़ा, शेष अग्नि, मौत की आँखे, सृष्टि और ध्वंस, प्रतिशोध, दुःस्वप्न आदि हैं।
किरण दर	लखनऊ	इनकी चित्रण पद्धति पर चीनी-जापानी का प्रभाव स्पष्ट रूप से दिखता है।
रणवीर सक्सेना	-	प्रतीक्षा, बुद्ध का गृहतारा, झूला इत्यादि प्रसिद्ध चित्रकारी है।
रणवीर सिंह बिष्ट	-	पहाड़ी लोकनृत्य, पहाड़ी शीत से बचने का सहारा, गाँव की सुबह, काम की समाप्ति पर, श्लथ बालक, बाजार, गपशप, शहर की रोशनी, सांझ ढले, जाड़े की रातें, पहाड़ी घसियारे, नीलकण्ठ इत्यादि प्रमुख चित्रकला हैं।
जगन्नाथ मुरलीधर अहिवासी	गोकुल	राज्य की विधानसभा में भित्ति-चित्र चित्रित करने का गौरव प्राप्त है।
चमन सिंह 'चमन'	मेरठ	चित्रकला एवं मूर्तिकला पर 50 से अधिक पुस्तके लिखी हैं तथा सर्वाधिक अन्तर्राष्ट्रीय चित्र प्रदर्शनियाँ आयोजित की हैं।
विश्वनाथ मेहता	-	प्यास ऊँट, सोहाग बिन्दी, सृष्टि
भवानी चरण गुई	-	'रामलीला' सबसे प्रसिद्ध चित्र है।
महेन्द्रनाथ	-	काँगड़ा एवं काशी शैली के लिए प्रसिद्ध हैं।
शिवनन्दन नौटियाल	-	सत्यम शिवम सुन्दरम चित्र के लिए प्रसिद्ध हैं।

उत्तर प्रदेश की शिल्पकला

- उत्तर प्रदेश को प्राचीन एवं विविधतापूर्ण शिल्पों के लिए जाना जाता है।
- गुप्त शासन में शिल्पकारों ने संगठित होकर 'श्रेणी' एवं 'निगम' नामक संस्थाएं बनायी थीं। इसके अतिरिक्त मौर्यकाल में शिल्प एवं शिल्पकारों को विशेष स्थान प्राप्त था।
- उत्तर प्रदेश की अर्थव्यवस्था में हस्तशिल्प का महत्वपूर्ण योगदान है।
- देश के हस्तशिल्प निर्यात में उत्तर प्रदेश के हस्तशिल्प निर्यात का हिस्सा 60 प्रतिशत है।

उत्तर प्रदेश के प्रसिद्ध शिल्प इस प्रकार हैं-

कढ़ाई शिल्प

मुकेश बादला

- यह मूलतः लखनऊ का शिल्प है। चिकनकारी के साथ उसकी खूबसूरती बढ़ाने के लिए इसका प्रयोग होता है।

बनारसी जरी वस्त्र

- जरी वस्त्र, उभरी हुई कलाकृतियों द्वारा अत्यधिक खूबसूरती से सुसज्जित वस्त्र होते हैं, जिनकी मांग अमीरों और शासकीय वर्ग के बीच रही है।

ज़रदोजी

- सुंदरतम शिल्पों में से एक ज़रदोजी में सोने और चांदी के धागों से कढ़ाई की जाती है।
- तांबे और स्वर्ण लेपित रेशम के धागों का भी उपयोग होता है।

चिकनकारी

- परंपरागत रूप से सूती और मुसलिन कपड़े पर सफेद धागे से की जाने वाली इस कढ़ाई की शुरूआत नूरजहां से मानी जाती है, किंतु अब रंग-बिरंगे धागे और शिफान, मुसलिन, आर्गेंजा, आर्गेंडी और रेशम जैसे कपड़े भी प्रयोग किये जाते हैं।

कालीन एवं हथकरघा शिल्प

- भदोही, मिर्जापुर और खमरिया हाथ से बने गांठयुक्त कालीन के लिए प्रसिद्ध हैं।
- रंगों के जीवंत उपयोग (कभी-कभी दो से अधिक रंग) व पर्शियन आकृतियों का प्रयोग कर कालीन को सजाया जाता है।

टेराकोटा शिल्प

गोरखपुर टेराकोटा

- मिट्टी से तैयार किये जाने वाले इस शिल्प का प्रमुख केन्द्र गोरखपुर है।
- इसके अंतर्गत खिलौने और अन्य सजावटी सामान बनाये जाते हैं।

आभूषण

- लखनऊ और बनारस मीनाकारी के काम के लिए जाने जाते हैं। यहां आभूषणों के ऊपर खनिज पदार्थों की परत चढ़ाकर उन्हें अलग-अलग रंग और चमक दी जाती है।

काष्ठ शिल्प

- कश्मीर से आये लोगों द्वारा शुरू किया गया सहारनपुर का लकड़ी का काम अपनी सजावटी नक्काशी और जड़ाई के लिए प्रसिद्ध है। कश्मीर से प्रभावित आकृतियों को सुंदरतापूर्वक शीशम, शाल और देवदार की लकड़ी पर उकेरा जाता है।

हड्डियों की नक्काशी

- इस प्राचीन शिल्प को अवध के नवाबों का संरक्षण मिला। लखनऊ और बाराबंकी का यह शिल्प दुनिया भर में प्रसिद्ध है।
- अनेक सजावटी सामान जैसे - आभूषण, डिब्बे, दीपक, चाकू के लिए म्यान, बालों के लिए पिन आदि इस शिल्प से बनाये जाते हैं।

इत्र निर्माण

- कन्नौज में 'जलीय आसवन' नामक प्राचीन विधि से इत्र अभी तक बनाया जाता है।
- कन्नौज सबसे बड़ा प्राकृतिक इत्र निर्माता है, जो रसायनों से रहित होता है।

पर्यटन एवं प्रसिद्ध स्थल

उत्तर प्रदेश में पर्यटन की स्थिति

वर्ष	भारतीय	विदेशी	कुल	पिछले साल की तुलना में प्रतिशत वृद्धि (+) / कमी (-)		
				भारतीय	विदेशी	कुल
2017	23,39,77,619	35,56,204	23,75,33,823	(+) 9.56 %	(+) 12.65 %	(+) 9.61 %
2018	28,50,79,848	37,80,752	28,88,60,600	(+) 21.84 %	(+) 6.31 %	(+) 21.60 %
2019	53,58,55,162	47,45,181	54,06,00,343	(+) 87.96 %	(+) 25.50 %	(+) 87.14 %
2020	8,61,22,293	8,90,932	8,70,13,225	(-) 83.92 %	(-) 81.22 %	(-) 83.90 %
2021	10,97,08,435	44,737	10,97,53,172	(+) 27.39%	(-) 94.97%	(+) 26.14%
2022	31,79,13,587	6,48,986	31,85,62,573	(+) 65.49%	(+) 93.11%	(+) 65.55%

उत्तर प्रदेश में पर्यटन सर्किट और क्षेत्र

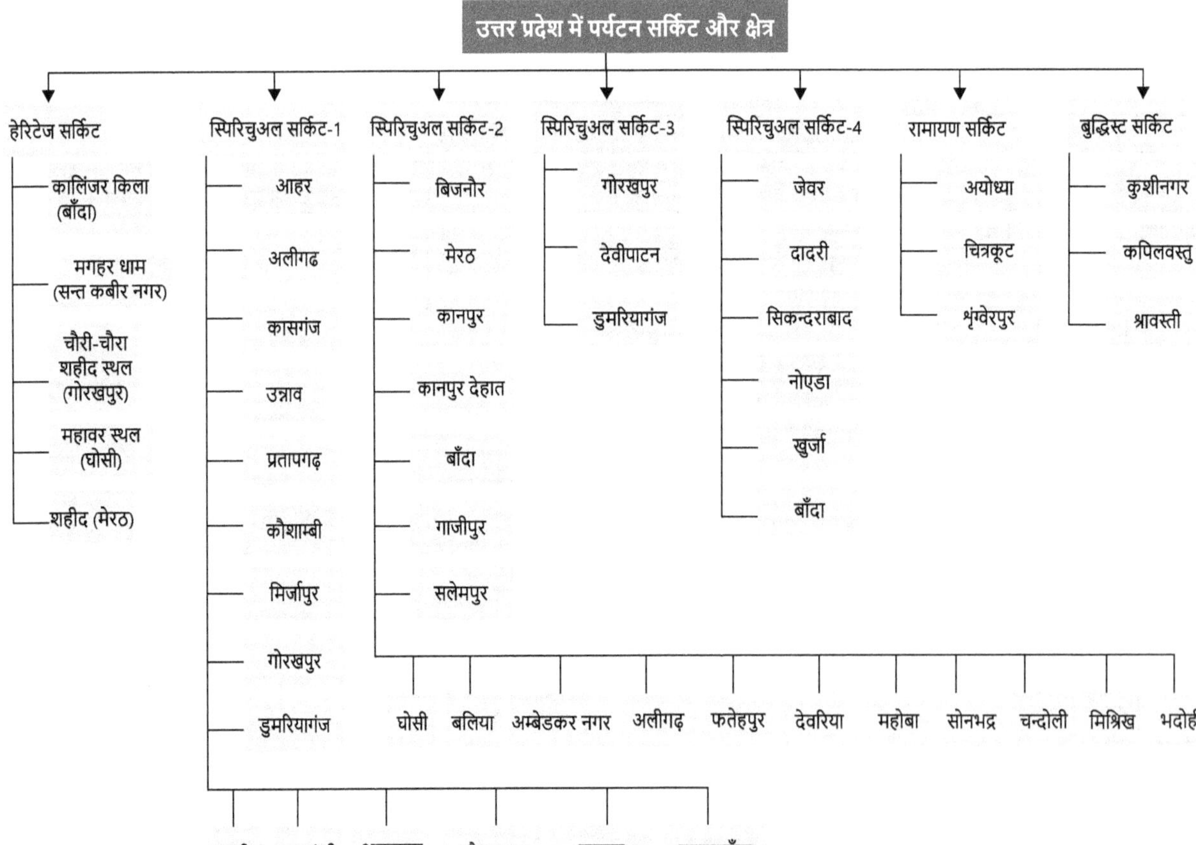

कुछ प्रमुख तथ्य

- वर्ष 1956 में उत्तर प्रदेश में पर्यटन के विकास के लिए पर्यटन विभाग की स्थापना की गई।
- वर्ष 1972 में उत्तर प्रदेश सरकार द्वारा पर्यटन निदेशालय की स्थापना की गई।
- वर्ष 1974 में उत्तर प्रदेश सरकार द्वारा पर्यटन विकास निगम की स्थापना की गई।
- वर्ष 1989 में उत्तर प्रदेश राज्य सरकार ने पर्यटन को उद्योग का दर्जा दिया।

उत्तर प्रदेश के प्रमुख पर्यटन स्थल

- **मथुरा-वृंदावन के प्रमुख स्थल:** रमण रेती, गोकुल, राधारमणजी, वृंदावन, श्री द्वारकाधीश मंदिर, बांके बिहारी जी मन्दिर, प्रेम मन्दिर, इस्कॉन मन्दिर, श्री कृष्ण जन्मभूमि इत्यादि।
- **लखनऊ के प्रमुख स्थल:** अंबेडकर मेमोरियल तथा जनेश्वर पार्क, हजरतगंज तथा अमीनाबाद बाजार, दिलकुशा कोठी, फिरंगी महल, नवाब वाजिद अली शाह जूलॉजिकल गार्डन, घंटा घर, जामा मस्जिद, मरीन ड्राइव, सआदत अली खान का मकबरा, मनकामेश्वर मंदिर आदि।
- **वाराणसी-सारनाथ के प्रमुख स्थल:** धमेख स्तूप व चौखंडी स्तूप, एडवेंचर और वाटर स्पोर्ट्स का हब (असि घाट), गंगा महोत्सव, चौसठ योगिनी मंदिर, तुलसी मानस मंदिर, भारत माता मंदिर, सारनाथ संग्रहालय, आधुनिक स्वागत केंद्र, सारनाथ गार्डन ऑफ स्पिरिचुअल विजडम आदि।
- **अयोध्या के प्रमुख स्थल:** हनुमानगढ़ी, रामकोट, श्री नागेश्वरनाथ मंदिर, कनक भवन, तुलसी स्मारक भवन, नेता के ठाकुर, अयोध्या में जैन मंदिर, मणि पर्वत, छोटी देवकाली मंदिर, क्वीन हो मेमोरियल पार्क, बहू-बेगम का मकबरा, गुप्तार घाट आदि।
- **कुशीनगर के प्रमुख स्थल:** निर्वाण स्तूप, महापरिनिर्वाण मंदिर, मठाकुआर मंदिर, रामभर स्तूप, वर्थई मंदिर, चीनी मंदिर, जापानी मंदिर, बुद्ध संग्रहालय आदि।
- **श्रावस्ती के प्रमुख स्थल:** जेतवन मोनेस्ट्री, कच्ची कुटी या अनाथपिंडक स्तूप, विपश्यना ध्यान केंद्र, विश्व शांति घंटा पार्क, शंभवनाथ दिगंबर जैन मंदिर, आदि।
- **प्रयागराज-चित्रकूट के प्रमुख स्थल:** चित्रकूट, कुंभ मेला, इलाहाबाद का किला, पातालपुरी मंदिर, हनुमान मंदिर, शंकर विमान मंडपम, मनकामेश्वर मंदिर, मिंटो पार्क, गंगा गैलरी, स्वराज भवन, चंद्र शेखर आजाद पार्क आदि।
- **बरेली के प्रमुख स्थल:** अक्षर विहार पार्क बरेली, अलखनाथ मंदिर बरेली, राम नगर किला, चौबारी मेला आदि।
- **झांसी-देवगढ़ के प्रमुख स्थल:** देवगढ़, दशावतार मंदिर, जैन मंदिर परिसर, वराह मंदिर, देवगढ़ पुरातत्व संग्रहालय, गंगाधर राव-की-छतरी, लक्ष्मी बाई पार्क, नारायण बाग, जरी का मठ, बरुआ सागर और किला, गढ़मऊ झील, सेंट जूड चर्च आदि।
- **मेरठ-सरधाना के प्रमुख स्थल:** बाबा औघड़नाथ मंदिर (काली पलटन मंदिर), शहीद स्मारक, शाहपीर का मक़बरा, विक्टोरिया पार्क, गांधी बाग आदि।
- **जौनपुर:** अटाला मस्जिद, जामा मस्जिद, झंझीरी मस्जिद, लाल दरवाजा मस्जिद।
- **चित्रकूट:** रामघाट, कामतानाथ, सती अनुसुइया, राम दरबार, तुलसी जी की जन्मभूमि, हनुमान धारा।।
- **बहराइच:** चितूर झील, जंगलीनाथ मंदिर, सीता दोहरी झील, कैलाशपुरी बांध, कतरनिया घाट एवं अभयारण्य।
- **सीतापुर:** नैमिषारण्य, हरगांव, ललिता देवी मंदिर, बिसवां, बाड़ी।
- **गोंडा:** जमदग्नि कुंड, दुखहरन नाथ मंदि, पृथ्वीनाथ मंदि।
- **हरदोई:** हरदोई पर्यटन, साण्डी पक्षी अभयारण्य, श्रवण देवी मंदिर, सर्वोदय आश्रम टडियांवा, विक्टोरिया भवन, सकहा शंकर मंदिर, गांधी भवन, हत्याहरण तीर्थ, सुनासीरनाथ मल्लावां, मां कालिका देवी मंदिर, रायपुर कोथावां।
- **मिर्जापुर:** कंतित शरीफ दरगाह, विंध्याचल मंदिर, विंध्याचल काली मंदिर, अष्टभुजा त्रिकोण यात्रा, सीता कुंड, मोतिया तालाब, टांडा फाल, विंढम

फॉल, लोअर खजुरी डैम, निर्वाण स्तूप, परिनिर्वाण मंदिर।

पर्यटन से संबंधित योजना/कार्यक्रम

- **कानपुर और लखनऊ में तितली पार्क:** प्राणी उद्यानों में तितली पार्क स्थापित करने से जंतु संरक्षण के प्रयासों के साथ ही साथ पर्यावरणीय पर्यटन को भी बढ़ावा मिलेगा।
- **ताजगंज परियोजना:** इसे 2014 में शुरू किया गया। इसके अंतर्गत ताजमहल के चारों ओर के क्षेत्र और ताजमहल को जाने वाले मार्गों का विकास और सौन्दर्यीकरण की योजना है।
- **गोल्ड प्रिवलेज कार्ड:** सरकारी स्वामित्व वाले होटलों में विशेष छूट प्रदान कर पर्यटन को बढ़ावा देना।
- **हेरिटेज वॉक:** इसके द्वारा क्षेत्र के महत्वपूर्ण पर्यटन स्थलों की एक अनुभवी गाइड के साथ यात्रा करके स्थानीय संस्कृति को महत्व देने का प्रयास किया जाता है। योजना प्रयाग, लखनऊ और वाराणसी में सफलतापूर्वक लागू की जा चुकी है।
- **हॉस्पिटेलिटी एण्ड फेमिलियराइजेन विजिट:** इसके द्वारा पर्यटन स्थल को यात्रा वृत्तांत लेखकों, ट्रेवल एजेंटों और पर्यटन से जुड़े अन्य लोगों के बीच बढ़ावा देने का प्रयास किया जाता है।
- **उत्तर प्रदेश अंतर्राष्ट्रीय पक्षी महोत्सव:** यह राज्य में पर्यावरणीय पर्यटन को बढ़ावा देने के लिए आयोजित किया जाता है। 2018 में दुधवा राष्ट्रीय उद्यान में पक्षी महोत्सव का आयोजन किया गया था। इससे पहले पक्षी महोत्सव चम्बल अभ्यारण्य में आयोजित हुए थे।
- **उत्तर प्रदेश प्रो पुअर पर्यटन विकास परियोजना:** इस परियोजना में प्रदेश के दो प्रमुख पर्यटन क्षेत्रों-आगरा एवं ब्रज क्षेत्र के अन्तर्गत पर्यटन विकास सम्बन्धी गतिविधियों के माध्यम से गरीबी-उन्मूलन तथा रोजगार-सृजन करने की योजना है।
- **पेइंग गेस्ट स्कीम:** इसका उद्देश्य पर्यटकों को उचित मूल्य पर अतिरिक्त निवास सुविधाएं उपलब्ध कराना है। इसे उत्तर प्रदेश के प्रमुख पर्यटन स्थलों और उनके पास के स्थलों में चलाया जा रहा है। यह स्थान लखनऊ, आगरा, वाराणसी, प्रयागराज, झांसी और गोरखपुर में हैं।
- **बेड-ब्रेकफास्ट योजना:** इसका उद्देश्य पर्यटकों के लिए उचित मूल्य पर 'होमस्टे उपलब्ध कराना है।
- **डिस्कवर योर रूट्स:** यूपी पर्यटन विभाग की 'डिस्कवर योर रूट्स' योजना के जरिए भारतीय मूल के लोग अपने पूर्वजों के गांव का पता लगाने का अनुरोध कर सकते हैं।
- **रोप-वे परियोजना:** रोपवे कैंट रेलवे स्टेशन (वाराणसी जंक्शन) से गोदौलिया चौराहे तक चलेगा। इस योजना से काशी विश्वनाथ मंदिर, दशाश्वमेध घाट जाना आसान हो जायेगा।
- **नाइट सफारी:** लखनऊ में देश की पहली नाइट सफारी और नए चिड़ियाघर की स्थापना होगी। दोनों परियोजनाओं पर करीब 1500 करोड़ रुपये की लागत आएगी।

उत्तर प्रदेश के प्रमुख नगरों के उपनाम	
नगर	**उपनाम**
प्रयागराज (इलाहाबाद)	संगम नगरी, कुम्भनगरी, तीर्थराज, अमरूद नगरी
मलिहाबाद (लखनऊ)	आमों का नगर
लखनऊ	नवाबों का शहर, बागों का नगर
गोरखपुर	गोरखधाम, नाथ नगर, गीता प्रेस नगर
कानपुर	चर्मनगर, उद्योग नगर, भारत का मैनचेस्टर
गाजियाबाद	लघु दिल्ली, उद्योग नगरी
अयोध्या	तीर्थनगर, रामनगर, राम जन्मभूमि
मेरठ	कैंची नगर, क्रान्ति नगर

कन्नौज	इत्र नगर, खुशबुओं का शहर
गाजीपुर	काशी की बहन
रामपुर	नवाबों का शहर, चाकुओं का नगर
आगरा	ताज नगरी, पेठा नगरी
फिरोजाबाद	सुहाग नगरी, चूड़ी नगरी
मथुरा	कृष्ण नगरी, पेड़ा नगर, पण्डों की नगरी
अलीगढ़	ताला नगरी
बरेली	बाँस बरेली, सुरमा नगरी
मुरादाबाद	पीतल नगरी, बर्तनों का शहर
वाराणसी	विश्वनाथ नगरी, चुक्ति नगर, घाटों का नगर, काशी, बनारस आदि
जौनपुर	शिराज-ए-हिन्द

हेरिटेज आर्क

- उत्तर प्रदेश सरकार ने पर्यटन को बढ़ावा देने के उद्देश्य से 'हेरिटेज आर्क यात्रा' की शुरूआत की है। इसका मूल उद्देश्य है- 'यात्रा का हर पल आनन्द उठाना'। हेरिटेज आर्क के अंतर्गत सांस्कृतिक, ऐतिहासिक और प्राकृतिक हेरिटेज को महत्व दिया जाता है। इसके अंतर्गत वाराणसी, लखनऊ और आगरा क्षेत्रों और इसके चारों ओर स्थित मनोरम स्थलों की यात्रा करायी जाती है। हेरिटेज आर्क के तीन प्रमुख केन्द्रों और उनसे जुड़े दर्शनीय स्थलों के नाम इस प्रकार हैं-

केन्द्र का नाम	जुड़े दर्शनीय स्थल
आगरा	आगरा, फतेहपुर सीकरी, बरसाना, बटेश्वर, चम्बल अभयारण्य, इटावा लायन सफारी, गोकुल, नंदगांव, मथुरा, वृंदावन
लखनऊ	लखनऊ, अयोध्या, बिठूर, देवा शरीफ, दुधवा, कतरनिया घाट वन्य जीव अभयारण्य, नैमिषारण्य, नवाबगंज पक्षी विहार
वाराणसी	वाराणसी, सारनाथ, विंध्याचल, सोनभद्र, चुनार, कुशीनगर, कपिलवस्तु, श्रावस्ती

उत्तर प्रदेश में यूनेस्को के विश्व धरोहर स्थल

उत्तर प्रदेश में यूनेस्को के कुल तीन विश्व धरोहर स्थल हैं, जो सूची में सम्मिलित होने के वर्ष के साथ इस प्रकार हैं-

1. लाल किला, आगरा (1983)
2. ताजमहल, आगरा (1983)
3. फतेहपुर सीकरी (1986)

इसके अतिरिक्त उत्तर प्रदेश के कुछ अन्य स्थल यूनेस्को विश्व धरोहर की संभावित सूची के अंतर्गत विचाराधीन हैं। ये स्थल हैं-

1. सारनाथ के प्राचीन बौद्ध स्थल
2. भारत में सिल्क रोड के स्थल (कुशीनगर के बौद्ध भग्नावशेष, श्रावस्ती, कौशाम्बी और अहिच्छत्र)
3. साड़ी बुनने के प्रतिष्ठित स्थल (बनारस और मुबारकपुर)
4. नमक सत्याग्रह के स्थान (चौरीचौरा और बनारस हिंदू विश्वविद्यालय)
5. उत्तरपथ/बादशाही सड़क/जीटी रोड के स्थल (बिजनौर, मेरठ, बरेली, लखनऊ, अयोध्या, सारनाथ, प्रयाग, लखीमपुर, कुशीनगर, श्रावस्ती आदि।)

यूनेस्को की सांस्कृतिक धरोहर सूची

उत्तर प्रदेश की निम्न सांस्कृतिक प्रथाएं सूची में सम्मिलित हैं -

1. रामलीला (2008)
2. कुंभ मेला (2017)
3. योग (2016 में सम्मिलित)
4. नवरोज (2016 में सम्मिलित)
5. वैदिक मंत्रपाठ की प्रथा (2008 में सम्मिलित)

राष्ट्रीय सांस्कृतिक धरोहर की प्रारूप सूची

केन्द्रीय संस्कृति मंत्रालय ने राष्ट्रीय सांस्कृतिक धरोहर की सूची का एक प्रारूप तैयार किया है। इसके द्वारा भारतीय संस्कृति की विविधता को सांस्कृतिक धरोहर के आधार पर पहचान देने की कोशिश की गई है। उत्तर प्रदेश के निम्न सांस्कृतिक प्रथाओं को इस सूची में स्थान मिला है-

1. नौटंकी
2. चाहर बेग्त: मुस्लिम समुदाय द्वारा गायी जाने वाली कविता की प्रथा (चांदपुर, मलिहाबाद , अमरोहा)
3. रामलीला
4. कुंभ मेला

पर्व, उत्सव एवं महोत्सव

उत्तर प्रदेश में हिन्दू, मुस्लिम, सिख, ईसाई, जैन और बौद्ध लगभग सभी वर्ग के लोग निवास करते हैं। इनके द्वारा समय-समय पर विभिन्न पर्व एवं उत्सव मनाये जाते हैं-

- दीपावली
- होली
- नवरात्रि
- दशहरा
- मकर संक्रांति
- जन्माष्टमी
- रक्षाबंधन
- महाशिवरात्रि
- गंगा दशहरा
- गुरुनानक जयन्ती
- बुद्ध पूर्णिमा (बुद्ध जयन्ती)

- छठ पूजा
- ईद-उल-फ़ितर
- मुहर्रम
- क्रिसमस या बड़ा दिन
- गुड फ्राइडे
- महावीर जयंती
- जमशेद नवरोज़
- प्रमुख मेले
- कुंभ मेला
- यह भारत का सबसे बड़ा और विश्व के सबसे बड़े मेलों में से एक है। प्रयाग में प्रत्येक 12 वर्ष पर 'त्रिवेणी' अर्थात् गंगा, यमुना और सरस्वती के संगम पर कुंभ का आयोजन किया जाता है। इसमें प्रमुख हिंदू संत और लाखों श्रद्धालु शामिल होते हैं। श्रद्धालु इस पवित्र अवसर पर गंगा में डुबकी लगाते हैं। मेला एक माह से अधिक समय तक चलता है। इस दौरान कुछ श्रद्धालु कल्पवास भी करते हैं।

माघ मेला

- यह कुंभ के समान है। प्रत्येक वर्ष इसे प्रयागराज में गंगा, यमुना और सरस्वती के संगम पर आयोजित किया जाता है।
- प्रत्येक 12 वें वर्ष माघ मेला कुंभ के साथ ही पड़ता है। यह पूरे माघ माह के दौरान जारी रहता है। यहां भी श्रद्धालु कल्पवास करते हैं।

रामायण मेला

- इस मेले का आयोजन प्रतिवर्ष फरवरी-मार्च में चित्रकूट और अयोध्या में किया जाता है। इस अवसर पर रामलीला, प्रवचन तथा विभिन्न संस्थाओं द्वारा सांस्कृतिक कार्यक्रमों का आयोजन किया जाता है।

बटेश्वर मेला

- बटेश्वर आगरा जिले में स्थित एक गांव है, जोकि आगरा से 70 किलोमीटर पूर्व दिशा में बाह नामक स्थान है इस मेले का आयोजन यही पर किया जाता है।

ददरी पशु मेला

- इसे बलिया के ददरी में आयोजित किया जाता है। यह बिहार के सोनपुर मेले के बाद भारत का दूसरा सबसे बड़ा पशु-मेला होता है।
- एक महीने तक चलने वाला यह मेला दो चरणों में आयोजित होता है- पहला चरण कार्तिक पूर्णिमा के दस दिन पूर्व शुरू होता है, जिसमें व्यापारी भारत के कोने-कोने से सबसे अच्छी प्रजाति के पशु लेकर आते हैं।

सरधना महोत्सव

- इसे सरधना ईसाई मेला भी कहते हैं। इसका आयोजन सरधना (मेरठ) के 'बेसिलिका ऑफ अवर लेडी ऑफ ग्रेसेस' नामक चर्च में किया जाता है।

देवा-शरीफ मेला

- यह वार्षिक मेला अक्टूबर-नवम्बर माह में दस दिनों के लिए बाराबंकी के देवा कस्बा में सूफी संत हाज़ी वारिस अली शाह की दरगाह पर लगता है।

शाकुंभरी देवी मेला

- यह मेला नवरात्रों में शाकुंभरी देवी मन्दिर, सहारनपुर के पास आयोजित किया जाता है।
- यहाँ सम्पूर्ण राज्य से असंख्य श्रद्धालु माता शाकुंभरी के दर्शन के लिए आते हैं।

नौचंदी मेला

- यह मेला एक पशु मेले के रूप में मेरठ के नौचंदी देवी मंदिर के पास स्थित नौचंदी मैदान में 1672 में शुरू हुआ।
- प्रतिवर्ष यह मेला होली के बाद दूसरे रविवार से प्रारम्भ होता है। मेले में अनेक सांस्कृतिक, शिल्प और मनोरंजन के कार्यक्रम सम्मिलित होते हैं।

गोरखपुर का खिचड़ी मेला

- मकर संक्रांति के अवसर पर गोरखपुर स्थित गोरखनाथ मंदिर में यह खिचड़ी मेला 14 जनवरी से शुरू होता है। इस अवसर पर न सिर्फ देश बल्कि नेपाल समेत अन्य देशों से भी लोग गुरू गोरखनाथ को खिचड़ी चढ़ाने आते हैं।
- मंदिर परिसर में इस अवसर पर लगभग एक माह तक चलने वाले मेले का आयोजन किया जाता है, जिसमें झूला, चरखी, खेल-तमाशा तथा खाने-पीने आदि के स्टॉल देखे जा सकते हैं।

उत्तर प्रदेश के अन्य मेले व उत्सव		
मेला/उत्सव	क्षेत्र	विवरण
श्रावण झूला मेला	फैज़ाबाद और अयोध्या	कार्तिक मास के शुक्ल पक्ष के तीसरे दिन राम-लक्ष्मण और सीता की प्रतिमाएं मणि पर्वत पर ले जायी जाती हैं और उन्हें वहां श्रद्धालुओं द्वारा झूला झुलाया जाता है।
कैलाश मेला	कैलाश (आगरा)	इसे भगवान शिव के सम्मान में आयोजित किया जाता है।
शाकुंभरी देवी मेला	सहारनपुर	यह नवरात्रि के दौरान शाकुंभरी देवी सिद्धपीठ पर आयोजित होता है।
कांपिल्य मेला	कांपिल्य (फर्रुखाबाद)	जैन धर्म के 13 वें तीर्थंकर विमलनाथ के जन्म स्थान पर ओयोजित होता है।
होलिकोत्सव	मथुरा	ब्रज में होली का उत्सव वास्तविक होली के 45 दिन पहले ही शुरू हो जाता है।
परिक्रमा मेला	अयोध्या	कार्तिक मास में श्रद्धालु राम के वनवास के प्रतीक स्वरूप अयोध्या की 14 कोस की परिक्रमा करते हैं।
सोरों मेला	कासगंज	इसे मार्गशीर्ष माघ एकादशी पर गंगा के तट पर आयोजित किया जाता है।
संकटमोचन उत्सव	वाराणसी	हनुमान जयंती पर प्रतिवर्ष शास्त्रीय संगीत और गायन का यह उत्सव आयोजित किया जाता है।
राम बारात	आगरा	यह 125 वर्ष पुरानी प्रथा, रामलीला का हिस्सा है।
गुड़िया मेला	गोवर्धन (मथुरा)	श्रद्धालु गुड़िया पूर्णिमा के अवसर पर गिरिराज पहाड़ की परिक्रमा करते हैं।

लट्ठमार होली	बरसाना (मथुरा)	होली उत्सव के दौरान नंदगांव के पुरूष बरसाने आते हैं, जहां महिलाएं उन्हें लाठियों से मारती हैं और पुरूष बचने का प्रयास करते हैं।
सैफई महोत्सव	सैफई (इटावा)	'बालीवुड नाइट' नाम से प्रसिद्ध यह 15 दिवसीय उत्सव था। वर्ष 2017 से शासन की तरफ से इसका आयोजन बंद कर दिया गया।
ध्रुपद मेला	वाराणसी	यह प्रसिद्ध गायकों के जमावड़े के लिए जाना जाता है।
हरिदास जयंती मेला	निधिवन (मथुरा)	स्वामी हरिदास के जन्मदिवस के उपलक्ष्य में मनाया जाता है।
सैयद सालार मेला	बहराइच	प्रतिवर्ष बाबा सैयद सालार की मजार पर आयोजित होता है।
देवीपाटन मेला	बलरामपुर	चैत्र नवरात्र के दौरान पाटेश्वरी देवी शक्तिपीठ पर लगाया जाता है।
गोविंद सागर मेला	अंबेडकर नगर, अतरौली आजमगढ़)	अगस्त माह में बाबा गोविंद साहब की याद में आयोजित होता है।
त्रिवेणी महोत्सव	प्रयागराज	फरवरी माह में संगम पर आयोजित होने वाला यह सांस्कृतिक उत्सव है।
कल्कि महोत्सव	संभल	इसमें धार्मिक कार्यक्रम किये जाते हैं और संतों का जमावड़ा लगता है।
सुलहकुल उत्सव	आगरा	कई सांस्कृतिक कार्यक्रमों के साथ आयोजित यह हिन्दू-मुस्लिम एकता को बढ़ावा देता है।
मटकी लीला	मथुरा	इसे भाद्रपद माह के शुक्ल पक्ष के 13 वें दिन मनाया जाता है।
नवरात्र मेला	मिर्जापुर	इसे विन्ध्यवासिनी देवी मंदिर स्थान पर चैत्रीय और शारदीय नवरात्रों में लगाया जाता है।
रामनवमी मेला	अयोध्या	अयोध्या में रामनवमी पर्व के समय आयोजित होता है।
कबीर उत्सव	वाराणसी	यह उत्सव सन्त कबीर नगर जनपद के मगहर नामक स्थान पर आयोजित किया जाता है। इस उत्सव में सन्त कबीरदास के जीवन चरित्र से सम्बन्धित विषयों को दर्शाया जाता है।
कन्नौज उत्सव	कन्नौज	यह उत्सव प्रतिवर्ष कन्नौज में पर्यटन विभाग द्वारा मनाया जाता है।

नृत्य, संगीत एवं नाट्य कला

उत्तर प्रदेश: शास्त्रीय संगीत

- भारतीय शास्त्रीय संगीत का मूल नाट्यशास्त्र में निहित है। समय के साथ भारतीय संगीत दो अलग-अलग धाराओं में विभक्त हो गया:
  1. हिन्दुस्तानी संगीत पद्धति
  2. कर्नाटक संगीत पद्धति
- उत्तर प्रदेश समेत सम्पूर्ण उत्तर भारत में शास्त्रीय संगीत की हिंदुस्तानी शाखा प्रचलित है।
- हिन्दुस्तानी शाखा प्राकृतिक स्वर सप्तक सिद्धांत का पालन करती है।
- बाद में हिंदुस्तानी संगीत पद्धति में दस मुख्य विधाएं विकसित हुई - ध्रुपद, ख्याल, तराना, ठुमरी, धमार, होरी, टप्पा, चतुरंग, रस सागर और सरगम।

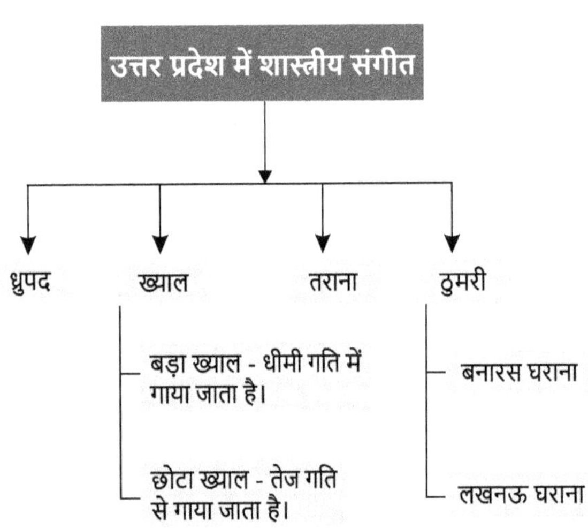

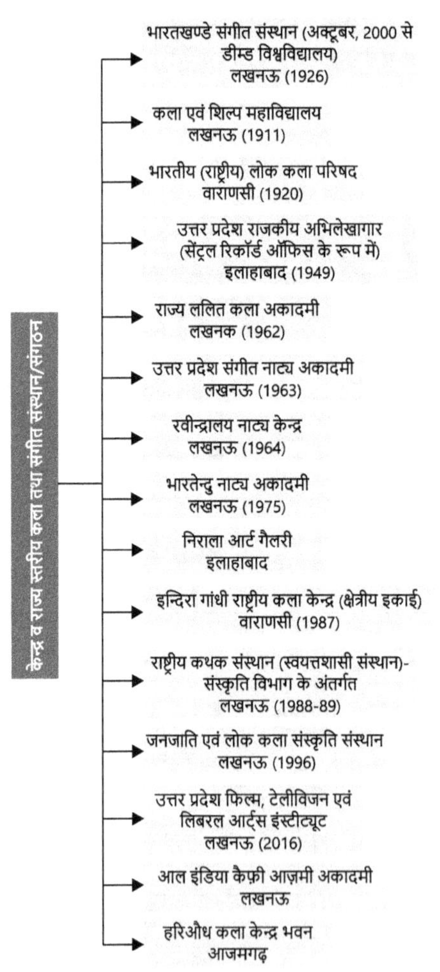

उत्तर प्रदेश क प्रमुख कलाकार और उनके घराने

लखनऊ घराना	
लच्छू महाराज	कथक नृत्य
बिरजू महाराज	
बेगम अख्तर	गजल गायिका
शम्भू महाराज	कथक नृत्य
पंडित सखाराम	पखावज़ वादक
सादिक अली	सारंगी वादक
पंडित अयोध्या प्रसाद	पखावज़ वादक
बनारस घराना	
किशन महाराज	तबला वादक
बिस्मिल्ला खां	शहनाई वादक
राजन-साजन मिश्र	धुपद-धमार
ज्वाला प्रसाद मिश्र	
छज्जू मिश्र	
पंडित रविशंकर	सितार वादक
रसूलन बाई	ठुमरी-टप्पा गायिका
छोटी मैना, बड़ी मैना	
गिरिजा देवी	ठुमरी गायिका
पागल दास	पखावज वादक
नलिनी-कमलिनी	कथक नृत्य
मुस्ताक अली खां	सितार वादक
किराना घराना	
भीमसेन जोशी	ख्याल गायक
गंगूबाई हंगल	ख्याल गायिका
प्रयाग	
हरिप्रसाद चौरसिया	बांसुरी वादक
जानकी बाई (छप्पन छूरी)	गायिका

उत्तर प्रदेश के लोक संगीत

लोक संगीत का आम जनमानस की रोजमर्रा के जीवन की सहज संवेदना से जुड़ाव होता है। उत्तर प्रदेश का लोक संगीत काफी पुराना और विविधता से पूर्ण है। प्रदेश के प्रमुख लोक संगीत इस प्रकार हैं

उत्तर प्रदेश का लोक संगीत

1. कज़री	9. पनवारा और हरदुल पाथ
2. रसिया	10. आल्हा
3. बिरहा	11. इसुरी भाग
4. फाग	12. नकटा
5. बनजारा और न्जावा	13. रागिनी और ढोला
6. कहरवा	14. मरसिया
7. सोहर	15. चैती
8. नौका झक्कड़	

लोक गीतों में प्रयोग होने वाले वाद्ययंत्र

- ढोल, नगाड़ा, ढप, झांझ, शंख, झुनझुना, घुंघरू, मृदंग, घंटी, रणसिंघा, सारंगी, थाली, वीणा, तुरही, चिमटा तथा बीन आदि वाद्ययंत्रों का प्रयोग लोक गीतों में किया जाता है।

उत्तर प्रदेश के प्रमुख लोकगीत गायक/गायिका

- मालिनी अवस्थी, संजोली पाण्डेय, पूनम वाजपेयी, उर्मिला श्रीवास्तव, विजया भारती, राकेश श्रीवास्तव, रामकैलाश यादव, लल्लन सिंह 'गहमरी', आर.डी. शर्मा, राकेश उपाध्याय, राजबाला आदि उत्तर प्रदेश के प्रमुख लोकगायक/गायिका हैं।

सुगम संगीत

- वह संगीत जो सहजता से गाया और बजाया जा सके, सुगम संगीत है। लय और ताल इसमें विशेष एवं महत्वपूर्ण स्थान रखते हैं। यह शास्त्रीय और लोक संगीत के मेल से बना है। सुगम संगीत के कई प्रकार हैं- लोकगीत, भजन, कव्वाली, गज़ल, फिल्मी संगीत, शब्द, अमंग, भटियाली, तेवरम, कीर्तन आदि। सुगम संगीत के यह प्रकार देश के अलग-अलग भागों में विकसित हुए। इनमें से भजन, कव्वाली, गज़ल, उत्तर प्रदेश से संबंधित हैं-

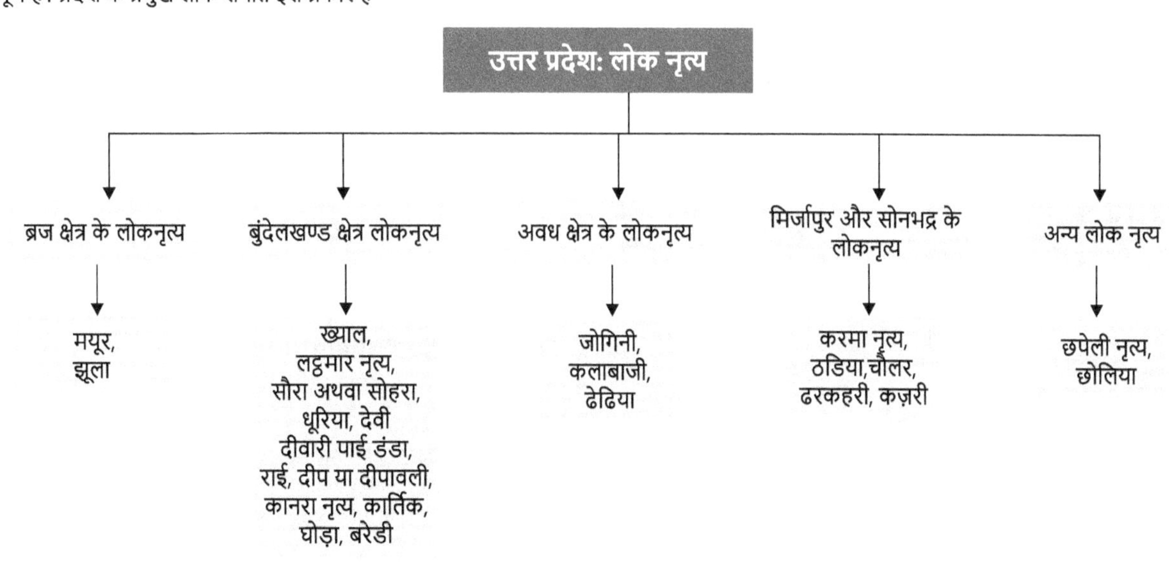

पूर्वांचल के लोकनृत्य

- **धोबिया:** यह नृत्य धोबी समुदाय के पुरुषों द्वारा किया जाता है। नृत्य के दौरान एक नर्तक धोबी का और दूसरा गधे का अभिनय करता है। यह नृत्य शादी, बच्चे के जन्म तथा अन्य मांगलिक अवसरों पर किया जाता है।
- **कठघोड़वा:** नर्तक लकड़ी के घोड़े पर बैठकर अन्य नर्तकों के चारों ओर नृत्य करता है। लकड़ी का घोड़ा बांस और रंग-बिरंगे कपड़ों की सहायता से बनता है।
- **धीवर:** यह नृत्य कहार जाति के लोगों द्वारा मांगलिक अवसर पर किया जाता है।
- **नटवरी:** यह नृत्य भगवान कृष्ण की प्रशंसा में अहीर जाति के लोगों द्वारा जन्माष्टमी और होली के अवसर पर किया जाता है।
- **नटुआ या नकटुरा:** यह नृत्य शादी के अवसर पर वर पक्ष की महिलाओं द्वारा किया जाता है। बारात के चले जाने के बाद महिलाएं पुरुषों के वेश में नृत्य करती हैं।
- **चौरसिया:** यह जौनपुर का लोकनृत्य है। इसे कहार जाति के लोगों द्वारा किया जाता है।
- **दादरा:** यह उत्तर प्रदेश और उत्तरी बिहार का लोकप्रिय नृत्य है। नर्तक नृत्य के दौरान होंठ हिलाकर गायन करता है। इसे पारम्परिक रूप से बेंडिया जनजाति की महिलाओं द्वारा किया जाता था।

उत्तर प्रदेश: नाट्य कला

उत्तर प्रदेश में नाट्य कला का शास्त्रीय और लोक नाट्य दोनों रूप विद्यमान है-

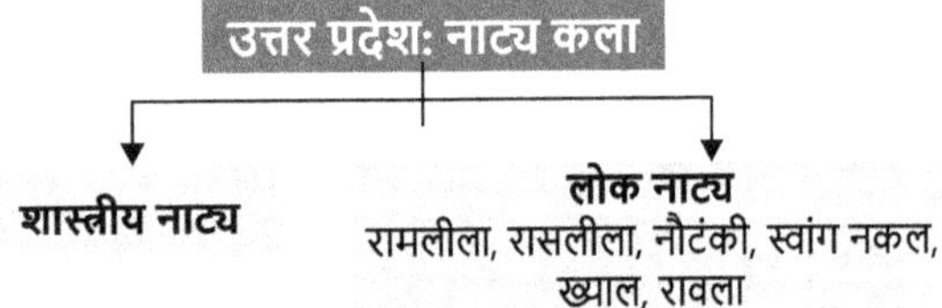

शास्त्रीय नाट्य

- उत्तर प्रदेश में शास्त्रीय नाट्य की शुरुआत भारतेन्दु हरिश्चन्द्र द्वारा की गयी। उनको हिंदी साहित्य का प्रारम्भकर्त्ता भी माना नाता है। उनका जन्म वाराणसी में हुआ था।
- भारतेंदु हरिश्चंद्र के द्वारा रचित नाटक सत्य हरिश्चंद्र, चन्द्रावली, नीलदेवी, भारत दूरदर्शा, अंधेरनगरी, सती प्रताप, प्रेमयोगिनी और बैदिकी हिंसा हिंसा न भवति आदि है।
- हालांकि भारतेन्दु से पहले भी प्रदेश में नाट्य विधा विद्यमान थी।

लोक नाट्य

उत्तर प्रदेश अपने मौलिक लोक नाट्य के लिए प्रसिद्ध है। नौटंकी, रामलीला, रासलीला, गुलाबो-सिताबो, नगर-भाषा, भर्तृहरि, स्वांग-संपेरा, रावला, ख्याल, भगत, विदेशिया आदि उत्तर प्रदेश के प्रमुख नाटक हैं।

उत्तर प्रदेश में कठपुतली कला

- उत्तर प्रदेश में दस्ताना कठपुतली का प्रचलन रहा है। कठपुतलियों को चमकदार कपड़े पहनाए जाते हैं। उत्तर प्रदेश में कठपुतली नाटकों के विषय सामाजिक मुद्दों पर आधारित होते हैं।
- गुलाबो-सिताबो एक प्रसिद्ध कठपुतली नाटक है। कठपुतली नाटकों में ढोलक और मंजीरे का प्रयोग किया जाता है।
- यह कला उत्तर प्रदेश में लुप्त होने के कगार पर है। प्रदेश में सन 2004-05 से ही कठपुतली कला संरक्षण, प्रशिक्षण एवं संवर्द्धन योजना चल रही है।

भाषा एवं बोली

उत्तर प्रदेश में भाषा

- उत्तर प्रदेश भाषा के क्षेत्र में धनी प्रदेश रहा है। यहाँ हिन्दी, उर्दू, संस्कृत, ब्रज भाषा, अंग्रेजी, अवधी, बघेली, भोजपुरी, बुन्देली एवं कन्नौजी आदि भाषाएँ बोली जाती हैं। ब्रज भाषा, अवधी, खड़ीबोली, भोजपुरी एवं मैथिली आदि हिन्दी की उपभाषाएँ हैं।
- उत्तर प्रदेश में हिन्दी के अनेक महान लेखकों का जन्म हुआ; जैसे- भारतेन्दु हरिश्चन्द्र, मुंशी प्रेमचन्द, महादेवी वर्मा, श्रीकान्त वर्मा, सूर्यकान्त त्रिपाठी निराला, हरिवंशराय बच्चन, सुमित्रानन्दन पंत एवं महावीर प्रसाद द्विवेदी आदि।
- इसी प्रकार उर्दू में फिराक गोरखपुरी, जोश मलीहाबादी, नजीर अकबराबादी, अकबर इलाहाबादी, अली सरदार जाफरी, शकील बदायूँनी, वसीम बरेलवी आदि के नाम उल्लेखनीय हैं।
- प्राचीन भारत में वर्तमान उत्तर प्रदेश का क्षेत्र 'मध्य देश' कहा जाता था। यहाँ के लोग भिन्न-भिन्न काल में भिन्न-भिन्न भाषाएँ बोलते और लिखते आए हैं।

उत्तर प्रदेश की राजभाषा

- उत्तर प्रदेश भाषा विभाग ने राजभाषा नीतियों के अनुरूप प्रशासनिक एवं शासकीय कार्यों के संचालन हेतु राजभाषा के प्रयोग को प्रोत्साहित किया है। साथ-ही-साथ यह अन्य भारतीय भाषाओं के भी समुचित प्रचार-प्रसार तथा संवर्द्धन का निरन्तर प्रयास करता है।
- अक्टूबर, 1947 में देवनागरी लिपि में लिखित हिन्दी को राजभाषा घोषित किया गया तथा 21 वर्ष बाद वर्ष 1968 में उत्तर प्रदेश की सरकार ने प्रदेश के सभी कार्यालयों में राजभाषा हिन्दी के प्रयोग को अनिवार्य बना दिया।
- उत्तर प्रदेश में हिन्दी भाषा को विशेष संवर्द्धन प्रदान करने हेतु राज्य सरकार की ओर से ₹ 10 करोड़ की लागत से वर्ष 1982-83 में भाषा निधि का गठन किया गया।
- वर्ष 1989 में उर्दू भाषा को 7 प्रयोजनों हेतु राज्य की द्वितीय राजभाषा घोषित किया गया।

क्षेत्रीय भाषाओं का विकास

- उत्तर प्रदेश सरकार ने हिन्दी और उर्दू के साथ देश की अन्य भाषाओं के प्रचार-प्रसार की भी व्यवस्था की है।
- इस उद्देश्य से पांच जनपदों लखनऊ, वाराणसी, प्रयागराज, आगरा और मुरादाबाद में भारतीय भाषा केन्द्र स्थापित किये गये हैं।
- केन्द्रों में कुल 13 भाषाओं बांग्ला, मराठी, गुजराती, तमिल, तेलुगू, कन्नड़, मलयालम, पंजाबी, सिन्धी, उड़िया, कश्मीरी, नेपाली, असमिया के प्रशिक्षण दिये जाते हैं।

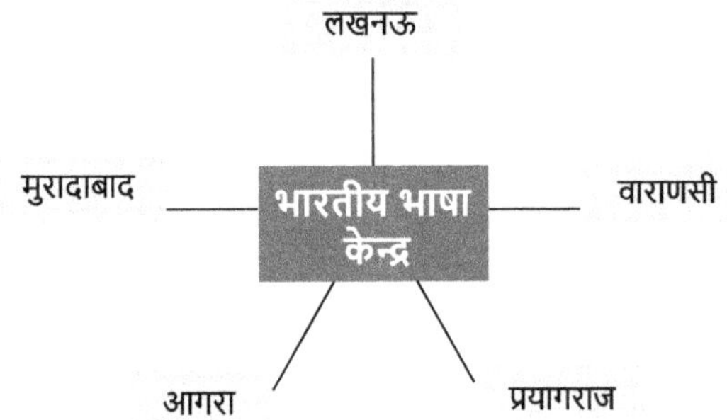

उत्तर प्रदेश की क्षेत्रीय भाषाएँ एवं बोलियाँ

उत्तर प्रदेश में निम्नलिखित भाषाएँ एवं बोलियाँ प्रचलित हैं:

बुन्देली

- इस भाषा का विकास शौरसेनी अपभ्रंश से हुआ है। उत्तर प्रदेश में इसका क्षेत्र, झाँसी, जालौन, हमीरपुर, ओरछा, उरई, महोबा तथा उनके आस-पास के क्षेत्र हैं। बुन्देली भाषा का आकार विस्तृत है।

अवधी

- इस भाषा का उद्भव अर्द्धमागधी अपभ्रंश से हुआ है। इसके क्षेत्र लखनऊ, प्रयागराज, फतेहपुर, लखीमपुर खीरी, अयोध्या, गोण्डा, कानपुर, जौनपुर एवं मिर्जापुर (अंशतः), उन्नाव, रायबरेली, सीतापुर, फैजाबाद, बस्ती, बहराइच, बाराबंकी, सुल्तानपुर, प्रतापगढ़ आदि हैं।
- अवधी भाषा में साहित्य तथा लोक साहित्य पर्याप्त मात्रा में उपलब्ध हैं। प्रबन्ध काव्य परम्परा का विकास विशेष रूप से अवधी में ही हुआ है। सूफी काव्य तथा रामभक्ति काव्य की रचना अवधी में हुई है।
- मुल्ला दाऊद, कुतुबन, मंझन, जायसी, तुलसीदास, नारायणदास, जगजीवन साहब, रघुनाथ दास, राम सनेही आदि भाषा के सुप्रसिद्ध साहित्यकार हैं।
- रामचरितमानस अवधी में लिखा गया सर्वप्रसिद्ध ग्रन्थ है। भारत के बाहर फिजी में अवधी बोलने वालों की संख्या काफी अधिक है।

खड़ी बोली/कौरवी

- इस बोली का उद्भव शौरसेनी अपभ्रंश के उत्तरी रूप से हुआ है। खड़ी बोली के नाम का अस्तित्व 1801 ई तक रहा। इस बोली का कौरवी नाम राहुल सांकृत्यायन द्वारा दिया गया था।
- इस बोली के क्षेत्र सहारनपुर, मुजफ्फरनगर, बागपत, हापुड़, गाजियाबाद, शामली, अमरोहा, सम्भल, मेरठ, बिजनौर, रामपुर तथा मुरादाबाद हैं। इनमें मेरठ की खड़ी बोली आदर्श और मानक मानी जाती है।
- खड़ी बोली का प्रथम महाकाव्य प्रिय-प्रवास है। इस भाषा के प्रथम कवि अमीर खुसरो थे। इन्हें खड़ी बोली का जनक भी माना जाता है। खड़ी बोली का सर्वप्रथम प्रयोग लल्लू लाल और सदल मिश्र ने किया था।

बघेली

- यह भाषा भारत के बघेलखण्ड क्षेत्र में बोली जाती है, जो मध्य प्रदेश एवं उत्तर प्रदेश का क्षेत्र है। राज्य में यह बोली सोनभद्र, प्रयागराज, बालाघाट, माँडला, बाँदा, फतेहपुर तथा हमीरपुर में बोली जाती है।

ब्रज भाषा

- इस भाषा का विकास शौरसेनी अपभ्रंश के मध्यवर्ती रूप से हुआ है। यह आगरा, मथुरा, अलीगढ़, धौलपुर, मैनपुरी, एटा, बदायूँ, हाथरस, फिरोजाबाद, बरेली तथा उनके आस-पास के क्षेत्रों में बोली जाती है।

- ब्रज भाषा साहित्य और लोक साहित्य दोनों दृष्टियों से बहुत सम्पन्न है। यह कृष्ण भक्ति की एकमात्र भाषा है। सम्पूर्ण रीतिकालीन साहित्य ब्रज भाषा में लिखा गया है। साहित्यिक दृष्टि से यह हिन्दी भाषा की सर्वाधिक महत्त्वपूर्ण बोली है।
- साहित्यिक महत्त्व के कारण ही इसे ब्रज बोली न कहकर, ब्रज भाषा कहा जाता है। सूरदास, नन्ददास, रहीम, रसखान, बिहारी, मतिराम, भूषण, देव, भारतेन्दु हरिश्चन्द्र एवं जगन्नाथ दास 'रत्नाकर' इत्यादि ब्रज भाषा के अमर कवि हैं।
- साथ ही तुलसीदास जी ने भी कवितावली एवं विनयपत्रिका की रचना ब्रज भाषा में की है।
- ब्रज भाषा देश के बाहर ताजिकिस्तान में बोली जाती है, जिसे ताजिकिस्तान ब्रज भाषा कहा जाता है।

भोजपुरी

- यह बोली मागधी अपभ्रंश के पश्चिमी रूप से विकसित हुई है।
- उत्तर प्रदेश में बनारस, जौनपुर, मऊ, बलिया, चन्दौली, कुशीनगर, सिद्धार्थनगर, सन्तकबीर नगर, अम्बेडकरनगर, मिर्जापुर, गाजीपुर, बलिया, गोरखपुर, महाराजगंज, देवरिया, आजमगढ़, बस्ती तथा उसके आस-पास के क्षेत्र में यह भाषा बोली जाती हैं।
- हिन्दी क्षेत्र की बोलियों में भोजपुरी बोलने वाले सर्वाधिक हैं यह पूर्वी उत्तर प्रदेश की लोक भाषा है। भोजपुरी शब्द का प्रथम प्रयोग रेमण्ड ने किया था।
- भोजपुरी हिन्दी की वह बोली है, जिसमें सर्वाधिक फिल्में बनी हैं।
- वर्तमान में दूरदर्शन द्वारा इसके अनेक धारावाहिक प्रसारित हो रहे हैं। भोजपुरी अन्तर्राष्ट्रीय महत्त्व की बोली है। भारत के बाहर सूरीनाम, फिजी, मॉरिशस, गुयाना, त्रिनिडाड में इस बोली का प्रसार है।
- भोजपुरी के प्रसिद्ध रचनाकार भिखारी ठाकुर हैं, जिन्हें भोजपुरी का शेक्सपियर एवं भोजपुरी का भारतेन्दु कहा जाता है।

कन्नौजी

- इस भाषा का विकास भी शौरसेनी अपभ्रंश से हुआ है। इसके क्षेत्र इटावा, फर्रूखाबाद, शाहजहाँपुर, कानपुर, हरदोई, पीलीभीत आदि हैं।

प्रमुख जाति एवं जनजाति

प्रदेश में प्रमुख जनजातियां

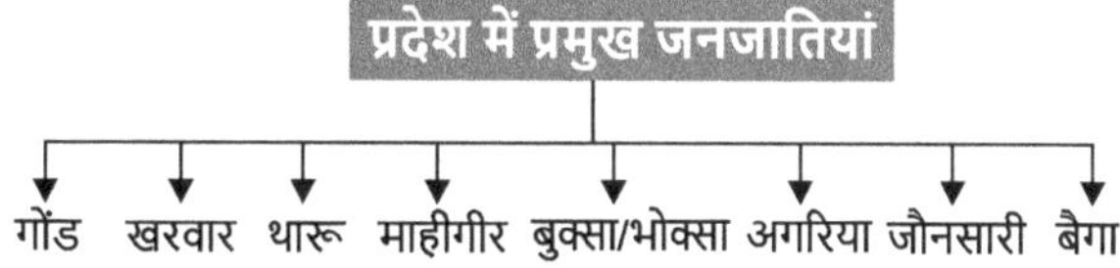

- भारत की कुल अनुसूचित जनजाति (भारत की कुल जनसंख्या का 8.6 प्रतिशत) जनसंख्या का 1.09 प्रतिशत भाग उत्तर प्रदेश में निवास करता है।
- जनगणना 2011 के अनुसार, उत्तर प्रदेश में अनुसूचित जनजाति की जनसंख्या 11,34,273 है, जिसमें 5,81,083 पुरूष एवं 5,53,190 महिलाएं हैं।
- उत्तर प्रदेश की कुल जनसंख्या में अनुसूचित जनजाति जनसंख्या का 0.6 प्रतिशत है।

प्रदेश में प्रमुख जनजातियां

बुक्सा/भोक्सा

- बुक्सा अथवा भोक्सा उत्तर प्रदेश की प्रमुख अनुसूचित जनजातियों में से एक है। यह प्रदेश के बिजनौर जिले में छोटी-छोटी ग्रामीण बस्तियों में निवास करती है। जिन क्षेत्रों में यह निवास करते हैं उसे बुक्सार या भोक्सार कहा जाता है।
- बुक्सा जनजाति के लोग कद में छोटे और मध्यम, चौड़ी मुखाकृति, छोटी आंख, भारी पलकें, चपटी नाक वाले होते हैं। साधारणतया पुरुषों की अपेक्षा स्त्रियाँ देखने में आकर्षक और सुन्दर होती हैं। इनका चेहरा मंगोल जैसा होता है।

- बुक्सा जनजाति की भाषा हिन्दी और लिपि देवनागरी है।

खरवार

- खरवार जनजाति मुख्यतः उत्तर प्रदेश के मिर्जापुर, सोनभद्र, देवरियां, गाजीपुर, बलिया तथा चंदौली जिलों में निवास करती है। इनका मूल निवास क्षेत्र पलामू (झारखण्ड) और अठारह हजारी क्षेत्र है।
- खरवार कई उपजातियों-सूरजवंशी, पटबंदी, दौलतबंदी. राडत, खेरी, मोझयाली मौगती गोजूँ अर्मिया आदि में विभाजित है।
- खरवार जनजाति के पुरुष शरीर से बलिष्ठ होते हैं। स्त्रियाँ भी पुरुषों की भाँति अच्छी कदकाठी युक्त और बहादुर होती हैं।

माहीगीर

- माहीगीर जनजाति उत्तर प्रदेश के बिजनौर जिले के नजीबाबाद क्षेत्र में पायी जाती है। इसके अतिरिक्त यह सहारनपुर, मण्डवार, किरतपुर, जलालाबाद, मनेरा और धारानगर में भी पाये जाते हैं।
- माहीगीर जनजाति पेशे से मछुआरे हैं। इनका प्रमुख व्यवसाय मछली पकड़ना है, लेकिन फिर भी यह जनजाति स्वयं को मछुआरा कहलाना पसंद नहीं करते है। महाभारत में इस जनजाति का उल्लेख मिलता है।
- माहीगीर जनजाति के लोग इस्लाम धर्म के अनुयायी हैं तथा विवाह अपने ही समुदाय में करते हैं।

गौंड/गोंड

- गौंड उत्तर प्रदेश की सर्वाधिक बड़ी जनजाति समूह (5,69,035) है। यह प्रदेश के महराजगंज, बस्ती, गोरखपुर, सिद्धार्थनगर, देवरिया, मऊ,

- जौनपुर, आजमगढ़, वाराणसी, गाजीपुर, बलिया और सोनभद्र समेत कई जिलों में निवास करती है।
- यह आस्ट्रोलायड नस्ल तथा द्रविड़ परिवार की एक जनजाति है।

थारू

- थारू उत्तर प्रदेश की सर्वप्रमुख जनजाति समूह है। इस जनजाति के लोग उत्तर प्रदेश के तराई क्षेत्र गोरखपुर, महाराजगंज, लखीमपुर, श्रावस्ती, बहराइच जिलों में निवास करते हैं।
- उत्तर प्रदेश के अतिरिक्त यह जनजाति उत्तराखण्ड के नैनीताल तथा बिहार के चम्पारण एवं दरभंगा जिलों में भी कुछ संख्या में पायी जाती है।
- थारू किरात वंशज हैं और कई जातियों और उपजातियों में विभाजित हैं।
- थारू जनजाति के लोग कद में छोटे, पीले वर्ण, चौड़े मुखमण्डल वाले होते हैं।

प्रदेश में पायी जाने वाली अनुसूचित जनजातियां

अनुसूचित जाति और अनुसूचित जनजाति आयोग उत्तर प्रदेश तथा केन्द्र सरकार के जनजाति मंत्रालय के अनुसार प्रदेश में निम्नलिखित 15 अनुसूचित जनजातियां निवास करती हैं:

1. सहरिया
2. परहिया
3. बैगा
4. पंखा, पनिका
5. अगरिया
6. पतरी
7. चेरो
8. भुइया, भुइयां
9. थारू
10. बोक्सा
11. भोटिया
12. राजी
13. जौनसारी
14. गोंड, धूरिया, नायक, ओझा, पठारी, राजगोंड
15. खरवार/खैरवार

- 2011 की जनगणना अनुसार उत्तर प्रदेश में अनुसूचित जनजातियों से संबंधित कुछ तथ्य
- अनुसूचित जनजातियों की कुल जनसंख्या-11,34,273
- कुल जनसंख्या में पुरुष- 5,81,083
- कुल जनसंख्या में स्त्रियाँ-5,53,190
- कुल जनसंख्या में अनुसूचित जनजाति का प्रतिशत- 0.6 %
- लिंगानुपात-952

- (0-6) आयु वर्ष में लिंगानुपात-951
- अनुसूचित जनजातियों की सर्वाधिक जनसंख्या-सोनभद्र (3,85,018)
- अनुसूचित जनजातियों की सर्वाधिक प्रतिशतता-सोनभद्र (20.7%)
- अनुसूचित जनजातियों की न्यूनतम जनसंख्या-बागपत (14)
- अनुसूचित जनजातियों की न्यूनतम प्रतिशतता-बागपत (0.001%)
- उत्तर प्रदेश के जालौन एवं अयोध्या जिलों में एक भी जनजाति नहीं पाई जाती है।
- भारत की कुल जनसंख्या में अनुसूचित जनजातियों का प्रतिशत 8.6% है।
- भारत की कुल अनुसूचित जनजातियों में 1.09% भाग उत्तर प्रदेश में पायी जाती है।

अनुसूचित जनजातियाँ	निवास स्थान
माहीगीर	बिजनौर
बुक्सा या भोक्सा	बिजनौर
सहरिया	ललितपुर
अगरिया	सोनभद्र
बैगा	सोनभद्र
परहिया	सोनभद्र
पंखा, पनिका	सोनभद्र एवं मिर्जापुर
पथारी	सोनभद्र
चेरो	सोनभद्र एवं चन्दौली
भुइया, भुनिया	सोनभद्र
गोंड समूह (गोंड, धुरिया, नायक, ओझा, पठारी, राज गोंड)	महाराजगंज, सिद्धार्थनगर, गोरखपुर, देवरिया, मऊ, आजमगढ़, बस्ती, जौनपुर, बलिया, गाजीपुर, वाराणसी मिर्जापुर सोनभद्र आदि।
खरवार/खैरवार	देवरिया, बलिया, गाजीपुर, चन्दौली, वाराणसी, मिर्जापुर सोनभद्र आदि।
थारू	प्रदेश के तराई क्षेत्र में-महाराजगंज, सिद्धार्थनगर, श्रावस्ती, बहराइच एवं लखीमपुर खीरी के उत्तरी भाग में।

अध्याय – 7

उत्तर प्रदेश विविध
(Mischellaneous of Uttar Pradesh)

प्रमुख सामाजिक एवं आर्थिक योजनाएँ

महिला एवं बाल कल्याण सम्बन्धी योजनाएँ

- उत्तर प्रदेश में महिला और बाल विकास को ध्यान में रखते हुए वर्ष 1988 में बाल विकास सेवा एवं पुष्टाहार निदेशालय और वर्ष 1989 में महिला एवं बाल विकास विभाग की स्थापना की गई।
- इस विभाग के अधीन महिला कल्याण निगम का गठन किया गया।

केन्द्र सरकार एवं उत्तर प्रदेश राज्य सरकार द्वारा संचालित महिला एवं बाल कल्याण योजनाओं का विवरण निम्न है:

वन्देमातरम योजना

- 9 फरवरी, 2004 से शुरू इस योजना का उद्देश्य गर्भवती महिलाओं को नि: शुल्क उपचार उपलब्ध कराना है।

आशा ज्योति केन्द्र

- आशा ज्योति केन्द्र योजना की शुरुआत वर्ष 2015 में की गई। इसके तहत् प्रदेश के 17 जिलों में रानी लक्ष्मीबाई आशा ज्योति केन्द्रों को स्थापित किया गया है।
- इस केन्द्र का लक्ष्य हिंसा पीड़ित महिलाओं को एक ही केन्द्र पर बहुउद्देशीय सेवा उपलब्ध कराना है, जिनमें महिला हेल्पलाइन, महिला थाना, कानूनी सहायता, अल्प प्रवास, चिकित्सा सहायता इत्यादि सेवाएँ उपलब्ध कराना है।

मुख्यमंत्री सामूहिक विवाह योजना

- उत्तर प्रदेश मन्त्रिमण्डल द्वारा 3 अक्टूबर, 2017 को मुख्यमंत्री सामूहिक विवाह योजना शुरू किए जाने का निर्णय लिया गया।
- इस योजना के तहत राज्य में गरीब परिवार के विवाह के जोड़े को 35,000 रुपए की धनराशि प्रदान की जाएगी जिसमें से 20,000 रुपए लाभार्थी को उसके बैंक खाते में ट्रांसफर किये जायेंगे। मुख्यमंत्री सामूहिक विवाह योजना को उत्तर प्रदेश के सामाजिक कल्याण विभाग के तहत तैयार किया गया है।

किशोरी बालिका योजना

- राज्य सरकार द्वारा यह योजना फरवरी, 2019 में शुरू की गई। यह योजना किशोरियों से सम्बन्धित है।
- इस योजना का उद्देश्य कन्याओं के जीवन स्तर में सुधार लाना तथा उन्हें उचित पोषण प्रदान करना है।
- 11-14 वर्ष की बालिकाएं जिन्होंने किसी वजह से पढ़ाई छोड़ दी हो उन्हें इस योजना के अंतर्गत समाहित करना।
- इस योजना के अन्तर्गत राज्य सरकार बालिकाओं को खाने हेतु बाजरा, मोटे अनाज, अरहर दाल तथा देशी घी प्रदान करती है।

कन्या सुमंगला योजना

- इस योजना की शुरुआत अप्रैल, 2019 में हुई थी, जिसका उद्देश्य बेटी के पैदा होने से लेकर स्नातक शिक्षा पूर्ण करने तक चरणबद्ध तरीके से वित्तीय सहायता प्रदान करना है।

बी. सी. सखी योजना

- उत्तर प्रदेश सरकार द्वारा 20 मई, 2020 को इस योजना की शुरुआत की गई।
- इस योजना का मुख्य उद्देश्य महिलाओं को बैंकिंग सेवाओं से जोड़कर बेहतर रोजगार प्रदान करना है।

उत्तर प्रदेश मुख्यमंत्री बाल सेवा योजना

- मुख्यमंत्री बाल सेवा योजना के माध्यम से उन सभी बच्चों को आर्थिक सहायता प्रदान की जाएगी, जिनके माता-पिता की मृत्यु कोरोना संक्रमण के कारण हो गई हो।

मुख्यमंत्री सक्षम सुपोषण योजना

- उत्तर प्रदेश में महिलाओं एवं बच्चों में कुपोषण की समस्या से निपटने हेतु मुख्यमंत्री सक्षम सुपोषण योजना को वित्तीय वर्ष 2021-22 में शुरू किया गया।
- इस योजना के तहत् राशन के साथ-साथ आँगनबाड़ी केन्द्रों पर पंजीकृत 6 माह से 5 वर्ष तक के चिह्नित कुपोषित बच्चों एवं एनीमिया से ग्रसित 11 से 14 वर्ष की स्कूल न जाने वाली किशोरी बालिकाओं को पोषण दिया जाएगा।

उत्तर प्रदेश मिशन शक्ति अभियान

- इस अभियान को उत्तर प्रदेश की महिला एवं बेटियों को स्वावलम्बी एवं सुरक्षित बनाने के उद्देश्य से 31 अगस्त, 2021 को लॉन्च किया गया।
- इस अभियान के माध्यम से राज्य की महिलाओं को जागरूक किया जाता है, जिससे उनको अपने अधिकारों से सम्बन्धित जानकारी प्राप्त हो सके।

राजकीय संरक्षण गृह

- अनैतिक व्यापार निरोधक अधिनियम, 1956 के अन्तर्गत उत्तर प्रदेश के दो जिलों-आगरा और वाराणसी में वर्ष 1960-61 में एक-एक राजकीय संरक्षण गृह की स्थापना की गई।
- इस संरक्षण गृह में वेश्यालयों से मुक्त कराई गई बालिकाओं तथा महिलाओं को संरक्षण व आश्रय उपलब्ध कराया जाता है।

किशोरी शक्ति योजना

- इस योजना का संचालन राज्य के 53 जिलों में 602 परियोजनाओं के अन्तर्गत 8 मार्च, 2000 से किया जा रहा है।
- इस योजना का उद्देश्य प्रदेश की किशोर लड़कियों को प्रजनन, स्वास्थ्य समस्याओं एवं अधिकारों के प्रति जागरूक करना है।

वृद्ध कल्याण सम्बन्धी योजनाएँ

- केन्द्र सरकार द्वारा वर्ष 2007 में वृद्ध समुदायों के हित में भरण-पोषण तथा कल्याण अधिनियम, 2007 बनाया गया। इस अधिनियम को राज्य में 25 सितम्बर, 2012 को लागू किया गया।
- इस अधिनियम के अन्तर्गत बुजुर्ग माता-पिता का भरण-पोषण न करने वाली सन्तानों को 3 माह तक कारावास का प्रावधान है। इस अधिनियम के तहत् राज्य के प्रत्येक परगने में एक-एक भरण-पोषण अधिकरण गठित करने की व्यवस्था है।

केन्द्र सरकार एवं उत्तर प्रदेश राज्य सरकार द्वारा संचालित वृद्ध कल्याण सम्बन्धी योजनाओं का वर्णन निम्न है:

वृद्धावस्था पेंशन योजना

- जून, 2019 को उत्तर प्रदेश सरकार द्वारा वृद्धावस्था पेंशन योजना के अन्तर्गत यह निर्णय लिया गया कि 60-79 वर्ष की आयु के लाभार्थियों को प्रतिमाह पेंशन ₹300 दी जाएगी और 80 वर्ष से ऊपर के वृद्धों को ₹500 प्रतिमाह पेंशन दी जाएगी।

अन्नपूर्णा संचालन

- यह योजना प्रदेश सरकार द्वारा वर्ष 1999-2000 में शुरू की गई। इस

योजना के अन्तर्गत 60 वर्ष से अधिक आयु के निराश्रित लोगों को 10 किलो गेहूँ प्रतिमाह मिलता है।

वरिष्ठ नागरिक स्वास्थ्य योजना

- उत्तर प्रदेश में मन्त्रिमण्डल द्वारा 22 दिसम्बर, 2016 को इस योजना को स्वीकृति दी गई। इस योजना के तहत् सरकार प्रदेश के वरिष्ठ नागरिकों को उपचार हेतु ₹30 हजार की चिकित्सकीय राशि उपलब्ध कराती है।

अशक्त एवं वृद्ध गृहों का संचालन

- उत्तर प्रदेश के लखनऊ और वाराणसी में अशक्त पुरुषों एवं महिलाओं के लिए इस प्रकार के गृहों का संचालन किया जा रहा है।
- इस आवासीय गृह में 60 वर्ष से अधिक उम्र के वृद्धों को आवासीय सुविधा और भरण-पोषण भत्ता दिया जाता है।

दिव्यांग कल्याण सम्बन्धी योजनाएँ

- प्रदेश सरकार द्वारा 12 अगस्त, 1995 को दिव्यांगजन सशक्तीकरण विभाग का गठन किया गया।
- दिव्यांग व्यक्ति वह है, जो किसी चिकित्सा प्राधिकारी द्वारा प्रामाणित किसी नि:शक्तता से कम-से-कम 40% ग्रस्त हो। वर्ष 2011 की जनगणना के अनुसार, प्रदेश की कुल जनसंख्या के 2.08% लोग दिव्यांग है।

दिव्यांग कल्याण सम्बन्धी योजनाएँ निम्न हैं:

दिव्यांग भरण-पोषण योजना

- दृष्टिबधित, मूक-बधिर व शारीरिक रूप से निराश्रित व्यक्तियों के जीवनयापन के लिए राज्य में इसका संचालन किया गया है। इस योजना के अन्तर्गत प्रति लाभार्थी ₹500 प्रतिमाह पेंशन दी जाती है।

दृष्टिबाधित एवं मूक-बधिर विद्यालय

- उत्तर प्रदेश में 4 विभागीय दृष्टिबाधित विद्यालय संचालित किए जा रहे हैं, जिनमें ब्रेल लिपि के माध्यम से शिक्षा दी जाती है। राज्य के लखनऊ में ब्रेल प्रेस स्थित है।
- राज्य में पाँच राजकीय दृष्टिबाधित विद्यालय (स्पर्श) हैं। ये विद्यालय मेरठ, लखनऊ, गोरखपुर, बाँदा और सहारनपुर में हैं। इसी प्रकार राज्य में राजकीय मूक-बधिर विद्यालय (संकेत) की स्थापना लखनऊ, बरेली, आगरा, फर्रुखाबाद और गोरखपुर में की गई है।

बचपन डे केयर सेण्टर

- राज्य सरकार द्वारा वर्ष 2009-10 से लखनऊ, आगरा, इलाहाबाद, वाराणसी, सहारनपुर, बरेली, झांसी और गौतम बुद्ध नगर में बचपन डे केयर सेण्टर का संचालन किया जा रहा है।
- इस केन्द्र के माध्यम से 3-7 वर्ष की आयु के दिव्यांग बच्चों को शिक्षण/प्रशिक्षण दिया जाता है।

विशेष समूहों से सम्बन्धित कल्याणकारी योजनाएँ

- उत्तर प्रदेश में राज्य के लोगों के उत्थान के लिए संचालित कल्याणकारी योजनाओं में अनुसूचित जाति एवं अनुसूचित जनजाति कल्याण, पिछड़े वर्गों का कल्याण, महिला एवं बाल विकास इत्यादि को सम्मिलित किया गया है।
- राज्य समावेशी विकास के प्रति प्रतिबद्ध है इसलिए सरकार की ओर से ऐसे विशिष्ट वर्गों के लिए विशेष सुविधाएँ प्रदान की गई हैं, जिससे सामाजिक स्तर पर उनका सार्वभौमिक कल्याण हो सके।

विशेष समूहों से सम्बन्धित कल्याणकारी योजनाएँ निम्न हैं:

बाबा साहब अम्बेडकर रोजगार प्रोत्साहन योजना

- उत्तर प्रदेश सरकार के ग्राम विकास विभाग द्वारा वर्ष 1991 से संचालित अम्बेडकर विशेष रोजगार योजना का नाम परिवर्तित कर बाबा साहब अम्बेडकर रोजगार प्रोत्साहन योजना रखे जाने की मंजूरी 11 नवम्बर, 2019 में दी गई।
- इस योजना का उद्देश्य ग्रामीण क्षेत्रों में नवयुवकों को उद्यमिता की ओर उन्मुख करना, स्थानीय संसाधनों को विकसित कर सतत रोजगार उपलब्ध कराना तथा ग्रामीण आबादी का शहरी क्षेत्रों की ओर पलायन रोकना है।
- इस योजना के संशोधित व्यवस्था के तहत् अनुसूचित जाति/जनजाति दिव्यांग को प्रति इकाई लागत का 35% अनुदान अथवा अधिकतम

₹70,000 और सामान्य जाति को 25 प्रतिशत अथवा अधिकतम ₹50,000 तक ऋण अनुदान दिया जाएगा।

- इस योजना के अन्तर्गत लाभार्थी के परिवार की वार्षिक आय ₹2 लाख से अधिक नहीं होनी चाहिए तथा लाभार्थी की आयु 18 वर्ष से 65 वर्ष से अधिक नहीं होनी चाहिए।

मुख्यमंत्री शिक्षुता प्रोत्साहन योजना

- युवाओं को स्वरोजगार एवं रोजगार से जोड़ने हेतु फरवरी, 2020 में उत्तर प्रदेश सरकार द्वारा इस योजना की शुरुआत की गई।
- इस योजना के अंतर्गत राज्य के युवाओं को उद्योगों में प्रशिक्षण के साथ साथ प्रतिमाह ₹2500 की धनराशि प्रशिक्षण भत्ते के रूप में प्रदान की जाती है तथा इस प्रदत्त राशि मे राज्य सरकार द्वारा ₹1000 तथा केन्द्र सरकार द्वारा ₹1500 देने का प्रावधान है।

उत्तर प्रदेश शादी अनुदान योजना

- उत्तर प्रदेश के मुख्यमंत्री श्री योगी आदित्यनाथ जी के द्वारा राज्य के गरीब नागरिकों के लिए वर्ष 2021 से इस योजना का शुभारम्भ किया गया।
- इस योजना के माध्यम से कन्या की शादी होने पर ₹51,000 की राशि प्रदान की जाती है।
- इस राशि के माध्यम से कन्या के विवाह पर होने वाले खर्च को कम करने में भी सहायता मिलती है।
- वह सभी नागरिक जो गरीबी रेखा से नीचे जीवन यापन करते हैं, वह नागरिक उत्तर प्रदेश शादी अनुदान योजना का लाभ प्राप्त करने के पात्र हैं।

मुख्यमंत्री अभ्युदय योजना

- उत्तर प्रदेश सरकार द्वारा मुख्यमंत्री अभ्युदय योजना का शुभारम्भ वर्ष 2022 में प्रतियोगी परीक्षाओं की कोचिंग प्रदान करने के उद्देश्य से किया गया।
- इस योजना के माध्यम से प्रदेश के छात्रों को नि:शुल्क कोचिंग प्रदान की जाती है।
- यह कोचिंग UPSC, UPPSC, JEE, NIT इत्यादि परीक्षाओं के लिए कराई जाएगी।
- इस योजना के कार्यान्वयन के लिए सरकार द्वारा एक पोर्टल भी लॉन्च किया गया, जिससे राज्य के छात्र इस योजना के अन्तर्गत ऑफलाइन एवं ऑनलाइन दोनों माध्यमों से शिक्षा प्राप्त कर सकते हैं।

कौशल वृद्धि प्रशिक्षण योजनाएँ

- उत्तर प्रदेश में राज्य के गरीब और बेरोजगार अनुसूचित जाति श्रेणी के लोगों में कौशल वृद्धि सम्बन्धी योजनाएँ संचालित की जा रही हैं।
- इसके अन्तर्गत लाभार्थियों को कम्प्यूटर, ऑटोमोबाइल, फ़ूड प्रोसेसिंग, सिलाई, टी. वी. इत्यादि का प्रशिक्षण दिया जाता है।
- लाभार्थियों को प्रशिक्षण अवधि के दौरान ₹600 प्रतिमाह वृत्तिका भी दी जाती है।

एकीकृत जनजाति विकास परियोजनाएँ

- राज्य की जनजातियों के मध्य सामाजिक, आर्थिक और भौगोलिक स्थितियों में भिन्नता के कारण इसके समुचित विकास के लिए अलग परियोजनाओं का संचालन किया जाता है।

इन योजनाओं में शामिल हैं:

- एकीकृत जनजाति विकास परियोजना, लखीमपुर खीरी
- थारू विकास परियोजना, बलरामपुर
- बुक्सा विकास परियोजना, बिजनौर
- एकीकृत जनजाति विकास परियोजना, सोनभद्र
- बिखरी जनजाति विकास परियोजना, श्रावस्ती, बहराइच महाराजगंज

अनुसूचित जाति, जनजाति व अन्य पिछड़ा वर्ग के लिए प्रबन्धन

- उत्तर प्रदेश में अनुसूचित जाति एवं जनजाति वर्गों के कल्याण के लिए वर्ष 1955 में समाज कल्याण विभाग की स्थापना की गई।
- वर्ष 1995 में इसे अलग कर अनुसूचित जनजाति कल्याण विभाग की स्थापना की गई।
- 25 जून, 1976 को राज्य में समाज कल्याण निर्माण विभाग लिमिटेड की

स्थापना की गई। इसके द्वारा राज्य में एससी/एसटी और निर्बल वर्गों के लिए विविध योजनाओं का संचालन किया जाता है।

- इन वर्गों के सामाजिक-आर्थिक विकास से सम्बन्धित आयामों को गति देने के लिए मार्च, 1993 में उत्तर प्रदेश राज्य पिछड़े वर्ग आयोग और पिछड़े वर्ग वित्त विकास निगम की स्थापना की गई।

स्वतः रोजगार योजना

- इस योजना का क्रियान्वयन वर्ष 1980-81 से किया जा रहा है। इसमें गरीबी रेखा से नीचे के जनजातीय वर्गों के लिए स्व-रोजगार पर बल दिया जाता है।
- इस योजना के अन्तर्गत ₹7 लाख लागत राशि तक की कृषि और गैर-कृषि क्षेत्र की परियोजनाओं का वित्त-पोषण किया जाता है। इसमें उद्योग, सेवा, पशुपालन, व्यवसाय आदि सम्मिलित किए जाते हैं।

निःशुल्क हेल्थ कार्ड योजना

- कम्युनिटी लिंकेज कार्यक्रम के अन्तर्गत इस कार्यक्रम को जुलाई, 2005 में शुरू किया गया। इसके माध्यम से मलिन बस्तियों में रहने वाले लोगों को निःशुल्क चिकित्सा सुविधा उपलब्ध कराई जाती है।

शादी-बीमारी अनुदान योजना

- वर्ष 2007-08 से शुरू की गई इस योजना के अन्तर्गत राज्य के निःशुल्क पिछड़े वर्ग की लड़कियों की शादी के लिए ₹10 हजार की सहायता राशि दी जाती है।
- राज्य सरकार द्वारा इस वर्ग के बीमार लोगों को ₹5 हजार की आर्थिक सहायता दी जाती है।

कृषि सम्बन्धित योजनाएँ

पीएम किसान योजना

- प्रधानमंत्री नरेंद्र मोदी ने गोरखपुर से प्रधानमंत्री किसान सम्मान निधि (पीएम किसान) योजना का शुभारम्भ किया। योजना के अंतर्गत चयनित लाभार्थी किसानों को ₹6,000 प्रतिवर्ष तीन किस्तों में प्रदान किए जायेंगे। धनराशि किसानों के बैंक खातों में सीधे भेजी जायेगी।
- योजना में प्रत्येक चार माह के पश्चात कृषक को ₹2,000 की सहायता राशि प्रेषित की जायेगी।

उत्तर प्रदेश किसान उदय योजना

- उत्तर प्रदेश सरकार ने सीमांत किसानों के लिए उदय योजना आरंभ की है। योजना के अंतर्गत किसानों को पम्प सेट प्रदान किए जायेंगे, जिससे वे अपने खेतों की समय से सिंचाई कर सकें।
- सरकार द्वारा किसान उदय योजना के माध्यम से किसानों के सिंचाई पम्प सेट को निःशुल्क 5 और 7.5 बीएचपी क्षमता के एनर्जी एफिशिएंट पम्प से बदला जा रहा है। इससे पम्प के बिजली बिलों में 33 प्रतिशत तक की कमी आयेगी।

मुख्यमंत्री कृषक दुर्घटना कल्याण योजना

- राज्य के कृषकों को सामाजिक सुरक्षा प्रदान करने हेतु, 22 जनवरी, 2020 को उत्तर प्रदेश शासन द्वारा मुख्यमंत्री कृषक दुर्घटना कल्याण योजना आरम्भ की गयी।

बीमा योजना

- यह योजना खरीफ एवं रबी फसलों के लिए ग्राम पंचायत स्तर पर राज्य के सभी जनपदों में लागू की गई है।
- इस योजना के अन्तर्गत जनपद कुशीनगर, गोरखपुर, बहराइच, बाराबंकी, कौशाम्बी एवं महाराजगंज में केले की फसल एवं जनपद लखीमपुर खीरी, फिरोजाबाद, फतेहपुर, मिर्जापुर, बाराबंकी, बरेली में मिर्च की फसल को ब्लॉक में स्थापित मौसम केन्द्र स्तर पर बीमित किए जाने का प्रावधान है।
- इस बीमा योजना के अन्तर्गत जनपद स्तर पर जोखिमों को देखते हुए राज्य के 75 जनपदों को 6-7 जनपदों के 12 समूह में वर्गीकृत किया गया है।

प्रधानमंत्री फसल बीमा योजना

- उत्तर प्रदेश सरकार द्वारा मार्च, 2019 को प्रधानमंत्री फसल बीमा योजना एवं पुनर्गठित मौसम आधारित फसल बीमा योजना को वर्ष 2019-20 एवं आगामी वर्षों के लिए रबी एवं खरीफ मौसम में लागू किया गया।
- इस योजना को राज्य के सभी 75 जिलों में लागू किया गया है।

- इस योजना के अन्तर्गत प्रतिकूल मौसम की स्थितियों के कारण अधिसूचित क्षेत्र में अधिसूचित फसल की बुआई कर पाने, असफल बुआई की स्थिति, फसल बुआई से कटाई की अवधि में प्राकृतिक आपदाओं, फसल नष्ट होने इत्यादि की स्थिति में फसल बटाई के बाद अगले 14 दिनों में खेत से कटी हुई फसल की क्षति की स्थिति में किसानों को बीमा कवर के रूप में वित्तीय सहायता दी जाएगी।

उत्तर प्रदेश कृषि उपकरण योजना- 2022

- उत्तर प्रदेश कृषि विभाग ने प्रदेश के किसानों को कम मूल्य दर पर कृषि दर में प्रयोग होने वाले उपकरणों की खरीद में सहायता के लिए 'उत्तर प्रदेश कृषि उपकरण सब्सिडी योजना' 2022 आरम्भ किया है।
- इसके अंतर्गत सब्सिडी के रूप में कृषि उपकरण क्रय करने हेतु कृषि विभाग द्वारा अनुदान राशि प्रदान की जायेगी।
- यह सुविधा लघु सीमांत एवं पिछड़े वर्ग से सम्बन्धित किसानों को उपलब्ध करायी जानी है।

किसान कल्याण मिशन- 2022

- उत्तर प्रदेश के मुख्यमंत्री श्री योगी आदित्यनाथ द्वारा किसानों की आय में वृद्धि हेतु जनवरी 2021 में 'उत्तर प्रदेश किसान कल्याण मिशन-2022' की शुरूआत की गयी है।
- योजना के अंतर्गत किसानों को लाभ पहुंचाने के उद्देश्य से किसान मेले आयोजित किए जाएंगे, जिनमें किसानों को सामूहिक रूप में खेती में उपयोग होने वाली नई तकनीकी जानकारी प्रदान करने के साथ नई योजनाओं के बारे में भी सूचनाएं दी जायेंगी।

रोजगार से सम्बन्धित योजनाएँ

प्रदेश में संचालित प्रमुख रोजगार से सम्बन्धित योजनाएँ निम्न हैं

कौशल सतरंग योजना

- यह योजना हर वर्ग के नव युवकों व युवतियों की बेरोजगारी दूर करने के लिए शुरू की गई है। इस योजना का उद्देश्य युवाओं को व्यावसायिक एवं कौशल प्रशिक्षण देना है।

इसमें 7 नई योजनाओं को समाहित किया गया है, जो इस प्रकार हैं:

1. जिला कौशल विकास योजना
2. प्रशिक्षण पश्चात रोजगार
3. सी.एम युवा हब योजना
4. तहसील स्तर पर कौशल पखवाड़ा योजना
5. सी.एम. अप्रैन्टिसशिप प्रमोशन योजना
6. प्लेसमेण्ट एजेन्सी के साथ 3 एमओयू
7. रिकग्निशन ऑफ़ प्रायर लर्निंग (RPL)

मुख्यमंत्री युवा स्व-रोजगार योजना

- प्रदेश के शिक्षित युवा बेरोजारों को स्व-रोजगार के अवसर प्रदान करने के उद्देश्य से इस योजना की शुरुआत की गई।
- इस योजना के अन्तर्गत उद्योग स्थापित करने के लिए 25 लाख की राशि और सेवा क्षेत्र के लिए 10 लाख तक का ऋण बैंकों के माध्यम से उपलब्ध कराया जाएगा।

आत्मनिर्भर उत्तर प्रदेश रोजगार अभियान

- प्रधानमंत्री द्वारा 26 जून, 2020 को आत्मनिर्भर उत्तर प्रदेश रोजगार अभियान का शुभारम्भ किया गया। इस योजना के तहत उत्तर प्रदेश के 1.25 करोड़ लोगों को रोजगार मुहैया कराना है।
- इस योजना का उद्देश्य कोविड-19 महामारी के समय लॉकडाउन के कारण प्रदेश में वापस लौटे प्रवासी श्रमिकों को रोजगार मुहैया कराना है।

विविध योजनाएँ

महात्मा गाँधी राष्ट्रीय ग्रामीण रोजगार योजना

- महात्मा गाँधी राष्ट्रीय ग्रामीण रोजगार, गारण्टी अधिनियम, 2005 के तहत उत्तर प्रदेश में इस योजना को सर्वप्रथम 2 फरवरी, 2006 को लागू किया गया। आरम्भिक तौर पर इसे 22 जिलों में लागू किया गया।
- मई, 2007 में अन्य 17 जिलों और 1 अप्रैल, 2008 से इस योजना को पूरे

राज्य में लागू कर दिया गया। इस योजना के अन्तर्गत ग्रामीण क्षेत्र के इच्छुक परिवारों को वित्त वर्ष में 100 दिन का श्रमपरक रोजगार की गारंटी दी जाती है।

उत्तर प्रदेश युवा संगम पोर्टल योजना

- दिसंबर, 2017 को उत्तर प्रदेश के मुख्यमंत्री योगी आदित्यनाथ ने शास्त्री भवन में युवा संगम नमक वेबसाइट www.yuvasangam.in की शुरुआत की।
- समाज के उत्थान में युवाओं की सकारात्मक ऊर्जा को जोड़ना तथा समाज के विकास में उनकी रचनात्मकता का लाभ लेना, इस वेबसाइट को प्रारम्भ करने का एकमात्र उद्देश्य है।

प्रभु रसोई योजना

- उत्तर प्रदेश सरकार ने प्रभु की रसोई योजना नामक एक नई नि:शुल्क भोजन योजना की शुरुआत की है।
- यह योजना अगस्त, 2017 में सहारनपुर जिले से प्रारम्भ हुई। इस योजना का मुख्य उद्देश्य समाज के गरीब वर्ग के लोगों को दिन में एक बार नि:शुल्क भोजन प्रदान करना है।

उत्तर प्रदेश भाग्य लक्ष्मी योजना

- इस योजना की शुरुआत अप्रैल, 2017 में की गई थी।
- इसके अन्तर्गत गरीबी रेखा से नीचे के परिवारों में जन्मी नवजात बालिका को सरकार की ओर से वित्तीय सहायता प्रदान की जाती है।
- इस योजना के तहत् सरकार लड़की के नाम पर ₹50,000 का बॉण्ड जमा करती है, जिसे अलग-अलग समय पर जरूरत के आधार पर खर्च किया जाता है।

फसल ऋण योजना

- इस योजना की शुरुआत वर्ष 2017 में की गई थी। इस योजना के अन्तर्गत राज्य के सभी किसानों का ₹1 लाख तक का ऋण माफ कर दिया गया है।

उत्तर प्रदेश किसान उदय योजना

- इस योजना को दिसम्बर, 2017 में प्रारम्भ किया गया था।
- इस योजना के अन्तर्गत उत्तर प्रदेश सरकार वर्ष 2022 तक राज्य के किसानों को 10 लाख पम्प वितरित करेगी।

एक जिला एक उत्पाद योजना

- कृषि क्षेत्र को रोजगार परक बनाने के उद्देश्य से इस योजना की शुरुआत राष्ट्रपति रामनाथ कोविन्द द्वारा 14 जनवरी, 2018 (उत्तर प्रदेश दिवस) में की गई थी।
- इस योजना का उद्देश्य जिले के छोटे, मध्यम एवं परम्परागत उद्योगों का विकास करना है।

मिशन शक्ति अभियान

- उत्तर प्रदेश के मुख्यमंत्री योगी आदित्यनाथ द्वारा बलरामपुर जनपद के देवी पाटन शक्ति पीठ से 17 अक्टूबर, 2020 को इस अभियान का आरम्भ किया गया।
- अभियान का उद्देश्य महिलाओं, बालिकाओं और बच्चों की सुरक्षा, गरिमा तथा स्वावलंबन को बढ़ावा देना है।

निर्भया : एक पहल

- मुख्यमंत्री योगी आदित्यनाथ द्वारा महिलाओं में उद्यमिता कौशल को प्रोत्साहित करने के लिए 'निर्भया : एक पहल' 29 सितंबर, 2021 को आरम्भ किया गया।

उत्तर प्रदेश मातृभूमि योजना

- प्रदेश सरकार द्वारा ग्रामीण क्षेत्र के विकास हेतु लिए 'उत्तर प्रदेश मातृभूमि योजना' आरम्भ की गयी है। योजना का शुभारंभ 15 सितंबर, 2021 को मुख्यमंत्री योगी आदित्यनाथ ने किया।

शिक्षा, साहित्य एवं पत्रकारिता

उत्तर प्रदेश में साक्षरता

विवरण	2011	2001
प्रदेश की साक्षरता	67.68 %	56.27%
पुरुष साक्षरता	77.28%	68.82%
महिला साक्षरता	57.18%	42.22%
कुल साक्षर संख्या	114,397,555	75,719,284
पुरुष साक्षर संख्या	68,234,964	48,901,413
महिला साक्षर संख्या	46,162,591	26,817,871

उत्तर प्रदेश के विभिन्न आर्थिक क्षेत्रों में प्रति अध्यापक पर विद्यार्थियों की संख्या

आर्थिक क्षेत्र	जूनियर बेसिक	सीनियर बेसिक	हायर सेकेण्ड्री
पूर्वी	31	28	43
पश्चिमी	29	23	44
केन्द्रीय	28	27	47
बुन्देलखण्ड	28	25	49
उत्तर प्रदेश	**29**	**26**	**44**

उत्तर प्रदेश के विभिन्न आर्थिक क्षेत्रों में प्रति लाख जनसंख्या पर विद्यालयों पर विद्यार्थियों की संख्या

आर्थिक क्षेत्र	जूनियर बेसिक	सीनियर बेसिक	हायर सेकेण्ड्री
पूर्वी	76	37	12
पश्चिमी	73	38	12
केन्द्रीय	77	34	11
बुन्देलखण्ड	92	50	10
उत्तर प्रदेश	**76**	**38**	**12**

उत्तर प्रदेश में स्थित प्रमुख शिक्षण संस्थान

विश्वविद्यालय	स्थापना वर्ष
केन्द्रीय विश्वविद्यालय	
इलाहाबाद वि.वि., प्रयागराज	1887
काशी हिंदू वि.वि., वाराणसी	1916
अलीगढ़ मुस्लिम वि. वि., अलीगढ़	1920
डॉ. भीमराव अम्बेडकर वि. वि., लखनऊ	1989

केन्द्रीय डीम्ड विश्वविद्यालय	
इंडियन वेटेरिनरी रिसर्च इंस्टीट्यूट, बरेली	1983
केन्द्रीय उच्च तिब्बती शिक्षा संस्थान, सारनाथ	1967
राष्ट्रीय सूचना प्रौद्योगिकी संस्थान, प्रयागराज	2000
मोतीलाल नेहरू रा. प्रौ. संस्थान, प्रयागराज	2002
मुक्त विश्वविद्यालय	
राजर्षि पुरूषोत्तम टंडन मुक्त वि.वि., प्रयागराज	1998
राजकीय विश्वविद्यालय	
लखनऊ, विश्वविद्यालय	1921
डॉ. भीमराव अम्बेडकर वि.वि., आगरा	1927
पं. दीनदयाल उपाध्याय वि.वि., गोरखपुर	1957
सम्पूर्णानंद संस्कृत वि.वि., वाराणसी	1958
छत्रपति शाहूजी महाराज, वि.वि., कानपुर	1965
चौधरी चरण सिंह वि.वि., मेरठ	1965
महात्मा गांधी, काशी विद्यापीठ, वाराणसी	1975
मैथिलीशरण गुप्त बुंदेलखण्ड वि.वि., झांसी	1975
राम मनोहर लोहिया अवध वि.वि., अयोध्या	1975
महात्मा ज्योतिबा फुले रूहेलखंड वि.वि. बरेली	1975
वीर बहादुर सिंह पूर्वांचल वि.वि., जौनपुर	1987
गौतमबुद्ध विश्वविद्यालय, गौतमबुद्ध नगर	2002
डॉ. राम मनोहर लोहिया विधि वि.वि., लखनऊ	2005
डॉ. शकुन्तला मिश्रा रा. पुनर्वास वि.वि. लखनऊ	2009
ख्वाजा मोइनुद्दीन चिश्ती भाषा वि.वि., लखनऊ	2010
सिद्धार्थ विश्वविद्यालय, सिद्धार्थनगर	2015
प्रो. राजेन्द्र सिंह वि.वि., प्रयागराज	2016
जननायक चन्द्रशेखर वि.वि., बलिया	2016
राजकीय डीम्ड विश्वविद्यालय	
दयालबाग एजुकेशनल इंस्टीट्यूट, आगरा	1981
संजय गांधी पीजी आयुर्विज्ञान संस्थान, लखनऊ	1983
भातखंडे संस्कृति विश्वविद्यालय, लखनऊ	1926

कृषि विश्वविद्यालय	
चन्द्रशेखर आज़ाद कृषि एवं प्रौ. वि.वि., कानपुर	1975
आचार्य नरेंद्र देव कृषि एवं प्रौ. वि.वि., फैजाबाद	1976
सरदार बल्लभ भाई पटेल कृषि वि.वि., मेरठ	2000
बांदा कृषि एवं प्रौद्योगिकी वि.वि., बांदा	2010
डीम्ड कृषि विश्वविद्यालय	
सैम हिगिनबॉटम यूनिवर्सिटी ऑफ एग्रीकल्चर, टेक्नालॉजी एण्ड साइंस नैनी, प्रयागराज	2000
चिकित्सा विश्वविद्यालय	
किंग जॉर्ज मेडिकल वि.वि., लखनऊ	2002
किंग जॉर्ज दन्त वि.वि., लखनऊ	2004
उ.प्र. आयुर्विज्ञान वि.वि., सैफई, इटावा	2016
अटल बिहारी वाजपेयी चिकित्सा वि.वि., लखनऊ	(निर्माणाधीन)
खेल विश्वविद्यालय	
नेशनल स्पोर्ट्स यूनिवर्सिटी, मेरठ	(प्रस्तावित)
पशु चिकित्सा विश्वविद्यालय	
पं. दीनदयाल उपाध्याय पशु चिकित्सा विज्ञान वि.वि. एवं गौ अनुसंधान संस्थान, मथुरा	2001
प्राविधिक विश्वविद्यालय	
डॉ. एपीजे अब्दुल कलाम प्राविधिक वि.वि., लखनऊ	2000
एम. एम. एम. प्राविधिक वि.वि., गोरखपुर	2013
हरकोर्ट बटलर प्राविधिक वि.वि., कानपुर	2016
निजी विश्वविद्यालय	
महर्षि सूचना प्रौद्योगिकी विश्वविद्यालय, लखनऊ	2001
जगदगुरू रामभद्राचार्य विकलांग वि.वि., चित्रकूट	2001
इंटीग्रल विश्वविद्यालय, लखनऊ	2004
एमिटी विश्वविद्यालय, नोएडा, गौतमबुद्ध नगर	2005
मोहम्मद अली जौहर विश्वविद्यालय, रामपुर	2006
मंगलायतन विश्वविद्यालय, अलीगढ़	2006
स्वामी विवेकानन्द सुभारती वि.वि., मेरठ	2008
तीर्थंकर महावीर वि.वि., मुरादाबाद	2008
शारदा विश्वविद्यालय, ग्रेटर नोएडा	2009
श्री वेंकटेश्वरा विश्वविद्यालय, गजरौला, अमरोहा	2010

बाबू बनारसी दास विश्वविद्यालय, लखनऊ	2010
नोएडा इंटरनेशनल यूनिवर्सिटी, ग्रेटर नोएडा	2010
मोनाड विश्वविद्यालय, हापुड़	2010
आईएफटीएम विश्वविद्यालय, मुरादाबाद	2010
जी.एल.ए. विश्वविद्यालय, मथुरा	2010
इन्वर्टिस विश्वविद्यालय, बरेली	2010
रामा विश्वविद्यालय, कानपुर	2011
गलगोटियाज विश्वविद्यालय, ग्रेटर नोएडा	2011
शिवनादर विश्वविद्यालय, दादरी, गौतमबुद्ध नगर	2011
रामस्वरूप मेमोरियल विश्वविद्यालय, बाराबंकी	2012
ग्लोकल यूनिवर्सिटी, सहारनपुर	2012
शोभित विश्वविद्यालय, सहारनपुर	2012
जे. पी. विश्वविद्यालय, अनूपशहर, बुलंदशहर	2014
जे. एस. विश्वविद्यालय, शिकोहाबाद	2015
यूनाइटेड विश्वविद्यालय, प्रयागराज	2015
बेनेट विश्वविद्यालय, ग्रेटर नोएडा	2016
आई.आई.एम.टी. विश्वविद्यालय, मेरठ	2016
एस. विश्वविद्यालय, लखनऊ	2016
संस्कृत विश्वविद्यालय, मथुरा	2016
बरेली इंटरनेशनल यूनिवर्सिटी	2016

निजी डीम्ड विश्वविद्यालय

नेहरू ग्राम भारतीय विश्वविद्यालय, प्रयागराज	2008
शोभित इंस्टीट्यूट इंजीनियरिंग एवं तकनीकी, मेरठ	2006
संतोष विश्वविद्यालय, गाजियाबाद	2007
जे. पी. इंस्टीट्यूट ऑफ सूचना प्रौद्योगिकी, नोएडा	2001

उत्तर प्रदेश में 'शिक्षा का अधिकार'

- बच्चों को मुफ्त एवं अनिवार्य शिक्षा का अधिकार अधिनियम या 'शिक्षा का अधिकार अधिनियम' (RTE) भारत की संसद का एक अधिनियम है जो देश में 4 अगस्त, 2009 को लागू किया गया था।
- उत्तर प्रदेश सरकार द्वारा यह अधिनियम 27 जुलाई, 2011 को केन्द्रीय शिक्षा अधिकार नियम 2009 के प्रावधानों के अनुसार प्रदेश में लागू किया गया।

उत्तर प्रदेश का साहित्य

प्राचीन काल में साहित्य

- उत्तर प्रदेश में साहित्य का विकास सदैव सर्वोच्च स्थिति में रहा है। उत्तर प्रदेश को, विश्व में साहित्य की यात्रा का प्रस्थानक होने का गौरव प्राप्त है।
- वैदिक साहित्यों की रचना अधिकतर इस राज्य क्षेत्र में हुई है, जिसका वैदिक ग्रन्थों में नगरो, शासकों, नदियों इत्यादि के माध्यम द्वारा पता चलता है।
- शतपथ ब्राह्मण की विदेध माधव कथा में सदानीरा नदी का वर्णन किया गया है। यह नदी वर्तमान में गोरखपुर, देवरिया (कुशीनगर) जिले से होकर बिहार में गंगा में मिल जाने वाली गण्डक नदी है, जिससे ज्ञात होता है कि सदानीरा नदी के तट तक आर्यों का निवास था। आर्यों ने यहाँ रहकर वैदिक साहित्य की रचना की।
- राज्य के गुन्दफर्ना या गोनर्द (वर्तमान गोण्डा) के रहने वाले महर्षि पतंजलि ने योगसूत्र के अतिरिक्त संस्कृत व्याकरण के महान ग्रन्थ महाभाष्य की रचना की।
- अयोध्या में महर्षि वाल्मीकि द्वारा रामायण महाकाव्य की रचना की गई, जिससे वाल्मीकि को प्रथम कवि की संज्ञा मिली।
- इसके अतिरिक्त पुष्यभूति वंश के महान शासक हर्षवर्धन के दरबारी कवि बाणभट्ट ने कन्नौज दरबार में रहकर हर्षचरित एवं कादम्बरी जैसे ग्रन्थों की रचना की।
- प्राचीन साकेत (वर्तमान अयोध्या) में जन्मे अश्वघोष महायान सम्प्रदाय से जुड़े बुद्धचरित, सौन्दरानन्द एवं सारिपुत्र प्रकरण जैसे महान ग्रन्थों की रचना की है।

हिन्दी साहित्य

- हिन्दी गद्य को व्यावहारिक प्रयोगों के लिए विकसित करने का कार्य लखनऊ के मुंशी इंशा अल्लाह खाँ, आगरा के लल्लू लाल जी एवं प्रयाग के सदासुखलाल नियाज ने किया था।
- इटावा के राजा लक्ष्मण सिंह एवं वाराणसी के शिवप्रसाद सितारेहिन्द ने हिन्दी भाषा को विकसित किया और समृद्धशाली बनाया।

राज्य के कुछ प्रमुख साहित्यकार एवं उनकी रचनाएँ इस प्रकार हैं-

साहित्यकार	रचनाएँ
गोस्वामी तुलसीदास	रामचरितमानस, विनय पत्रिका, गीतावली, जानकी मंगल, कवित्त रामायण
महाकवि भूषण	शिवराज भूषण, छत्रसाल दशक
भारतेन्दु हरिश्चन्द्र	कश्मीर कुसुम, भारत दुर्दशा, सत्य हरिश्चन्द्र, चन्द्रावली, बादशाह दर्पण, मुद्राराक्षस, हम्मीर हठ, प्रेमतरंग, अँधेर नगरी
पं. अयोध्या प्रसाद सिंह 'हरिऔध'	चोखे चौपदे, पद्य प्रसून प्रियप्रवास, वैदेही वनवास, पारिजात
मैथिलीशरण गुप्त	साकेत, यशोधरा, जयद्रथ-वध, भारत-भारती, द्वापर
मुंशी प्रेमचन्द	गबन, गोदान, सेवासदन, निर्मला, कर्मभूमि, रंगभूमि, मंगलसूत्र
जयशंकर प्रसाद	कामायनी, कंकाल, तितली, इरावती, ध्रुवस्वामिनी, चन्द्रगुप्त
पं. महावीर प्रसाद द्विवेदी	काव्य-मंजूषा, नाट्यशास्त्र, हिन्दी भाषा की उत्पत्ति, जल-चिकित्सा
सुमित्रानन्दन पन्त	युगान्त, वीणा, उत्तरा, पल्लव
सूर्यकान्त त्रिपाठी निराला	तुलसीदास, अनामिका, परिमल, अप्सरा, प्रभावती, चतुराचमार, समन्वय

पं. बालकृष्ण भट्ट	पद्मावती निबंध
महादेवी वर्मा	निहार, सांध्यगीत, नीरजा
सुभद्रा कुमारी चौहान	बिखरे मोती, उन्मादिनी, सीधे-सादे चित्र
केदारनाथ सिंह	अभी बिल्कुल अभी, जमीन पक रही है
कबीरदास	सबद, साखी, बीजक
सूरदास	सूरसागर, सूर-सरावली, साहित्य लहरी
सन्त रैदास	'बानी' (छन्दों की रचना)
जगनिक	आल्हाचरित
मुंशी इंशा अल्ला खाँ	रानी केतकी की कहानी, उदयभान चरित
मलिक मुहम्मद जायसी	पदमावत, अखरावट, आखिरी कलाम
बिहारी लाल	बिहारी सतसई

उर्दू साहित्य

- उत्तर प्रदेश का उर्दू साहित्य में भी श्रेष्ठ योगदान रहा है। पश्चिमी उत्तर प्रदेश के एटा जनपद के पटियाला में जन्मे अमीर खुसरो ने उर्दू साहित्य को प्रस्तुत किया, परन्तु उर्दू, साहित्य का वास्तविक विकास 18 वीं शताब्दी में हुआ।
- उर्दू भाषा के तीन महान शायर-मिर्जा गालिब, मीर एवं नजीर अकबराबादी का जन्म आगरा में हुआ, जिन्होंने उर्दू साहित्य के विकास में विशेष भूमिका निभाई।
- उर्दू गद्य के प्रथम लेखक लखनऊ के मिर्जा रजब अली बेग 'सुरूर' थे, जिन्होंने अवध के नवाब नसीरुद्दीन हैदर के शासनकाल में फसान-ए-अजायब की रचना की थी।

पत्रकारिता

- पत्रकारिता के क्षेत्र में उत्तर प्रदेश का स्वर्णिम इतिहास रहा है।
- हिन्दी के प्रथम समाचार-पत्र उदन्त मार्तण्ड का प्रकाशन 30 मई, 1826 को कोलकाता (कलकत्ता) से शुरू हुआ, लेकिन इसके सम्पादक उत्तर प्रदेश के कानपुर निवासी पण्डित जुगल किशोर शुक्ल थे। यह साप्ताहिक समाचार-पत्र था।

उत्तर प्रदेश की प्रमुख पत्र-पत्रिकाएँ

पत्र-पत्रिकाएँ	प्रारम्भ	स्थान	सम्पादक/प्रकाशक
आज	1920	काशी	श्री प्रकाश जी (शिव प्रसाद गुप्ता)
हंस	1930	वाराणसी	प्रेमचन्द
सुधाकर	1850	वाराणसी	तारामोहन मिश्र
बुद्धि प्रकाश	1852	आगरा	मुंशी सदासुख लाल
ब्राह्मण	1853	कानपुर	प्रताप नारायण मिश्र
तत्वबोधिनी पत्रिका	1856	आगरा	गुलाब शंकर
कविवचन सुधा	1867	काशी	भारतेन्दु हरिशचन्द्र
बनारस अखबार	1845	वाराणसी	श्री गोविन्द रघुनाथ थत्ते
अभ्युदय	1907	प्रयागराज	मदनमोहन मालवीय
कर्मयोगी	1909	प्रयागराज	पण्डित सुन्दरलाल

उत्तर प्रदेश से प्रकाशित समाचार-पत्र

समाचार-पत्र का नाम	संस्थापक/सम्पादक	वर्ष	स्थान	भाषा
हिन्दी प्रदीप	बालकृष्ण भट्ट	1877	वाराणसी	हिन्दी
उदन्त मार्तण्ड	जुगल किशोर शुक्ल	1826	कानपुर	हिन्दी
प्रताप	गणेश शंकर विद्यार्थी	1910	कानपुर	हिन्दी
स्वदेश	दशरथ प्रसाद द्विवेदी	1919	गोरखपुर	हिन्दी
अभ्युदय	मदन मोहन मालवीय	1907	प्रयागराज	हिन्दी
कर्मयोगी	पं. सुन्दरलाल	1908	प्रयागराज	हिन्दी
पायनियर	रॉबर्ट नाइट	1876	प्रयागराज	अंग्रेजी
कवि वचन सुधा	भारतेन्दु हरिश्चन्द्र	1867	वाराणसी	हिन्दी
हिन्दी केसरी	गंगा प्रसाद गुप्त	1914	वाराणसी	हिन्दी
भविष्य	पं. सुन्दरलाल	1919	प्रयागराज	हिन्दी
इण्डिपेण्डेंट	मोतीलाल नेहरू	1919	प्रयागराज	अंग्रेजी
हरिश्चन्द्र मैगजीन	भारतेन्दु हरिश्चन्द्र	1872	वाराणसी	हिन्दी

उत्तर प्रदेश से प्रकाशित दैनिक समाचार-पत्र

समाचार-पत्र	स्थान
दैनिक जागरण	कानपुर, मेरठ, झांसी, आगरा, वाराणसी, गोरखपुर
स्वतन्त्र भारत, तरुण भारत, नवजीवन, टाइम्स ऑफ इण्डिया (अंग्रेजी), हिन्दुस्तान टाइम्स (अंग्रेजी), हिन्दुस्तान (मदनमोहन मालवीय)	लखनऊ
वीर भारत, विश्वमित्र, नवोदित, जय भारत	कानपुर
सन्मार्ग, गान्डीव, प्रयाग पत्रिका, भारत, नार्दर्न इण्डिया पत्रिका (अंग्रेजी), अमृत प्रभात, यूनाइटेड भारत	वाराणसी, प्रयागराज
आज	वाराणसी, कानपुर, आगरा व गोरखपुर
अमर उजाला	आगरा, बरेली, मेरठ, मुरादाबाद, कानपुर व गोरखपुर
हिन्दुस्तान	लखनऊ, गोरखपुर

उत्तर प्रदेश से प्रकाशित साप्ताहिक पत्र

समाचार-पत्र	स्थान
कुटज	बलिया
प्रेम प्रचारक	आगरा
राष्ट्रभाषा सन्देश	प्रयागराज
लोकपथ	झांसी
राष्ट्रमत, नीर-क्षीर, नागरिक	कानपुर
आर्य मित्र, जनयुग, नया भारत	लखनऊ
प्रवाद	अलीगढ़
नया संसार	मुजफ्फरनगर

प्रमुख व्यक्तित्व

उत्तर प्रदेश के अन्य प्रमुख व्यक्तित्व

ऐतिहासिक व्यक्तित्व	अमीर खुसरो, बीरबल, शेख फैजी, अबुल फजल, मिर्जा गालिब, गौतम बुद्ध, बाणभट्ट, जयशंकर प्रसाद, राहुल सांकृत्यायन, सूर्यकान्त त्रिपाठी निराला, सुभद्रा कुमारी चौहान, महादेवी वर्मा, हरिवंश राय बच्चन, केदारनाथ सिंह, भारतेन्दु हरिश्चन्द्र, मुंशी प्रेमचन्द, मैथिलीशरण गुप्त, आचार्य रामचन्द्र शुक्ल, पं. महावीर प्रसाद द्विवेदी, आचार्य हजारी प्रसाद द्विवेदी।
प्रमुख चित्रकार	आर.एस.बिष्ट, नित्यानंद महापात्र, बी.एन.आर्य, के.वी. जेना, असद अली, जयकृष्ण अग्रवाल, सनत कुमार चटर्जी, श्रीधर महापात्र, बालदत्त पाण्डेय, बी.पी. कंबोज, आलोक कुमार, हृदय गुप्ता, राधेश्याम अग्रवाल, रेखा कक्कड़, भैरोनाथ शुक्ल, उमेश सक्सेना, विनोद सिंह, सरोज पाल आदि।
प्रमुख संगीत एवं नृत्य विभूतियाँ	विष्णु नारायण भातखण्डे, हरिप्रसाद चौरसिया, गिरिजा देवी, लच्छू महाराज, शम्भू महाराज, गोदई महाराज, सितारा देवी, पागल दास, बिरजू महाराज, कांठे महाराज, कुमकुम धर, रसूलन बाई, राजन-साजन मिश्र, गोपीकृष्ण, उदयशंकर, मुमताज खान, उर्मिला शर्मा, छन्नू मिश्र, अलखनंदा, सिद्धेश्वरी देवी, रविशंकर, किशन सहाराज, सविता देवी आदि।
प्रमुख साहित्यिक व्यक्तित्व (उर्दू)	मिर्जा गालिब (आगरा), कुर्तल एन हैदर, इस्मत चुगतई, अहमद जमालपाशा, ज्ञानचन्द्र जैन, आनन्द नारायण मुल्ला, रामलाल, कृष्ण बिहारी नूर, चकबस्त (लखनऊ), शकील बदायूँनी, जोश मलीहाबादी, फिराक गोरखपुरी, कैफी आजमी, मजनू गोरखपुरी, मजरुह सुल्तानपुरी, वाकिम जोनपुरी, बशीर बद्र इत्यादि।
प्रमुख सिनेमा व्यक्तित्व	अमिताभ बच्चन, नरगिस, नसीरुद्दीन शाह, लीला मिश्रा, कमाल अमरोही, कैफी नाजमी, नीरज अंजान, के.एल.सहगल, अनूप जलोटा, अनु कपूर, गौहर कानपुरी, भारत भूषण, रवीन्द्र जैन, आमिर खान, योगेश, राजबब्बर, जावेद अख्तर, रेहाना, समीर, डेविड धवन, प्रकाश मेहरा, निर्मल पाण्डेय, सुरेन्द्र पाल, मोती बी.ए., माया गोबिन्द, राजपाल यादव, अभिजीत आदि।
प्रमुख संगीतकार व नाट्यकार	सुरेन्द्र कौशिक, सुरेन्द्र माथुर, गुलाब बाई, विनोद रस्तोगी, ललित मोहन तिवारी, सूर्यमोहन कुलश्रेष्ठ, डॉ. सुरेश अवस्थी, मास्टर फिदा हुसैन नरसी, ज्ञानदेव अग्निहोत्री, मुकेश सान्याल, नादिरा जहीर बब्बर, नौमिचन्द्र जैन, राधेश्याम दीक्षित, रोमेश मेहता, सुरेश शर्मा, शिवचरण लाल, विश्वनाथ मिश्र, स्वामी श्री राम शर्मा, विजय दीक्षित, बंशी कौल, डॉ भानुशंकर मेहता, डॉ पुरुदधीय, हरिकृष्ण अरोड़ा, हीरालाल यादव, कृष्णा मिश्रा, कृष्ण नारायण कक्कड़ आदि।
प्रमुख राजनीतिज्ञ	राजनाथ सिंह, मायावती, अखिलेश यादव, योगी आदित्यनाथ, सतीश महाना, गोपाल स्वरुप पाठक, चौधरी चरण सिंह, चन्द्रशेखर सिंह, राम नरेश यादव, विश्वनाथ प्रताप सिंह, कल्याण सिंह, जनेश्वर मिश्र, मुलायम सिंह यादव, रामनाथ कोविन्द, सत्यपाल मलिक।
प्रमुख कलाकार	पं. रविशंकर, नौशाद अली, बाबा सहगल, अंकित तिवारी, कनिका कपूर, बिस्मिल्ला खाँ

प्रमुख खेल एवं खिलाड़ी

कुश्ती	गौरव बालियान, दिव्या काकरान, सुभाष वर्मा, अलका तोमर
बैडमिंटन	मनु अत्री, सैयद मोदी, अभिन श्याम गुप्ता
हॉकी	तुषार खाण्डेकर, दानिश मुज्तबा, ललित उपाध्याय, मेजर ध्यानचन्द, के. डी. सिंह बाबू
क्रिकेट	सुदीप त्यागी, सुदीप त्यागी, कुलदीप यादव, पूनम यादव, मेघना सिंह, भुवनेश्वर कुमार, दीप्ति शर्मा, चेतन चौहान, रमन लाम्बा, मनोज प्रभाकर, नरेन्द्र हिरवानी, ज्ञानेन्द्र पाण्डेय, निखिल चोपड़ा, मोहम्मद कैफ, आर. पी. सिंह, सुरेश रैना, प्रवीण कुमार
निशानेबाजी	सौरभ चौधरी, इमरान हसन खान, मैराज अहमद खान
मुक्केबाजी	सतीश कुमार यादव, अखिल कुमार

प्रमुख पुरस्कार

पद्म पुरस्कार के लिए चयनित उत्तर प्रदेश के प्रमुख व्यक्ति

- 25 जनवरी, 2023 को राष्ट्रपति ने गणतंत्र दिवस की पूर्व संध्या पर वर्ष 2023 के लिए देश के सर्वोच्च नागरिक पुरस्कार 'पद्म पुरस्कारों' की घोषणा की। इसमें उत्तर प्रदेश से मुलायम सिंह यादव को पद्म विभूषण जबकि प्रदेश के सात अन्य विभूतियों को पद्म श्री अवार्ड के लिए चुना गया है।

- राष्ट्रपति ने 2023 में 3 युगल मामलों सहित 106 पद्म पुरस्कारों की प्रस्तुति के लिए अपनी मंजूरी दी। इस सूची में 91 पद्म श्री पुरस्कार, 9 पद्म भूषण पुरस्कार और 6 पद्म विभूषण पुरस्कार शामिल हैं।

उत्तर प्रदेश के पद्म श्री प्राप्त प्रमुख व्यक्ति

नाम	क्षेत्र
श्री राधा चरण गुप्त	साहित्य और शिक्षा
श्री दिलशाद हुसैन	कला
श्री अरविंद कुमार	विज्ञान और इंजीनियरिंग
श्री उमा शंकर पाण्डेय	सामाजिक कार्य
श्री मनोरंजन साहू	आयुर्वेदिक सर्जरी विशेषज्ञ
श्री ऋत्विक सान्याल	कला
श्री विश्वनाथ प्रसाद तिवारी	साहित्य और शिक्षा

उत्तर प्रदेश के प्रमुख पुरस्कार

यश भारती पुरस्कार

- यश भारती पुरस्कार उत्तर प्रदेश सरकार का सर्वोच्च पुरस्कार है, जो साहित्य, समाजसेवा, चिकित्सा, फिल्म, विज्ञान, पत्रकारिता, हस्तशिल्प, संस्कृति, शिक्षण, संगीत, नाटक, खेल, उद्योग और ज्योतिष के क्षेत्र में उल्लेखनीय योगदान प्रदान करने वाले को प्रदान किया जाता है।

- इस पुरस्कार में 11 लाख रुपये, प्रशस्ति पत्र और एक शाल दिया जाता है।

- इमरान प्रतापगढ़ी को 2016 में इस पुरस्कार से नवाजा गया।

विश्व भारती पुरस्कार

- विश्व भारती पुरस्कार उत्तर प्रदेश संस्कृत संस्थान लखनऊ, भारत के द्वारा दिया जाने वाला सर्वोत्कृष्ट पुरस्कार है। यह पुरस्कार संस्कृत, पाली एवम प्राकृत भाषाओं में उल्लेखनीय योगदान के लिए दिया जाता है।

- वर्ष 2014 से इस पुरस्कार की नकद धन राशि ₹2,51,000 बढ़ाकर ₹5,01,000 कर दी गई।

संस्कृत संस्थान द्वारा विद्वानों को कुल रूपये 26.20 लाख मात्र पुरस्कार स्वरूप प्रदान किया जाता है। इनके विवरण निम्नवत् हैं-

पुरस्कार	संख्या	राशि
विश्व भारती पुरस्कार	एक	₹5,01,000
महर्षि वाल्मीकि पुरस्कार	एक	₹2,01,000
महर्षि व्यास पुरस्कार	एक	₹2,01,000
महर्षि नारद पुरस्कार	एक	₹1,01,000
विशिष्ट पुरस्कार	पाँच (प्रत्येक)	₹1,01,000
वेद पण्डित पुरस्कार	दस (प्रत्येक)	₹51,000
नामित पुरस्कार	पाँच (प्रत्येक)	₹51,000
विशेष पुरस्कार	छ: (प्रत्येक)	₹21,000
विविध पुरस्कार	बीस (प्रत्येक)	₹11,000

उत्तर प्रदेश राज्य से परमवीर चक्र के विजेता

- वीर अब्दुल हमीद
- ग्रेनेडियर योगेन्द्र सिंह
- लेफ्टिनेंट मनोज पाण्डेय
- नायक जदुनाथ सिंह

उत्तर प्रदेश राज्य से महावीर चक्र के विजेता

- कै. महेन्द्रनाथ मुल्ला
- ब्रिगेडियर मो. उस्मान
- मेजर मोहित शर्मा
- कांस्टेबल कमलेश कुमारी

उत्तर प्रदेश हिंदी संस्थान का 46वां स्थापना दिवस

उत्तर प्रदेश राज्य में हिंदी संस्थान का 46वां स्थापना दिवस 30 दिसंबर 2022 को बनाया गया था। इस दिवस में जो अवार्ड दिए गए थे, वह इस प्रकार है:

- नोएडा की साहित्यकार जयश्री पुरवार ने यात्रा वृतांत शैली में अपनी पुस्तक 'सपनों का शहर सैन फ्रांसिस्को' के लिए अज्ञेयवादी पुरस्कार जीता।

- वाराणसी के रहने वाले लेखक श्याम बिहारी श्यामल को उनके उपन्यास 'कन्या' के लिए प्रतिष्ठित प्रेमचंद पुरस्कार से सम्मानित किया गया। यह सम्मान साहित्य के क्षेत्र में उनके उल्लेखनीय योगदान का जश्न मनाता है।

- गाजियाबाद की एक प्रतिभाशाली लेखिका श्रद्धा पांडे को उनकी उल्लेखनीय बच्चों की किताब 'माँ कह एक कहानी' के लिए सम्मानित सुर पुरस्कार मिला।

- इतिहास की किताब 'सियासत का सबक' के लेखक उत्तर प्रदेश के पूर्व डीजीपी और भारतीय जनता पार्टी के सांसद बृजलाल को आचार्य नरेंद्र देव

पुरस्कार मिला।

- लखनऊ स्थित पत्रकार हरिमोहन वाजपेयी 'माधव' को उनकी पुस्तक 'क्रोनोलॉजी इन कोविड टून्स' के लिए धर्मवीर भारती सर्जना पुरस्कार से सम्मानित किया गया।

- लखनऊ में रहने वाले पत्रकार हरिमोहन बाजपेयी 'माधव' को उनकी उत्कृष्ट पुस्तक 'क्रोनोलॉजी इन कोविड टून्स' के लिए सम्मानित धर्मवीर भारती सर्जना पुरस्कार से सम्मानित किया गया।

- लखनऊ के रहने वाले एक प्रतिभाशाली लेखक रामजी भाई को कहानी संग्रह की शैली में 'अनुभव के बोल' नामक मोहक पुस्तक के लिए प्रतिष्ठित यशपाल पुरस्कार से सम्मानित किया गया।

- शंकर सिंह को उनके असाधारण कविता संग्रह 'राम धारा पर पुन: पधारो' के लिए सम्मानित श्रीधर पाठक पुरस्कार मिला।

- गाजियाबाद के प्रतिभाशाली लेखक जयवर्धन जेपी को उनकी उल्लेखनीय कृति 'कालपुरुष क्रांतिकारी वीर सावरकर' के लिए प्रतिष्ठित भारतेंदु हरिश्चंद्र नामांकित पुरस्कार से सम्मानित किया गया।

उत्तर प्रदेश हिंदी संस्थान ने वर्ष 2021 के पुरस्कारों की घोषणा की गई

साहित्य भूषण सम्मान के लिए संस्थान द्वारा 2.5 लाख रुपये की राशि दी गई है: (अगस्त 2022 में घोषणा की गई)

- हितेश कुमार शर्मा, बिजनौर
- डॉ. रघुवीर सिंह अरविंद, अलीगढ़
- डॉ. प्रीति श्रीवास्तव कबीर, लखनऊ
- किशन स्वरूप, मेरठ
- डॉ. उमाशंकर शुक्ल शीतिकांत, लखनऊ
- डॉ नताशा अरोड़ा, नोएडा
- जय प्रकाश शर्मा जनकवि प्रकाश, प्रयागराज
- डॉ. अशोक कुमार शर्मा, लखनऊ
- डॉ. दयानिधि मिश्रा, वाराणसी
- डॉ सभापति मिश्रा, प्रयागराज
- डॉ. प्रमोद कुमार अग्रवाल, झांसी
- शिवानंद सिंह सहयोगी, मेरठ
- डॉ. सुशील सरित, आगरा
- विजयशंकर मिश्र भास्कर, सुल्तानपुर
- डॉ. नीरजा माधव, वाराणसी

2.5 लाख रुपये की पुरस्कार राशि के साथ पुरस्कार

- कलाभूषण- डॉ. हृदय गुप्ता, कानपुर
- विद्या भूषण-विजय चित्तौड़, प्रयागराज
- पत्रकारिता भूषण- बलबीर पुंज, नोएडा
- डॉ. दिनेश पाठक शशि, मथुरा
- उ.प्र. मधुलिमये साहित्य सम्मान- डॉ. विक्रम सिंह, आगरा
- विधि भूषण सम्मान- सुधा अवस्थी, प्रयागराज

सोहरद्र सम्मान: (राशि 2.50 लाख रुपये)

- मुहीउद्दीन हसन सुहैल काकोरवी, लखनऊ (उर्दू)

ज्ञानपीठ पुरस्कार से सम्मानित उत्तर प्रदेश के व्यक्ति	
व्यक्ति के नाम	**जन्म - स्थान**
फिराक गोरखपुरी(1896-1982)	गोरखपुर
कुर्रतुल-ऐन-हैदर(1927-2007)	अलीगढ़
महादेवी वर्मा(1907-1987)	फर्रुखाबाद
अली सरदार जाफरी(1913-2000)	बलरामपुर
शहरयार(1936-2012)	बरेली
श्री लाल शुक्ल(1925-2011)	अतरौली (लखनऊ)
श्री अमरकान्त(1925-2014)	बलिया
सुमित्रा नंदन पंत(1900-1977)	कौसानी
सच्चिदानंद हीरानंद वात्स्यायन 'अज्ञेय(1911-1987)	कुशीनगर
नरेश मेहता(1922-2000)	वाराणसी
केदारनाथ सिंह(1934-2018)	बलिया
कुँवर नारायण(1927-2017)	फैज़ाबाद

भारत रत्न से सम्मानित उत्तर प्रदेश के व्यक्ति

- डॉ. भगवान दास: वर्ष 1955 में, दार्शनिक के लिए भारत रत्न दिया गया था।
- जवाहर लाल नेहरू: वर्ष 1955 में भारत रत्न दिया गया था।
- पुरुषोत्तम दास टण्डन: वर्ष 1961 में भारत रत्न दिया गया था।
- पं. मदन मोहन मालवीय: वर्ष 2014 में भारत रत्न से सम्मानित किया गया।
- अटल बिहारी बाजपेयी: वर्ष 2014 में भारत रत्न से सम्मानित किया गया।
- उस्ताद बिस्मिल्लाह खान: वर्ष 2001 में भारत रत्न से सम्मानित किया गया।
- पंडित रवि शंकर: वर्ष 1999 में भारत रत्न से सम्मानित किया गया।
- श्रीमती इंदिरा गाँधी: वर्ष 1971 में भारत रत्न से सम्मानित किया गया।
- लाल बहादुर शास्त्री: वर्ष 1966 में भारत रत्न से सम्मानित किया गया।

74वें गणतंत्र दिवस परेड 2023

1. उत्तराखंड (थीम -मानसखंड)
2. महाराष्ट्र (आजादी के अमृत महोत्सव और नारी शक्ति)
3. उत्तर प्रदेश (अयोध्या के दीपोत्सव)

कॉमनवेल्थ गेम्स में पदक जीतने वाले उत्तर प्रदेश के प्रमुख खिलाड़ी (14 ने प्रतिभाग किया, 8 ने पदक जीता)

1. दिव्या काकरान - कुश्ती
2. सरिता रोमित सिंह - एथलेटिक्स
3. पूनम यादव- भारोत्तोलन
4. पूर्णिमा पांडेय- भारोत्तोलन
5. रोहित यादव- एथलेटिक्स
6. विश्वनाथ यादव- ट्रायथलॉन
7. दीप्ति शर्मा- क्रिकेट
8. ललित कुमार उपाध्याय- हॉकी

रानी लक्ष्मीबाई पुरस्कार

1. वर्ष 2021 - सामान्य वर्ग: ज्योति शुक्ला (कानपुर, हैंडबाल), नेहा कश्यप (मेरठ, वुशू)
2. वर्ष 2020-21 - वेटरन वर्ग: तरुणा शर्मा (मेरठ, जूडो)

3. वर्ष 2021-22 - सामान्य वर्ग: मनीषा भाटी (गौतमबुद्धनगर, वुशु)

लक्ष्मण पुरस्कार

1. वर्ष 2020-21 - सामान्य वर्ग: मोहित यादव (लखनऊ)

2. वर्ष 2020-21 - वेटरन वर्ग: राहुल सिंह (वाराणसी, हाकी), जनार्दन सिंह (गाजीपुर, कुश्ती)

3. वर्ष 2021-22 - वेटरन वर्ग: मो. आरिफ (गोरखपुर, हाकी), राधेश्याम सिंह

(आजमगढ़, एथलेटिक्स)

4. वर्ष 2021-22 - दिव्यांगजन वर्ग: सुहास एलवाई (पैरा बैडमिंटन, लखनऊ), विवेक चिकारा (मेरठ, तीरंदाजी), दीपेंद्र सिंह (संभल शूटिंग)।

- व्यक्तिगत श्रेणी में 10 युवाओं और 6 मंगल दल श्रेणी (महिला-पुरुष) को मुख्यमंत्री राज्य स्तरीय विवेकानंद यूथ अवार्ड 2021-22 से सम्मानित किया गया। इनमें लखनऊ के अमरेंद्र कुमार व रोहित कुमार कश्यप भी शामिल हैं।

प्रमुख संस्थान एवं संगठन

उत्तर प्रदेश राज्य के महत्वपूर्ण केंद्रीय संगठन	
संगठन का नाम	**स्थान**
रेलवे का रिसर्च डिजाइंस एंड स्टैंड्स ऑर्गेनाइजेशन	लखनऊ
बीरबल साहनी पुराविज्ञान संस्थान	लखनऊ
नेशनल इंस्टीट्यूट आफ सोशल स्टडीज	लखनऊ
सुदूर संवेदन उपयोग केन्द्र	लखनऊ
इन्डस्ट्रीयल टॉक्सीलॉजिकल्स रिसर्च सेन्टर	लखनऊ
इंडियन टेक्नोलॉजिकल्स रिसर्च सेन्टर	लखनऊ
सेन्ट्रल इन्स्टीट्यूट फार सबट्रापिकल हार्टीकल्चर	लखनऊ
नेशनल बोटैनिकल गार्डेन	लखनऊ
नेशनल बोटैनिकल रिसर्च इन्स्टीट्यूट	लखनऊ
नेशनल ब्यूरो ऑफ फिश जेनेटिक रिसोर्सेस	लखनऊ
सेन्ट्रल मैंगो रिसर्च इन्स्टीट्यूट	लखनऊ
सेन्ट्रल ड्रग रिसर्च इन्स्टीट्यूट	लखनऊ
सेन्ट्रल इन्स्टीट्यूट ऑफ मेडिसिन एण्ड एरोमैटिक प्लाण्ट्स पशु जैविक औषधि संस्थान	लखनऊ
इंडियन इन्स्टीट्यूट ऑफ शुगर केन रिसर्च	लखनऊ
आयुर्वेदिक रिसर्च सेन्टर	लखनऊ
रीजनल इन्स्टीट्यूट ऑफ आफथलमोलॉजी	सीतापुर
सेंट्रल ग्रासलैण्ड एण्ड फोडर रिसर्च इन्स्टीट्यूट (चारागाह एवं चारा अनुसंधान)	झाँसी
केन्द्रीय पशु प्रजनन फार्म	लखीमपुर खीरी
सेन्ट्रल एवियन (पक्षी) रिसर्च इन्स्टीट्यूट	इज्जतनगर (बरेली)
नेशनल रिसर्च सेन्टर फार मीट	इज्जतनगर (बरेली)
इंडियन वेटिनरी रिसर्च इन्स्टीट्यूट (पशु चिकित्सा अनुसंधान संस्थान)	इज्जतनगर (बरेली)
नेशनल इंस्टीट्यूट ऑफ फैशन टेक्नोलॉजी (निफ्ट)	रायबरेली
राजीव गांधी पेट्रोलियम इंस्टीट्यूट	अमेठी
इन्दिरा गांधी राष्ट्रीय उड़ान अकादमी	रायबरेली
इंडियन इन्स्टीट्यूट ऑफ शुगर टेक्नोलॉजी	कानपुर
इंडियन इन्स्टीट्यूट ऑफ पल्सेज रिसर्च (दलहन अनुसंधान संस्थान)	कानपुर
सेन्ट्रल टेक्सटाइल्स इन्स्टीट्यूट	कानपुर
भारतीय चमड़ा रंगाई एवं जूता संस्थान	कानपुर
केन्द्रीय चर्म अनुसंधान संस्थान	कानपुर
नेशनल बायोफर्टिलाइजर डेवलपमेन्ट सेन्टर	गाजियाबाद
नॉर्दन इंडिया टेक्सटाइल रिसर्च एसोसिएशन	गाजियाबाद
खाद्य अनुसंधान एवं मानकीकरण प्रयोगशाला	गाजियाबाद
जी. बी. पंत सामाजिक विज्ञान अनुसंधान संस्थान	प्रयागराज
हरिशचन्द्र अनुसंधान संस्थान	प्रयागराज
नार्दन रिजनल इन्स्टीट्यूट ऑफ पेपर टेक्नोलॉजी	प्रयागराज
सामाजिक वानिकी एवं परि-पुनर्स्थापन केन्द्र	प्रयागराज
टी.वी. डेमोंस्ट्रेशन एण्ड ट्रेनिंग सेन्टर	आगरा
नेशनल पैरासूट ट्रेनिंग कॉलेज	आगरा

इण्डियन ग्रेन स्टोरेज मैनेजमेन्ट एण्ड रिसर्च इन्स्टीट्यूट	हापुड़
सेन्ट्रल पल्प एंड पेपर रिसर्च इंस्टीट्यूट	सहारानपुर
स्कूल ऑफ पेपर टेक्नोलॉजी	सहारानपुर
भारतीय कालीन औद्योगिक संस्थान	भदोही
केन्द्रीय कांच व सिरामिक अनुसंधान व प्रसार केन्द्र	बुलंदशहर
बॉटेनिकल गार्डन ऑफ द इण्डियन रिपब्लिक	नोएडा
राष्ट्रीय मध्यम अवधि मौसम पूर्वानुमान केंद्र	नोएडा
नेशनल क्यूलिनेरि (कुकरी) इंस्टीट्यूट	नोएडा
नेशनल इंस्टीट्यूट ऑफ कैंसर प्रिवेन्शन एवं रिसर्च	नोएडा
राष्ट्रीय आपदा मोचन बल मुख्यालय	नोएडा
वी. वी. गिरि नेशनल लेबर इंस्टीट्यूट	नोएडा
नेशनल एकेडमी ऑफ स्टैटिकल एडमिनिस्ट्रेशन	नोएडा
भारतीय हथकरघा तकनीकी संस्थान	वाराणसी
इंडियन इन्स्टीट्यूट ऑफ वेजीटेबल रिसर्च	वाराणसी
पं. दीन दयाल उपाध्याय इंस्टीट्यूट ऑफ आर्कियोलॉजी	ग्रेटर-नोएडा
केंद्रीय उच्च तिब्बती शिक्षा संस्थान	वाराणसी
सेंट्रल डिस्कवरी सेंटर	वाराणसी
राष्ट्रीय बीज अनुसंधान एवं प्रशिक्षण केन्द्र	वाराणसी

भाषा एवं बोली सम्बंधी संस्थान

संस्थान का नाम	स्थान
उत्तर प्रदेश हिन्दी संस्थान	लखनऊ (1976)
उत्तर प्रदेश संस्कृत संस्थान	लखनऊ (1976)
उत्तर प्रदेश भाषा संस्थान	लखनऊ (1994)
उत्तर प्रदेश जैन विद्या शोध संस्थान	लखनऊ (1990)
हिन्दुस्तानी अकादमी	प्रयागराज (1927)

भारती भवन पुस्तकालय	प्रयागराज (1889)
केन्द्रीय हिन्दी शिक्षण मंडल	आगरा (1961)
भोजपुरी भवन	वाराणसी (2010)
गीता प्रेस	गोरखपुर (1923)
हिंदी साहित्य सम्मेलन	प्रयागराज (1910)

उत्तर प्रदेश से जुड़े कृषि संगठन

कृषि संगठन का नाम	स्थान
उत्तर प्रदेश राज्य जैविक प्रमाणीकरण संस्थान	लखनऊ
उत्तर प्रदेश कृषि अनुसंधान परिषद	लखनऊ
उत्तर प्रदेश राज्य कृषि प्रबंध संस्थान	लखनऊ
ऊतक संवर्धन प्रयोगशाला (केले हेतु)	लखनऊ
ऊतक संवर्धन प्रयोगशाला (गन्ने हेतु)	शाहजहांपुर, कुशीनगर एवं मुजफ्फरनगर
रेशम अनुसंधान एवं विकास केन्द्र	गोण्डा, सोनभद्र एवं औरैया
राज्य पशु उत्थान (वर्ण संकर) केन्द्र	बरेली
टसर रेशम अनुसंधान एवं विकास केन्द्र	सोनभद्र
ऐरी रेशम अनुसंधान एवं विकास केन्द्र	कानपुर
वर्गीकृत (पशु) वीर्य उत्पादन केन्द्र	हापुड़
औद्योगिक प्रयोग एवं प्रशिक्षण केन्द्र	बस्ती, सहारनपुर, बसूआसागर (झांसी), खुशरुबाग (प्रयागराज), मलीहाबाद (लखनऊ)
राजकीय खाद्य प्रसंस्करण प्रौद्योगिकी संस्थान	लखनऊ
पान अनुसंधान एवं प्रशिक्षण केन्द्र	महोबा
आलू अनुसन्धान केन्द्र	बाबूगढ़, हापुड़
अति हिमीकृत वीर्य उत्पादन केन्द्र	बाबूगढ़, हापुड़
उत्तर प्रदेश राज्य बीज प्रमाणीकरण संस्थान	लखनऊ (1976)

उत्तर प्रदेश बीज विकास निगम	लखनऊ (2002)
सेन्टर फॉर सुगरकेन बायोटेक्नोलॉजी	शाहजहाँपुर
उत्तर प्रदेश गन्ना शोध परिषद	शाहजहाँपुर (1976-77)
गन्ना शोध परिषद के अधीन गन्ना शोध केन्द्र	मुजफ्फरनगर एवं गोरखपुर
गन्ना शोध परिषद के अधीन गेंदा सिंह गन्ना प्रजनन एवं अनुसंधान केन्द्र	सेवरही (कुशीनगर)
लाल बहादुर शास्त्री गन्ना किसान (विकास) संस्थान	लखनऊ (1975)
अंतर्राष्ट्रीय धान अनुसंधान केन्द्र (फिलीपीन्स की शाखा)	वाराणसी

अन्य प्रमुख राजकीय एवं केन्द्रीय चिकित्सा संस्थान

संस्थान का नाम	स्थान
लक्ष्मीपति सिंहानिया हृदय रोग संस्थान (1975)	कानपुर
नर्सिंग कालेज (1972)	कानपुर
जे. के. कैंसर संस्थान (1955)	कानपुर
कल्याण सिंह कैंसर संस्थान	सीजी सिटी, लखनऊ
महामना पं. मदन मोहन मालवीय कैंसर सेन्टर	बीएचयू वाराणसी
होमी भाभा कैंसर हास्पिटल	लहरतारा, वाराणसी
मानसिक चिकित्सा संस्थान	आगरा, वाराणसी एवं बरेली
मस्तिष्क ज्वर उन्मूलन शोध केन्द्र	गोरखपुर
ऑल इंडिया इंस्टीट्यूट ऑफ यूनानी मेडिसिन (देश में 1)	गाजियाबाद (घोषित)
डॉ. डी.पी. रस्तोगी केन्द्रीय होम्योपैथिक अनुसंधान संस्थान	नोएडा
राज्य सरकार का प्रथम कृत्रिम अंग निर्माणशाला	लिंब सेंटर, केजीएमयू लखनऊ
राज्य सरकार का द्वितीय कृत्रिम अंग निर्माणशाला	डॉ. शकुन्तला देवी मिश्रा विश्व विद्यालय, लखनऊ
राज्य सरकार का तृतीय कृत्रिम अंग निर्माणशाला	लोहिया आयुर्विज्ञान संस्थान, लखनऊ
राज्य सरकार का चतुर्थ कृत्रिम अंग निर्माणशाला	दिव्यांग पुनर्वास केन्द्र, प्रयागराज
एम्स (जनवरी, 2022 से संचालित)	गोरखपुर
मेदान्ता-अवध सुपर स्पेशियलिटी अस्पताल (नव. 2019 से संचालित, निजी क्षेत्र)	लखनऊ
एम्स	रायबरेली (निर्माणाधीन)

उच्चस्तरीय राजकीय स्वायत्त चिकित्सा संस्थान (एल्लोपैथिक)

चिकित्सा संस्थान के नाम	स्थान
संजय गांधी स्नातकोत्तर आयुर्विज्ञान संस्थान (1983)	लखनऊ
सेन्टर ऑफ बायोमेडिकल मैग्नेटिक रेजोनेन्स (2001)	लखनऊ
डॉ. राममनोहर लोहिया इंस्टीट्यूट ऑफ मेडिकल साइन्सेज (2006)	लखनऊ
सुपर स्पेशियलिटी बाल चिकित्सालय व पीजी शिक्षण संस्थान (2013)	नोएडा
राजकीय आयुर्विज्ञान चिकित्सा संस्थान (2013)	ग्रेटर नोएडा

अन्य प्रमुख राजकीय व केन्द्रीय तकनीकी संस्थान

राजकीय एवं केन्द्रीय तकनीकी संस्थान के नाम	स्थान
इंस्टीट्यूट ऑफ इंजीनियरिंग एण्ड टेक्नोलॉजी	लखनऊ
लखनऊ कॉलेज ऑफ आर्किटेक्ट	लखनऊ
उत्तर प्रदेश वस्त्र प्रौद्योगिकी संस्थान	कानपुर
डॉ. अम्बेडकर इन्स्टीट्यूट ऑफ टेक्नोलॉजी फार हैंडीकैप्ड	कानपुर
श्रीकांशीराम इंस्टीट्यूट ऑफ टेक्नोलॉजी	लखनऊ
बुन्देलखण्ड अभियांत्रिकी एवं प्रौद्योगिकी संस्थान	झांसी
कमला नेहरू इंस्टीट्यूट ऑफ टेक्नोलॉजी	सुल्तानपुर
मोतीलाल नेहरू राष्ट्रीय प्रौद्योगिकी संस्थान	प्रयागराज
भारतीय सूचना प्रौद्योगिकी संस्थान (आईआईआईटी) (राज्य का I)	प्रयागराज
भारतीय सूचना प्रौद्योगिकी संस्थान (आईआईआईटी) (राज्य का II)	लखनऊ (निर्माणाधीन)
भारतीय प्रौद्योगिकी संस्थान (आईआईटी)	कानपुर
भारतीय प्रौद्योगिकी संस्थान (आईआईटी)	बीएचयू वाराणसी

उत्तर प्रदेश राज्य स्तरीय अन्य प्रमुख संस्थान/संगठन	
उत्तर प्रदेश राज्य स्तरीय अन्य प्रमुख संस्थान/संगठन के नाम	**स्थान**
उत्तर प्रदेश लोक सेवा आयोग	प्रयागराज (1937)
उत्तर प्रदेश उच्चतर शिक्षा सेवा आयोग	प्रयागराज (1980)
माध्यमिक शिक्षा सेवा चयन बोर्ड	प्रयागराज (1982)
यू.पी. एस.एस.एस.सी.	लखनऊ (2014)
उत्तर प्रदेश एकेडमी ऑफ सांइसेज (उपास)	लखनऊ (1983)
उत्तर प्रदेश प्रशासन एवं प्रबन्धन अकादमी	लखनऊ (2003)
डॉ. अम्बेडकर उत्तर प्रदेश पुलिस अकादमी	मुरादाबाद
न्यायिक प्रशिक्षण एवं अनुसंधान संस्थान	लखनऊ
इन्स्टीट्यूट ऑफ फोरेंसिस साइंस	लखनऊ (निर्माणाधीन)
आरएएफ एकेडमी ऑफ पब्लिक आर्डर	मेरठ (2013)
पंचायतीराज इंस्टीट्यूट ऑफ ट्रेनिंग (प्रिट)	लखनऊ
मा. कांशीराम पर्यटन प्रबन्धन संस्थान	लखनऊ
राज्य आपदा प्रबन्धन प्राधिकरण	लखनऊ (2005)
राज्य अक्षय ऊर्जा शोध एवं प्रशिक्षण केन्द्र	लखनऊ
साइंटिफिक कंवेशन सेन्टर	लखनऊ
चौ. चरणसिंह बाढ़ शोध केन्द्र	मेरठ (निर्माणाधीन)
राजा टोडरमल सर्वे एवं भूलेख प्रशिक्षण संस्थान	हरदोई
वन अनुसंधान संस्थान,	कानपुर
दीनदयाल उपाध्याय राज्य ग्राम्य विकास संस्थान,	बक्शीतालाब, लखनऊ (1982)
राज्य नियोजन प्रशिक्षण संस्थान,	लखनऊ
क्षेत्रीय ग्राम्य विकास संस्थान,	गोरखपुर व झांसी
ब्रेल प्रेस (दृष्टिबाधित छात्र/छात्राओं के लिए पुस्तकें छापने हेतु)	लखनऊ
राजकीय मुद्रणालय	प्रयागराज (I), लखीमपुर खीरी, रामपुर एवं वाराणसी

उत्तर प्रदेश में संगीत संस्थान	
उत्तर प्रदेश में संगीत संस्थान के नाम	**स्थान**
प्रयाग संगीत सम्मेलन	प्रयागराज (1926)
प्रयाग संगीत समिति	प्रयागराज (1926)
निराला आर्ट गैलरी	प्रयागराज
पं. विष्णु दिगम्बर एकेडमी ऑफ म्यूजिक	प्रयागराज (1928)
इन्दिरा गांधी राष्ट्रीय कला केन्द्र (क्षेत्रीय इकाई)	वाराणसी (1987)
भारतीय (राष्ट्रीय) लोक कला परिषद	वाराणसी (1920)
राष्ट्रीय नाट्य विद्यालय का उपकेन्द्र	वाराणसी (2018)
राष्ट्रीय संगीत नाटक अकादमी का उपकेन्द्र	वाराणसी (प्रस्तावित)
अयोध्या शोध संस्थान (तुलसी स्मारक भवन में)	अयोध्या (1986)
अंतर्राष्ट्रीय रामलीला केन्द्र	अयोध्या
हरिऔध कला केन्द्र भवन	आजमगढ़
जनजाति एवं लोक कला संस्कृति संस्थान	लखनऊ (1996)
राजकीय वास्तु कला विद्यालय	लखनऊ
कला एवं शिल्प महाविद्यालय	लखनऊ (1911)
भातखण्डे संगीत संस्थान (अक्टूबर 2000 से डीम्ड-विश्वविद्याल)	लखनऊ (1926)
राज्य ललित कला अकादमी	लखनऊ (1962)
उ०प्र० संगीत नाट्य अकादमी	लखनऊ (1963)
रवीन्द्रालय नाट्य केन्द्र	लखनऊ (1964)
भारतेन्दु नाट्य अकादमी	लखनऊ (1975)
राष्ट्रीय कथक संस्थान	लखनऊ (1988-89)
उत्तर प्रदेश फिल्म, टेलीविजन एवं लिबरल आर्ट्स इंस्टीट्यूट	लखनऊ (2016)
राष्ट्रीय सांस्कृतिक संपदा संरक्षण अनुसंधानशाला	लखनऊ

प्रमुख खेल स्टेडियम	
प्रमुख खेल स्टेडियम के नाम	**स्थान**
उत्तर प्रदेश का पहला अन्तर्राष्ट्रीय क्रिकेट स्टेडियम (ग्रीन पार्क स्टेडियम)	कानपुर
भारत रत्न श्री अटल बिहारी वाजपेयी इकाना क्रिकेट स्टेडियम	लखनऊ
प्रदेश का तीसरा अन्तर्राष्ट्रीय क्रिकेट स्टेडियम (निर्माणाधीन)	गाजियाबाद
अंतर्राष्ट्रीय स्तर का बैडमिंटन, स्क्वॉश एवं जिमनेजियम स्टेडियम	अमिताभ स्पोर्ट कॉप्लेक्स, प्रयागराज
बुद्ध इंटरनेशनल सर्किट (देश का एक मात्र फार्मूला-1 रेस स्थल)	ग्रेटर नोएडा

चंद्रो तोमर (शूटिंग दादी) शूटिंगरेंज	नोएडा
मो. शाहिद सिंथेटिक हॉकी स्टेडियम	लखनऊ
निःशक्तजन हेतु विशिष्ट स्टेडियम	लखनऊ
मास्टर चंदगी राम स्पोर्ट्स काम्पलेक्स	सैफई (इटावा)
अमिताभ बच्चन स्पोर्ट्स काम्पलेक्स	प्रयागराज
डॉ. भीमराव अम्बेडकर स्पोर्ट्स काम्पलेक्स	अमेठी
नवाब जुल्फिकार अली एस्ट्रोटर्फ	रामपुर
डॉ. अम्बेडकर एस्ट्रोटर्फ	लालापुर (वाराणसी)

प्रमुख औद्योगिक नगर एवं पार्क

प्रमुख औद्योगिक/व्यापारिक संस्थान	स्थिति
राजकीय चर्म संस्थान	कानपुर
कृषि संयंत्र प्रशिक्षण केन्द्र	मऊरानीपुर, (झांसी)
राजकीय चीनी मिट्टी पात्र विकास केन्द्र	चुना (मिर्जा.) व खुर्जा (बुलन्द.)
डिजाइन डेवलपमेन्ट एंड ट्रेनिंग सेन्टर फॉर जरी जरदोजी	बरेली
कॉमन फैसिलिटी सेंटर फॉर वुड ट्रेनिंग एंड प्रोडक्ट डेवलपमेंट	बरेली
कांच उद्योग विकास केन्द्र	फिरोजाबाद
फूड क्राफ्ट इंस्टीट्यूट (पर्यटन हेतु)	अलीगढ़
उ.प्र. हस्तशिल्प विकास एवं विपणन निगम लि.	लखनऊ
दीन दयाल हस्तकला शंकुल	बड़ा लालपुर, वाराणसी (सित. 2017)
उ.प्र. माटी कला बोर्ड (ग्रामोद्योग विभाग)	लखनऊ (जुला. 2018)
उ.प्र. उद्यमिता विकास संस्थान	लखनऊ (1986)
उ० प्र० निर्यात निगम	लखनऊ
ट्रेड फैसिलिटी सेंटर (टीएफसी)	बड़ा लालपुर, वाराणसी
वेस्टर्न यूपी चैम्बर ऑफ कामर्स एण्ड इण्डस्टीज	मेरठ (1945)
इस्टर्न यूपी चैम्बर ऑफ कामर्स एण्ड इण्डस्टीज	प्रयागराज (1958)

सेन्ट्रल यूपी चैम्बर ऑफ कामर्स एण्ड इण्डस्टीज	बरेली (1964)
उ.प्र. राज्य औद्योगिक विकास प्राधिकरण (यूपीसीडा)	कानपुर (2001)
उ.प्र. राज्य औद्योगिक विकास निगम लि. (2018 से यूपीसीडा में मर्ज)	कानपुर (1961)
उ.प्र. एक्सप्रेसवेज औद्योगिक विकास प्राधिकरण (यूपीडा)	लखनऊ (2007)
उ.प्र वित्त निगम (यूपीएफसी)	कानपुर (1954)
प्रादेशिक औद्योगिक व पूंजी निवेश निगम (पिकप)	लखनऊ (1972)
उ.प्र. औद्योगिक सहकारी संघ (यूपिका)	कानपुर (1952)
उ.प्र. लघु उद्योग निगम लिमिटेड	कानपुर (1958)
उ.प्र. निर्यात निगम लिमिटेड	लखनऊ (1966)
उद्यमिता विकास संस्थान	लखनऊ (1986)
राज्य चर्म विकास एवं विपणन लिमिटेड	आगरा (1974)
उ.प्र. इलेक्ट्रानिक्स निगम लिमिटेड	लखनऊ (1974)
उ.प्र. निर्यात संवर्धन परिषद	लखनऊ (1954)
यूपी इंस्टीट्यूट ऑफ डिजाइन	लखनऊ
राजकीय खाद्य प्रसंस्करण प्रौद्योगिकी संस्थान	लखनऊ (1949)
फ्रगनेस एंड फ्लेवर डवलपमेंट सेन्टर (सुगन्ध एवं सुरस विकास केन्द्र)	कन्नौज
उ.प्र. वस्त्र प्रौद्योगिकी संस्थान	कानपुर

विशेष स्थल, पार्क, सिटी व केन्द्र	
लोहिया पार्क	लखनऊ
लोहिया पर्यावरणीय उद्यान/पार्क	कन्नौज, इटावा, गाजी., जौन., गोरख.
श्री कांशीराम स्मारक स्थल व स्मृति उपवन	आशियाना, लखनऊ
श्री कांशीराम यादगार विश्राम स्थल	लखनऊ
श्री कांशीराम ग्रीन (ईको) पार्क	लखनऊ
डॉ. भीमराव बहुजन नायक पार्क	लखनऊ
डॉ. अम्बेडकर समतामूलक चौक	लखनऊ
डॉ. भीमराव अम्बेडकर सामाजिक परिवर्तन द्वार, गैलरी, स्मारक, संग्रहालय, विहार व प्रतीक स्थल	गोमती नगर, लखनऊ
जयप्रकाश नारायण अंतर्राष्ट्रीय सम्मेलन केन्द्र	गोमती नगर, लखनऊ
इंदिरागांधी प्रतिष्ठान	गोमती नगर, लखनऊ
लोकभवन (नया मुख्यमंत्री कार्यालय अक्टू 2016 से)	लखनऊ
शान-ए-अवध संकुल	लखनऊ
बुद्ध विहार शांति व स्मृति उपवन	बिजनौर रोड, लखनऊ
बुद्धा थीम पार्क	सारनाथ (वाराणसी)
रमाबाई अम्बेडकर मैदान	लखनऊ
राष्ट्रीय दलित प्रेरणा स्थल	नोएडा, गौ.बु.न.
जनेश्वर मिश्र पार्क (एशिया का सबसे बड़ा)	गोमती नगर लखनऊ
प्रदेश की पहली मॉडल सिटी (329 हेक्टे. क्षे. में प्रस्तावित)	नई काशी, वाराणसी
क्वीन हो मेमोरियल पार्क	अयोध्याधाम (निर्माणाधीन)
धर्म चक्र प्रवर्तन मुद्रा में विश्व की सबसे ऊँची बुद्ध प्रतिमा	सारनाथ (70 फीट)
इस्कान द्वारा विश्व का सबसे ऊंचा (70 मंजिल) चंद्रोदय मंदिर	वृंदावन (निर्माणा)
अयोध्या में पौराणिक गरिमा से युक्त प्रस्तावित उपनगर	नव्य/भव्य अयोध्या
विश्व की सबसे ऊंची (251 मी.) श्रीराम जी की प्रतिमा प्रस्तावित है	अयोध्या में
वैदिक साइंस सेंटर	बीएचयू वाराणसी (निर्माणाधीन)
गीता शोध संस्थान	मथुरा
आचार्य नरेन्द्र देव स्मृति पार्क (वानिकी की जानकारी हेतु)	सीतापुर
रीजनल साइंस सिटी (देश की तीसरी)	लखनऊ
राज्य का पहला साइंस पार्क	गाजियाबाद
राज्य का दूसरा साइंस पार्क	गोरखपुर (निर्माणाधीन)
साइंस पार्क एंड म्यूजियम	यीडा क्षेत्र, प्रे. नोएडा (प्रस्तावित)
इंडिया एक्सपो मार्ट एंड सेंटर	ग्रेटर नोएडा
एग्रो प्रोसेसिंग जोन (कृषि पार्क)	लखनऊ, वाराणसी, हापुड व सहारनपुर
एग्रो पार्क	लखनऊ (बाराबंकी के निकट) व वाराणसी
केन्द्र द्वारा मेगा फूड पार्क	बहेड़ी (बरेली) (प्रस्तावित)
बल्क ड्ग पार्क	ललितपुर (प्रस्तावित)
मेडी सिटी के रूप में विकासाधीन	चकगंजरिया, लखनऊ
नालेज पार्क (50 से अधिक शिक्षण संस्थान)	ग्रेटर नोएडा
लेदर टेक्नोलाजी पार्क	कानपुर के निकट बंथरा (उन्नाव)
लेदर पार्क	आगरा (निर्माण.)
मेगा लेदर क्लस्टर व मेगा लेदर पार्क (प्रस्तावित)	रमईपुर (कानपुर न.)
निर्यात संबर्द्धन औद्योगिक पार्क	ग्रेटर नोएडा व आगरा में
एप्पैरल पार्क	ट्रोनिका सिटी, गाजियाबाद
टेक्सटाइल एवं होजरी पार्क	रूमा, कानपुर
टेक्सटाइल पार्क	वाराणसी
प्लास्टिक सिटी/पार्क	दिबियापुर (औरैया) व कानपुर (प्रस्तावित)
राज्य का प्रथम डेटा सेन्टर पार्क	यीडा सेक्टर- 28
इलेक्ट्रिक व्हीकल सिटी (100 एकड़ क्षेत्र में)	यीडा सेक्टर- 28 (विकासाधीन)
इलेक्ट्रानिक सिटी	ग्रेटर नोएडा (विकासाधीन)
इंटरनेशनल टाय सिटी/पार्क (खिलौना नगर)	यीडा सेक्टर- 33 (विकासाधीन)
प्लास्टिक प्रोसेसिंग पार्क	यीडा सेक्टर-10 (प्रस्तावित)
प्लास्टिक पार्क	गीडा, गोरखपुर (प्रस्तावित)

वेब सिटी	गजियाबाद	केन्द्र व राज्य के सहयोग से विकासाधीन स्मार्ट सिटी	10 (लखनऊ, कानपुर, प्रयाग., मुरादा., वाराण., आगरा, सहारन, बरेली, झांसी व अलीगढ़)
नोएडा, ग्रे. नोएडा व यीडा संयुक्त रूप से विकासाधीन	ग्लोबल सिटी के रूप में	राज्य द्वारा अपने संसाधनों से विकासाधीन स्मार्ट सिटी	7 (गोरखपुर, शाहजहांपुर, गाजियाबाद, मेरठ, फिरोजाबाद, अयोध्या व मथुरा वृंदावन)
रक्षा औद्योगिक गलियारा के तहत सम्मिलित जिले	झांसी, चित्रकूट, आगरा, अलीगढ़, कानपुर व लखनऊ	केन्द्र द्वारा सेटेलाइट टाउन के रूप में चयनित	पिलखुवा (हापुड़)
राज्य में स्थापनाधीन राजकीय सूचना प्रौद्योगिकी पार्क	सी.जी. सिटी- लखनऊ, आगरा, कानपुर, गोरखपुर, मेरठ, बरेली व वाराणसी	राज्य का प्रथम हाईटेक टाऊन (निजी क्षेत्र द्वारा विकसित)	सुशान्त गोल्फ सिटी, लखनऊ
राज्य में विकासाधीन आईटी सिटी	सीजी सिटी, लखनऊ	एशिया का प्रथम डीएनए बैंक	लखनऊ (बायोटेक पार्क में)
राज्य में क्रियाशील सूचना प्रौ. पार्क/आईटी सिटी	नोएडा-ग्रेटर नोएडा	वन्य जीवों का डीएनए बैंक	भारतीय पशु चिकित्सा अनुसंधान संस्थान, बरेली में
राज्य में केंद्र सरकार द्वारा स्थापित साफ्टवेयर टेक्नोलॉजी पार्क ऑफ इंडिया	नोएडा, कानपुर, लखनऊ व प्रयागराज	वर्तमान में प्रदेश में कुल साइबर क्राइम थाने	18 (लखनऊ, नोएडा, बरेली, मुरादाबाद, सहारनपुर, आगरा, अलीगढ़, कानपुर, झांसी, प्रयाग, चित्रकूट, गोरखपुर, देवीपाटन, बस्ती, वाराणसी, आजमगढ़, मिर्जापुर, व अयोध्या)
राज्य में केन्द्र द्वारा निर्माणाधीन साफ्टवेयर टेक्नोलॉजी पार्क ऑफ इंडिया	आगरा, गोरखपुर, वाराणसी, बरेली व मेरठ		
राज्य का प्रथम जैव प्रौद्योगिकी पार्क	बक्शी तालाब, लखनऊ	उ.प्र. स्टेट इंस्टीट्यूट ऑफ फोरेंसिक साइंस	लखनऊ (निर्माणाधीन)
राज्य का दूसरा जैव प्रौद्योगिकी पार्क	ग्रेटर नोएडा (निर्माणाधीन)	लगभग 150 करोड़ वर्ष पूर्व के जीवाश्मों वाला पार्क	फासिल्स पार्क, सलखन (सोनभद्र)
वर्तमान में प्रदेश में कुल शिल्प सेवा केन्द्र हैं	5 (वाराण; लख; सहार; बरेली व आगरा)	देश का पहला राजनीतिक प्रशिक्षण केन्द्र (निर्वाचित प्रतिनिधियों के प्रशिक्षण हेतु	गाजियाबाद
प्रदेश का 6वां शिल्प सेवा केन्द्र प्रस्तावित है	प्रयागराज में	हजहाउस	लखनऊ, गाजियाबाद व वाराणसी
ताज शिल्प ग्राम व शिल्प हाट	आगरा	कैलास मानसरोवर भवन (केवल मानसरोवर यात्रियों हेतु)	गाजियाबाद
अवध शिल्प ग्राम व मेगा शिल्पहाट	शहीद पथ, लखनऊ	भारत व जापान द्वारा संयुक्त रूप से स्थापित रुद्राक्ष सम्मेलन केन्द्र	वाराणसी (जुलाई 2021)
प्रयाग शिल्पहाट	उ. प्र. सांस्कृतिक केन्द्र, प्रयागराज		
उत्तर भारत का सबसे बड़ा शापिंग मार्केट	लुलु माल, लखनऊ		

एक जिला एक उत्पाद एवं जीआई टैग

एक जिला, एक उत्पाद योजना

- 'एक जिला, एक उत्पाद' (ODOP) की अवधारणा मूल रूप से जापान सरकार दारा 1979 में प्रारंभ की गई थी। इसके उपरांत इस योजना को थाईलैंड सरकार द्वारा भी प्रचारित-प्रसारित किया गया। इसके अतिरिक्त इस तरह की योजना का मॉडल इंडोनेशिया, फिलीपींस, मलेशिया और चीन द्वारा भी अपनाया गया।
- जनवरी, 2018 को 'उत्तर प्रदेश दिवस' के अवसर पर सरकार द्वारा ODOP योजना का शुभारंभ किया गया।
- उत्तर प्रदेश में जिलों के छोटे, मध्यम और परंपरागत उद्योगों को बढ़ावा देने और स्वरोजगार को प्रोत्साहित करने के उद्देश्य से ODOP योजना का शुभारंभ किया गया है।
- ODOP योजनांतर्गत प्रदेश के प्रत्येक जनपद से एक उत्पाद विशेष का चिन्हांकन संबंधित उत्पाद की विशिष्टता, विपणन सामर्थ्य, विकास संभाव्यता तथा रोजगार सृजनशीलता के आधार पर किया जाएगा।
- योजना के अंतर्गत स्थापित होने वाली इकाइयों के लिये वित्त पोषण केंद्र एव राज्य सरकार द्वारा संचालित विभिन्न योजनाओं जैसे- 'मुद्रा योजना', 'स्टार्ट अप इंडिया', 'स्टैंड अप इंडिया', 'प्रधानमंत्री रोजगार सृजन कार्यक्रम', 'मुख्यमंत्री रोजगार योजना' आदि से कराया जाएगा।

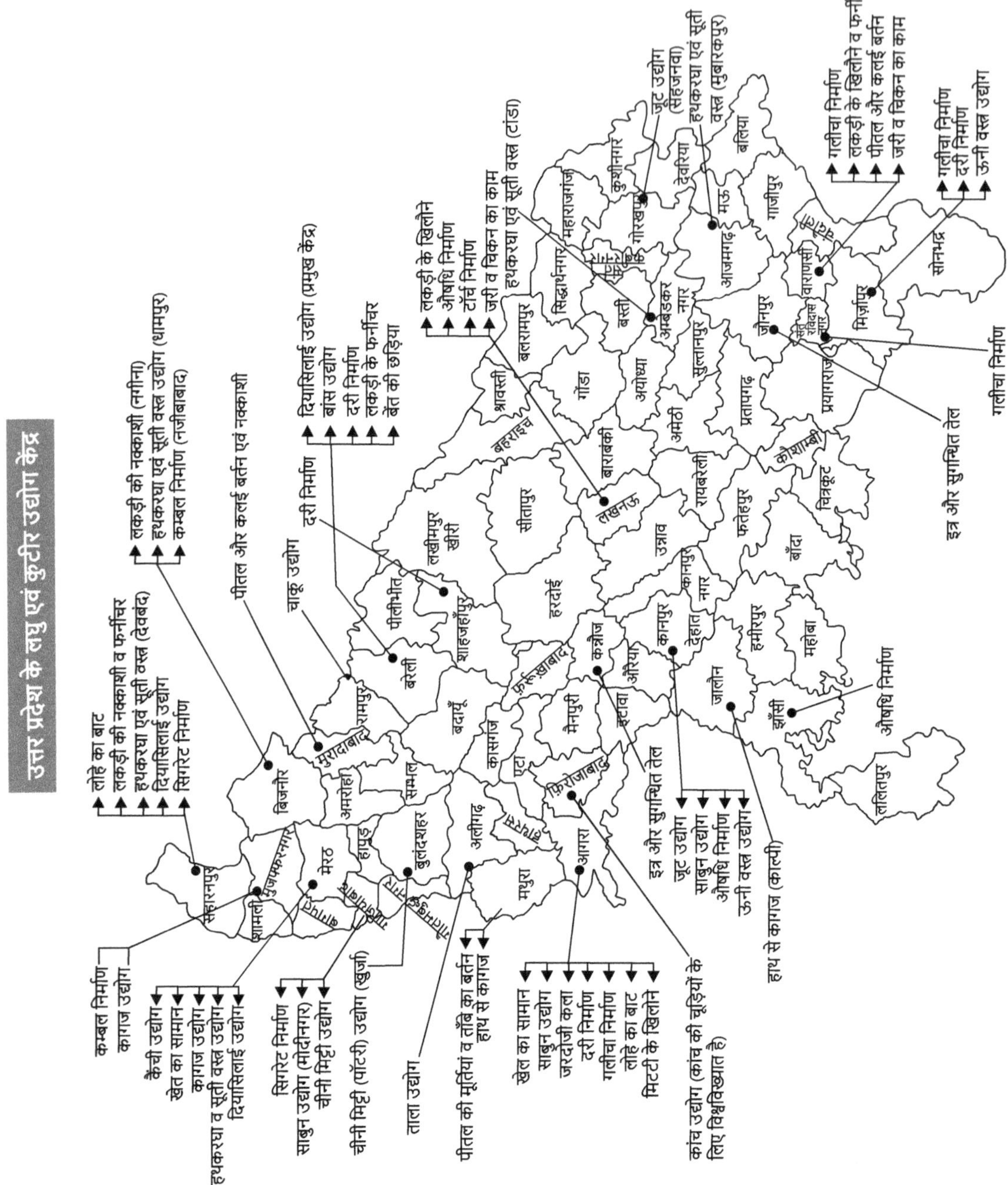

जीआई टैग

- GI का पूरा मतलब Geographical Indication यानी भौगोलिक संकेत (जीआई टैग) एक प्रतीक है, जो मुख्य रूप से किसी उत्पाद को उसके मूल क्षेत्र से जोड़ने के लिए दिया जाता है। जीआई टैग उत्पाद की विशेषता बताता है।

- यह उन उत्पादों को ही दिया जाता है, जो अपने क्षेत्र की विशेषता रखते हों, या सिर्फ उसी क्षेत्र में पैदा होते हों या बनाए जाते हों।

  - अंतरराष्ट्रीय स्तर पर जीआई का विनियमन विश्व व्यापार संगठन (WTO) के बौद्धिक संपदा अधिकारों के व्यापार संबंधी आयामों (TRIPS) पर समझौते के तहत किया जाता है।

  - वहीं राष्ट्रीय स्तर पर यह कार्य "वस्तुओं का भौगोलिक सूचक (पंजीकरण और संरक्षण) अधिनियम, 1999 के तहत किया जाता है।

  - वर्ष 2004 में दार्जिलिंग चाय GI टैग प्राप्त करने वाला पहला भारतीय उत्पाद है।

उत्तर प्रदेश के जीआई टैग	
उत्पाद का नाम	**सम्बंधित क्षेत्र**
इलाहाबाद सुरखा	कृषि
लखनऊ चिकन शिल्प	हस्तशिल्प
मलीहाबादी दशहरी आम	कृषि
बनारस जरी वस्त्र एवं साड़ी	हस्तशिल्प
बनारस जरी वस्त्र एवं साड़ी	हस्तशिल्प
भदोही हस्तनिर्मित कालीन	हस्तशिल्प

आगरा दरी	हस्तशिल्प
फर्रुखाबाद प्रिंट	हस्तशिल्प
लखनऊ जरदोजी	हस्तशिल्प
काला नमक चावल (सिद्धार्थनगर)	कृषि
फिरोजाबाद कांच	हस्तशिल्प
कन्नौज इत्र	निर्माण
कानपुर जीनसाज़ी (सैडलरी)	निर्माण
मुरादाबाद धातु शिल्प	हस्तशिल्प
सहारनपुर काष्ठ कला	हस्तशिल्प
मिर्जापुर के हस्तनिर्मित कालीन	हस्तशिल्प
बनारस के हस्तनिर्मित कालीन	हस्तशिल्प
आगरा पेठा	मिष्ठान
मथुरा पेड़ा	मिष्ठान
निजामाबाद काली मिट्टी के बर्तन	हस्तशिल्प
वाराणसी लकड़ी के लाह के बर्तन तथा हस्तशिल्प खिलौने	हस्तशिल्प
मेरठ की कैंची	निर्माण
खुर्जा के मिट्टी के बर्तन	हस्तशिल्प
बनारस गुलाबी मीनाकारी शिल्प	हस्तशिल्प
मिर्जापुर हस्तनिर्मित दरी	हस्तशिल्प
बासमती	कृषि
बनारस मेटल रिपोज क्राफ्ट	हस्तशिल्प
वाराणसी के कांच के मन के (ग्लास बीड्स)	हस्तशिल्प
गाजीपुर वॉल हैंगिंग	हस्तशिल्प
वाराणसी सॉफ्ट स्टोन जाली वर्क	हस्तशिल्प
चुनार बलुआ पत्थर	हस्तशिल्प
गोरखपुर टेराकोटा	हस्तशिल्प
बनारसी पान	कृषि
बनारसी लंगड़ा आम	कृषि
रामनगर बैंगन	कृषि
मुजफ्फरनगर गुड़	कृषि
अलीगढ़ ताला	हस्तशिल्प
बखिरा पीतल के बर्तन (संत कबीर नगर)	हस्तशिल्प
बांदा शजर पत्थर शिल्प	हस्तशिल्प
नगीनालकड़ी शिल्प (बिजनौर)	हस्तशिल्प
प्रतापगढ़ आंवला	कृषि
हाथरस हींग	खाद्य पदार्थ
आदम चीनी चावल (चंदौली)	कृषि
मैनपुरी तारकाशी	शिल्प
महोबा गौरा पत्थर	शिल्प
संभल सींग शिल्प	शिल्प

- जियोग्राफिकल इंडिकेशन (जीआई) हासिल करने के मामले में उत्तर प्रदेश 48 उत्पादों के साथ देश में दूसरे स्थान पर पहुंच गया है।(17 मई 2023 तक की जानकारी के अनुसार)
- प्रदेश के 48 जीआई उत्पाद में से 36 उत्पाद हस्तशिल्प श्रेणी से सम्बंधित हैं। वाराणसी क्षेत्र में, कुल 23 उत्पाद में से 18 उत्पाद हस्तशिल्प श्रेणी के हैं।

उत्तर प्रदेश के GI टैग प्राप्तकर्ता सात ODOP

1. नगीना काष्ठ कटाई

- नगीना बिजनौर जिले का एक कस्बा है जो काष्ठ कला के लिए अत्यंत प्रसिद्ध है।
- यहाँ लकड़ी पर नक्काशी की उत्कृष्टता के कारण इस जनपद का नाम अंतरराष्ट्रीय स्तर पर "वुड क्राफ्ट सिटी" हो गया है।
- आज भी, यहाँ कारीगर पारंपरिक रूप से लकड़ी का उपयोग करता है और इससे अनेक सुंदर और आकर्षक वस्तुएं बनाता हैं।

2. मुजफ्फरनगर गुड़

- योगी सरकार ने गुड़ के कारोबार की वजह से मुजफ्फरनगर जिले को अपनी सबसे महत्वाकांक्षी योजना 'एक जिला एक उत्पाद' (ODOP) में शामिल किया है।
- पूरे मुजफ्फरनगर में गुड़ तैयार किया जाता है यद्यपि जिले में एक स्थान ऐसा भी जहां पर सबसे अधिक गुड़ का काम होता है।
- मुजफ्फरनगर का नुनाखेड़ा गांव गुड़ बनाने का प्रमुख केंद्र है। इस गांव में 50 अधिक गुड़ बनाने के लिए कोल्हू लगे हुए हैं।
- मुजफ्फरनगर में पिछले 50 वर्षों से पारंपरिक गुड़ बनाया जाता है।

3. अलीगढ़ ताला

- अलीगढ़ को तालों के शहर के रूप में जाना जाता है।
- यहां वर्ष 1990 में छोटे स्तर पर तालों का उत्पादन शुरू हुआ था।
- अलीगढ़ शहर में बनाए गए ताले देशभर में व्यापक रूप से प्रसिद्ध है।
- यहाँ पैड लॉक, दरवाज़े के ताले, मल्टीपल कम्पोनेंट ताले, साइकिल के ताले और बहुउद्देशीय ताले इस शहर में बनाये जाते है।
- ताले और हार्डवेयर निर्माण अलीगढ़ में घरेलू उद्योग के रूप में विकसित हैं।

4. हाथरस हींग

- हाथरस 100 वर्षों से हींग का बड़ा उत्पादक रहा है।
- कच्चा हींग प्रमुख रूप से अफगानिस्तान, ताजिकिस्तान एवं उज़्बेकिस्तान जैसे देशों से आयात किया जाता है।
- हींग बतौर उत्पाद भारतीय परिवारों में नित्य उपयोग उत्पाद के तौर पर अपनी औषधीय गुणवत्ता के कारण सदियों से इस्तेमाल किया जाता रहा है।

5. बखिरा पीतल बर्तन

- संत कबीर नगर का बखिरा पीतल बर्तन शिल्प एक प्राचीन शिल्प है।
- इस शिल्प में कुशल कारीगर विभिन्न प्रकार के कटोरे, प्लेट, ग्लास, बर्तन, जग, फूलदान, घंटी आदि बनाते हैं। यहाँ निर्मित ब्रास हस्तशिल्प उत्पाद वैश्विक रूप से प्रसिद्ध हैं।
- इन अद्वितीय और सुंदर उत्पादों को सिर्फ राष्ट्रीय बाजार में ही नहीं वरन् अंतर्राष्ट्रीय बाजार में भी ख्याति प्राप्त है।

6. प्रतापगढ़ आंवला

- प्रतापगढ़ आंवला की वैश्विक पहचान है।
- प्रतापगढ़ जिले में अमरूद और आम की खेती भी की जाती है।
- प्रतापगढ़ में कई खाद्य प्रसंस्करण इकाइयां हैं जो मुरब्बा आचार, जैम, जेली, जूस, आमला, पाउडर और बहुत से उत्पादों का निर्माण करती है।

7. शजर स्टोन कला बांदा

- शजर स्टोन कला बांदा जिले से संबंधित है।
- शजर स्टोन केन नदी से प्राप्त होता है।
- इस पत्थर से आभूषण और अन्य सजावटी सामान बनाए जाते हैं।

कल्याणकारी योजनाएँ / परियोजनाएँ

क्रम संख्या	कल्याणकारी योजनाएँ / परियोजनाएँ का नाम	योजना लागू होने की तारीख
1.	पूर्वांचल विकास निधि योजना	1990 – 91 वर्ष में
2.	बुंदेलखंड विकास निधि योजना	1998 – 99 वर्ष में
3.	सीमावर्ती क्षेत्र विकास निधि योजना	1998 – 99 वर्ष में
4.	पंचायत मित्र योजना (पंचायतों के प्रशासनिक लेखा कार्य हेतु)	2 फरवरी 2006 में
5.	पिछड़ा क्षेत्र अनुदान निधि योजना	2007-08 में
6.	बीएलएस एम्बलेंस सेवा 108	14 सितम्बर 2012 में
7.	वूमेन पॉवर लाइन सेवा 1090	15 नवम्बर 2012 में
8.	केंद्र-राज्य के सहयोग से 10 शहरों में स्मार्ट सिटी मिशन संचालित (लखनऊ, कानपुर, प्रयागराज, मोरादाबाद, वाराणसी, बरेली, सहारनपुर, आगरा, अलीगढ़ एवं झांसी)	वर्ष 2015 में
9.	उत्तर प्रदेश कौशल विकास मिशन (14-35 वर्ष को रोजगार परक प्रशिक्षण)	21 दिसंबर 2014 में
10.	उत्तर प्रदेश राज्य पोषण मिशन (कुपोषित बच्चों को कुपोषण से बचाना)	1 नवम्बर 2014 में
11.	यूपी (उत्तर प्रदेश) विवाह अनुदान योजना (सभी वर्ग की गरीब बेटियों हेतु, 51 हजार रूपए)	वर्ष 2016-17 में
12.	यूपी-100 सेवा (पुलिस की सहायता के लिए इमरजेंसी कॉल)	19 नवम्बर 2016 में
13.	राष्ट्रीय खाद्य सुरक्षा अधिनियम-2013 उत्तर प्रदेश राज्य में लागू	1 मार्च 2016 में
14.	मुख्यमंत्री सामूहिक विवाह योजना (कम से कम 10 जोड़ों का एक साथ, प्रति जोड़ा 51 हजार रूपए)	अक्टूबर 2017 में
15.	मुख्यमंत्री युवा स्वरोजगार योजना (राज्य के बेरोजगार युवाओं को अपने स्वयं के उद्योग की शुरुआत करने के लिए कम ब्याज दर पर बैंकों से लोन की सुविधा प्रदान करवाती है)	वर्ष 2017 में
16.	मुख्यमंत्री हस्तशिल्प पेंशन योजना (यदि, महिला एवं पूरूष की आयु 55 एवं 60 से अधिक हो गई हो, तब राज्य सरकार द्वारा 500 प्रति महीने दिए जाएगे)	वर्ष 2017 में
17.	उत्तर प्रदेश राज्य में, किसान उदय योजना (आधुनिक उपकरण उपलब्ध कराना) (2022 तक 10 लाख पंपों का वितरण सुनिश्चित करने के लिए, राज्य सरकार ने योजना को कई चरणों में लागू किया गया था)	दिसम्बर 2017 में
18.	किसान पाठशाला योजना (किसानों को प्रशिक्षित करने हेतु)	दिसम्बर 2017 में
19.	शबरी संकल्प पोषण योजना (महिलाओं एवं बच्चों को कुपोषण से मुक्ति हेतु)	2 अक्टूबर 2017 में
20.	एलएस एम्बुलेंस सेवा 108 (गंभीर रोगियों के त्वरित उपचार हेतु) (एडवांस लाइफ सपोर्ट एम्बुलेन्स)	13 अप्रैल 2017 में
21.	मुख्यमंत्री नगर सृजन योजना (उत्तर प्रदेश सरकार इस योजना के तहत शहरों की तर्ज पर नव निर्मित नगर निकायों के निवासियों को अच्छी सड़कें, बिजली, पेयजल, ठोस अपशिष्ट प्रबंधन, स्ट्रीट लाइटिंग जैसी बुनियादी नागरिक सुविधाएं प्रदान करेगी)	वर्ष 2017 से में
22.	कीट रोग नियंत्रण योजना (शुरुआत में यह योजना वर्ष 2017 में शुरू की गई थी, लेकिन अब इस योजना को 2022 से बढ़ाकर वर्ष 2027 कर दिया गया है) (योजना का उद्देश्य फसलों में खरपतवार और कीड़ों से होने वाली क्षति को नियंत्रित करना है)	वर्ष 2017 में
23.	मुख्यमंत्री हेल्पलाइन 1076 सेवा	13 फरवरी, 2018 में

24.	एक जिला एक उत्पाद योजना (राज्य के भीतर हस्तशिल्प, रेडीमेड कपड़े और चमड़े के उत्पादों के स्थानीय उत्पादन को बढ़ावा देना)	24 जनवरी 2018 में
25.	मुख्यमंत्री ग्रामीण आवास योजना (राज्य सरकार ग्रामीण क्षेत्रों में किसी भी आपदा और आर्थिक कमी के कारण बेघर हुए लोगों को छत (घर) उपलब्ध कराएगी)	फरवरी 2018 में
26.	मुख्यमंत्री पेंशन योजना (समाजवादी पेंशन योजना की जगह)	1 अप्रैल 2018 में
27.	उत्तर प्रदेश वृद्ध पेंशन योजना (60 वर्ष या ऊपर के व्यक्ति इस योजना के पात्र है, जिन्हें कोई पेंशन नहीं मिलता हो)	अगस्त 2018 में
28.	आयुष्मान भारत प्रधानमंत्री जन आरोग्य योजना (प्रतिवर्ष प्रत्येक परिवार 5 लाख रु. तक का इलाज, केन्द्र एवं राज्य सरकार की संयुक्त द्वारा लागू किया गया)	23 सितम्बर 2018 में
29.	मुख्यमंत्री समग्र ग्राम विकास योजना (सीमावर्ती उपेक्षित गांवों का विकास किया जाएगा)	24 जनवरी, 2018 में
30.	मुख्यमंत्री सुमंगला योजना (बच्ची के जन्म से बारहवीं कक्षा तक 6 चरणों में 25 हजार रूपए दिए जाएंगे)	25 अक्टूबर 2019 में
31.	यूपी (उत्तर प्रदेश) – 112 सेवा (100,102,108) सेवा का सम्मिलित रूप)	26 अक्टूबर 2019 में
32.	उत्तर प्रदेश राज्य द्वारा अपने संसाधनों से 7 जिलों में स्मार्ट सिटी योजना को लागू किया गया (गोरखपुर, शाहजहांपुर, अयोध्या, मथुरा, गाजियाबाद, फिरोजाबाद एवं मेरठ	वर्ष 2019 में
33.	उत्तर प्रदेश महिला सामर्थ्य योजना (महिलाओं की आय में वृद्धि करना) (रायबरेली, गोरखपुर, बरेली, प्रयागराज और लखनऊ में पांच दुग्ध उत्पादक कंपनियां स्थापित करने का लक्ष्य)	वर्ष 2021 में
34.	मख्यमंत्री सक्षम सुपोषण योजना (6 माह से 5 वर्ष के कुपोषित बच्चों एवं 11-14 वर्ष एनीमिया ग्रस्त बच्चों को स्वास्थ सेवा प्रदान करना)	वर्ष 2021-22 में
35.	मुख्यमंत्री अभ्युदय योजना ('अभ्युदय योजना' का उद्देश्य आईएएस, आईपीएस, आईएफएस, पीसीएस, एनईईटी, आईआईटी, एनडीए और सीडीएस सहित विभिन्न प्रतियोगी परीक्षाओं की तैयारी के लिए इच्छुक युवाओं को विशेषज्ञ मार्गदर्शन और संसाधनों तक पहुंच प्रदान करना है)	वर्ष 2021 में
36.	निर्भया: एक पहल (उत्तर प्रदेश सरकार ने महिलाओं और लड़कियों की सुरक्षा, सम्मान और सशक्तिकरण सुनिश्चित करने के उद्देश्य से मिशन 'शक्ति' की शुरुआत की। इस मिशन के तीसरे चरण के तहत 'निर्भया: एक पहल' अभियान शुरू किया गया है।)	वर्ष 2021 में
37.	उत्तर प्रदेश मातृभूमि योजना (इस योजना का उद्देश्य ग्रामीण क्षेत्रों के भीतर विविध बुनियादी ढांचा विकास परियोजनाओं में नागरिक भागीदारी को बढ़ाना है।)	वर्ष 2021 में
38.	स्कूल चलो अभियान (उद्देश्य उत्तर प्रदेश में प्राथमिक और उच्च प्राथमिक विद्यालयों में शत-प्रतिशत नामांकन सुनिश्चित करना है)	वर्ष 2022 में
39.	उत्तर प्रदेश परिवार कल्याण कार्ड योजना (यह योजना प्रत्येक परिवार के लिए 12 अंकों की एक विशिष्ट पहचान संख्या प्रदान करेगी) (इससे सरकार सभी पात्र और अपात्र नागरिकों की जानकारी प्राप्त कर सकेगी)	वर्ष 2022 में
40.	उत्तर प्रदेश जैव ऊर्जा नीति (सूक्ष्म, लघु और मध्यम उद्यमों की मदद करने और जैव ऊर्जा परियोजनाओं की स्थापना के लिए नीति)	वर्ष 2022 में
41.	नई एमएसएमई (सूक्ष्म, लघु और मध्यम उद्यम) (माइक्रो, स्मॉल एंड मीडियम इंटरप्राइजेज) नीति	वर्ष 2022 में
42.	उत्तर प्रदेश औद्योगिक निवेश एवं रोजगार प्रोत्साहन नीति (उत्तर प्रदेश राज्य को $1 ट्रिलियन अर्थव्यवस्था के लक्ष्य को प्राप्त करना)	वर्ष 2022 में
43.	उत्तर प्रदेश ग्लोबल सिटी अभियान (प्रदेश के नगरीय निकायों को वैश्विक मानकों के अनुरूप बनाने का 100 दिवसीय अभियान)	वर्ष 2023 (जनवरी) में